天下文化
BELIEVE IN READING

轉角遇見政治

「撥亂反正」的使命感，促使江宜樺踏入政壇。圖為研考會主委交接典禮。左起：前研考會主委施能傑、行政院長劉兆玄、新任研考會主委江宜樺。（2008 年 5 月 20 日）

學而優則仕，甫從學界轉向政界的江宜樺是滿腔報國熱忱的初生之犢。（2008 年 5 月 20 日）

從陳冲院長（左）手上接下閣揆重擔，江宜樺期許自己能建立「富而好禮的民主社會」。（2013 年 2 月 18 日）

江宜樺夫婦與馬英九總統合影。（2013 年 2 月 20 日）

江宜樺於行政院長官邸宴請閣員，原民會主委孫大川（手持吉他者）透過音樂述說原住民族的笑與淚。（2013 年 7 月 27 日）

江宜樺十分感念從政過程中辦公室同仁大力協助。（2013 年 1 月 4 日）

家人是從政者最重要的靠山。妻子李淑珍（後排右）及其娘家母親、姊妹，都是支持江宜樺的力量。（2010 年 2 月）

江宜樺接任研考會主委後，母親對他從政一事憂多於喜。（2008 年 10 月 5 日）

中正大學謝世民教授是江宜樺的好友，也是諍友。（2017 年 10 月 14 日）

多年來，徐振國（左一）、蔡英文（左五）、羅曉南（右四）、閻嘯平（右二）等「東海幫」朋友不離不棄，為江宜樺加油打氣。（2014 年 6 月 22 日）

2014 年，江宜樺偕同夫人李淑珍參加薩爾瓦多新任總統桑契斯（Salvador Sanchez Ceren）就職典禮。與西班牙王儲菲力佩（Felipe，左一）、諾貝爾和平獎得主曼楚（Rigoberta Menchú，左二）、尼加拉瓜總統奧德嘉（José Daniel Ortega Saavedra，左三）合影。（2014 年 6 月 1 日）

李淑珍以榮譽團長身分率代表團參加日本國立九州博物館「故宮神品至寶展」開幕活動。左三為國立故宮博物院院長馮明珠。（2014 年 10 月 6 日）

行政院長江宜樺與文化部長龍應台於卸任感恩餐會合影。江宜樺卸任後，「回到家裡，重新加入洗碗的行列！」（2014 年 12 月 7 日）

江宜樺重回民間，恢復學者身分後，夫妻合影於南投鳳凰自然教育園區。（2015 年 2 月 14 日）

遠行與回歸

在王德威教授的協助下，江宜樺順利取得哈佛費正清中國研究中心（Fairbank Center）的訪問學人資格。兩人漫步於哈佛校園。（2015 年 8 月 20 日）

前警政署署長王卓鈞遠道來訪，巧遇哈佛學生運動。（2015 年 4 月 16 日）

回母校耶魯大學拜訪指導老師史密斯（Steven B. Smith）教授。（2015 年 4 月 7 日）

江宜樺偕同夫人李淑珍與張欽次先生、孫康宜教授合影。（2015 年 5 月 7 日）

到紐約法拉盛拜謁作家王鼎鈞先生。（2015 年 6 月 30 日）

到普林斯頓拜訪余英時院士夫婦。（2015 年 6 月 29 日）

與朱雲漢院士（左一）、美國政治學者戴雅門（Larry Diamond，左二）、祁凱立（Kharis Templeman，右一）在史丹佛大學合影。（2015 年 9 月 3 日）

李淑珍好友何雪麗（Shelley Hawks）相邀參觀嘉納藝術博物館。（2015 年 4 月 18 日）

江宜樺與李淑珍在美擔任訪問學人期間，女兒到麻州探親旅遊，短暫相聚。母女合影於耶魯大學校園。（2015 年 7 月 23 日）

兒子到加州探親，父子合影於聖荷西。（2015 年 12 月 20 日）

聆聽矽谷高科技業者暢談美台教育與產業發展。（2016 年 1 月 8 日）

美國加州南灣僑界臥虎藏龍。（2016 年 1 月 10 日）

長風文教基金會致力於提升公民文化素養、協助青年連結國際。江宜樺與長風青年領袖營學生合影於宜蘭冬山河畔。（2023 年 2 月 27 日）

長風講座邀請李成教授（中）與吳玉山教授（左）分析中國大陸最新政治情勢。（2022 年 10 月 23 日）

江宜樺與前交通部長葉匡時合影於宜蘭頭城蜻蜓石。（2023 年 3 月 18 日）

江宜樺任教香港城市大學時留影。（2016 年 7 月 31 日）

江宜樺在 2018 年返台任教於嘉義的中正大學。（攝於 2020 年 3 月）

人生代代無窮已，在孩子天真燦爛的笑靨中，期待更美好的未來。台北市立大學校友攜女與李淑珍合影。（2017 年 11 月 30 日）

更多青春民主時代的紀錄請見：
https://bookevent.cwgv.com.tw/topic/pdf/BGB575.pdf

致一個青春民主的時代：李淑珍書簡

李淑珍

目錄

卷一——轉角遇見政治

卷二——遠行與回歸

第四章　在天之涯：療癒之旅（二〇一五）……257

第五章　坐看雲起：重返原點（二〇一六—二〇二四）

陪伴——推薦序

孫大川（paelabang danapan）／前行政院原民會主委、前監察院副院長

淑珍這本書明著說是二〇〇四年到二〇二四年自己為人妻、為人母、為人師，做為一個「歷史學者／儒家信徒／政治人物配偶」整整二十年心境浮沉的寫照；但仔細讀來，無論從卷一「轉角遇見政治」的驚濤駭浪，或卷二「遠行與回歸」的坐看雲起時，全書的主角其實一直都不是作者自己。書名雖然標做《致一個青春民主的時代》，但整本書的內容卻可以濃縮成兩個字：「陪伴」。這是一本陪伴的書！

「陪伴」誰呢？當然是那個叫做「江宜樺」的人！

早在一九九五年前後就注意到了江宜樺教授，一位剛從耶魯回國的年輕學者。當時我已經投入原住民相關工作一段時間，常常渴望在政治思想的領域中汲取一些靈感，為自己民族命運的改變尋求某種理論上的支持。那些年約翰·羅爾斯（John

Rawls）、漢娜・鄂蘭（Hannah Arendt）和主張多元文化主義的威爾・金利卡（Will Kymlicka）等西方學者在台灣思想界頗受歡迎，似乎也產生了一些影響。為武裝自己的思路，對流行於台灣上空的政治主張，不免有附和、涉獵的意圖，而江宜樺教授在這方面是佼佼者，倍受圈內朋友的推崇，我自然成了他作品的讀者。不過，因志不在學術本身，我的閱讀只能算是攀附皮毛而已。

真正和宜樺兄開始親近，乃是二〇〇九年「八八風災」我加入吳敦義院長內閣之後的事，當時他已從研考會主委轉任內政部長。一九九六年連戰內閣時期，我雖曾出任剛成立的行政院原住民族委員會政務副主委的職務，但二〇〇〇年政黨輪替之後，便與政界疏離了。接任原民會主委之初，內閣中除了江部長，我大都不認識，而內政部，尤其救災時期，有許多工作和原民會重疊；江部長在許多方面常給我「善體人意」的支持，我甚至還請他為我物色主任祕書的人選。當年學界對他學識、人品和才能的評價，我有實際切身的印證。

我因而非常能體會淑珍對江宜樺這個人，特別在二〇一四年太陽花學運前後他所受到的屈辱和追殺，那真是椎心的不捨。同為「毓老」的弟子，他（她）們從年輕時代，就共同服膺儒家的理想與價值，並落實在日常生活中。淑珍在卷一中，盡一切力量為我們描繪江宜樺這個人從政的理念與原則；也在一些爭論的議題上，替「這個人」辯護。卷二裡提到家中老人的病痛與變故，「這個人」如何沉穩面對。旅美期間，為安排自閉症的兒子來美，為人父的「這個人」如何擬定了一張巨細靡遺的行程備忘錄，洋洋灑灑共十條，讀之令人動容。這樣一個誠懇、穩重、戮力從公的人，這樣一個溫暖、體貼、心思細密的人，怎麼一旦進入權力核心，短短一兩年竟然可以被妖魔化到那般不堪的地步，反差實在太大了。做為妻子、做為知己，這當然是一件無法容忍的事。礙於台灣的政治與媒體生態環境，壓抑的情緒，只能在師友、學生往來的信件中得到局部宣洩。每天針刺心臟的陪伴，貫穿在卷一的字裡行間。二〇一五年隨宜樺兄到美國東、西兩岸的學術參訪，淑珍卷二筆下雖然多了四時景物和花草的描寫，也對美國社會與大學教育今昔之種種變遷有所檢視，但心靈底層其實是一趟止血療癒的陪伴之旅。

做為一位懷抱儒家信仰的歷史學者，淑珍在她的自序裡，明白表示她這本書是一份「給下一個世紀的備忘錄」，這也呼應了她整本書的書名：《致一個青春民主的時代》。我想，在淑珍的內心裡，二〇一四至二〇二四年發生在她身上的心路歷程，不單是她個人、她從政的夫婿和家庭的事而已，其實也是台灣社會、政治與歷史的縮影。那段日子個人書信的集結，或許可以做為史料的存檔。一方面見證台灣第二次、第三次政黨輪替後的民主發展，另一方面也可以近距離觀察學者從政（或儒者從政）所面臨的種種挑戰，其實這是中國知識份子面對的老問題。細心的讀者如果將這本書按前後次序編年，正好可以複習四分之一世紀以來台灣發生過的重要事件。淑珍有意陪伴大家回顧這段歷史。

二〇一二年陳冲院長組閣，宜樺兄升任副閣揆，他當然得辭去台大的教職。我和他不是國民黨員，從某個角度說，我們在權力的光譜中，只能算是客卿的角色。擔任部會首長或許還可以應付，一旦步入權力核心，情況就不可同日而語了。果然，隔年宜樺兄銜命組閣，傳統知識份子面對權力邏輯的挑戰便立刻浮現上來，這正是淑珍「陪伴」故事的開端。我記得有一回和他在副院長辦公室報告事情，我隨口問他對自己新職務的想法。宜樺兄顯然思考過這個問題，也對未來的考驗有一定的認識和信心，並認為走出書齋正可以驗證理論的可行性。後來政局的發展，雖不能說應全由他負責，但權力邏輯的殘酷，恐怕遠非始料所及。我現年九十三歲的大表哥是毓老早年客寄台東農校時的學生。因毓老的鼓勵和推薦，他入了國防部，一九六〇年代起派駐外地擔任諜報工作，一九九〇年初才平安回到國內。在我擔任原民會主委期間，有一回他非常嚴肅地對我說：「你現在從事政治工作，我問你：有沒有人願意為你死？」我當時愣了一下，笑著回答：「我怎麼會希望別人願意為我死？」大表哥哼了一聲說：「那你沒有用，成不了大事。」我雖不完全同意大表哥的說法，但他的諜報訓練顯然點出了權力邏輯的核心特質，它是一種類宗教的東西，需要明確的黨派立場。在權力的鬥爭中，人們遵循的是另一種完全不同的理性。深諳政治學的宜樺兄，當然了解此一權力邏輯的運作方式；唯一的問題是：自己願不願意跳進那個深淵。

二〇一四年辭去行政院長的職務後，雖然仍有將近十年的風雨，但幸有淑珍的陪伴，遠離了深淵卻找到更多積極入世的窗口。長風基金會事務的推動展開了另一個新頁，淑珍對此也相當的支持。二〇一八年江院長到中正大學任教，曾邀我到學校演講。次日清晨他熱心帶我在校園散步，聊聊往事，也談談兩岸。看著花木扶疏的校園，提到淑珍對園藝的興趣，還說她是很有主見的人，對許多事情有自己的看法，也很能堅持，聽起來院長許多時候還得讓著她一點。在一封二〇一七年十一月三日寫給江院長的信裡，淑珍有一段話說：

「從年輕開始，你就是我的安全感的來源。每一次擁抱著你，我都好像溺水的人緊抱著救生圈，害怕你溫暖的懷抱稍縱即逝。每當你離家出外幾天，我就惴惴不安，開始數饅頭等你回來。而你，總是盡你所能地保護我，既要照顧我的纖細感受，又要應付我的頑強意志，乃至包容我鋒利如刀的批評。這個『甜蜜的負擔』，常常讓你受傷害，而你總是默默忍受。」

讀到這裡，我不免開始疑惑，這二十年來從針刺心臟的陪伴、止血療癒的陪伴到回顧歷史的陪伴，到底是誰陪伴了誰？有一次聽南投縣老縣長林源朗在為自己孫女婚禮宴席上致詞的話，他說：

「結婚不是兩個人一加一等於二，而是一加一等於一。來自不同家庭、文化和個性的兩個個體，要生活在一起必須學習各自讓一半，彼此給出空間，才能夠和諧相處。」

所以，「陪伴」也應該是一半一半。

二〇二四年二月二十七日

——推薦序

紛紛政事，歸諸歷史

江宜樺／前行政院院長、國立中正大學戰略所講座教授

我與淑珍大一時相識於台大三研社，我念政治系，她念歷史系。當時我的人生座右銘是「為天地立心，為生民立命，為往聖繼絕學，為萬世開太平」，而她的理想則是「不以天下為己任」。但是奇蹟般地，我們從大二開始相戀，並在讀碩士班時結婚。婚後我們赴美留學、生兒育女、返國任教，像許多四、五年級生，我們的人生志向就是讀書、研究、寫作、教書，做一輩子「簞食瓢飲，樂在其中」的知識份子。

然而，人生常有意想不到的變化。二〇〇八年，我因對陳水扁政府執政後期的貪汙腐敗至感憤恚，決定幫忙競選總統的馬英九先生撰寫政見白皮書，希望看到第二次政黨輪替。馬先生當選之後，建議劉兆玄院長邀我入閣，擔任行政院研考會主委。我因促成政黨輪替的心願已了，兩度婉拒出任公職。但馬先生約我長談，除了動之以情，也以自身曾任研考會主委的經驗，希望我不要輕易放棄「學者從政，結合理論與

實務」的機會。他的一番話確實勾動了我年輕時「經世濟民」的理想，於是抱着沉吟不決的心情，回家與淑珍討論。淑珍聽後嘆了一口氣，知道我既然心念已動，勸阻無益，因而滿腹無奈地答應我去幫忙幾年。那時我心裡估計大概借調兩、三年，在馬總統競選連任之前返回校園。現在回想起來，實在過於天真。

此後的從政故事，大家從媒體報導多少知其梗概。我先後擔任研考會主委、內政部長、行政院副院長、行政院院長，共約六年半時間。我不能不承認，這段「奧德賽之旅」確實大大打開了我的眼界，使我徹底了解了政府如何運作、公共政策如何推行、黨派惡鬥如何形成、媒體生態如何扭曲等等，簡直就像看透民主政治的無間世界一般。另一方面，我的生命也跟台灣政治社會發展史上的若干事件纏繞在一起，成為世人毀譽交加的評論對象之一。後人談論起下面歷史事件時，很可能會發現我的名字也在其中：行政院組織改造、莫拉克災後重建、不動產實價登錄、苗栗大埔事件、自由經濟示範區、核四公投、十二年國教、年金改革、馬王政爭、太陽花運動、高雄氣爆事件、廣大興漁船事件，乃至《台日漁業協議》、《台星經濟夥伴協定》等等。

凡事有所始，亦必有所終。二〇一四年九合一選舉國民黨大敗，我當天晚上宣布辭職以示負起政治責任。隨後我赴美國進修，遠離紛紛擾擾的台灣政局。淑珍陪伴我到哈佛住了半年，再到史丹佛住了半年。環境幽美且充滿知性的校園生活，讓我逐漸恢復身心的健康與平靜。海外友人與僑胞的熱情接待，更讓我倍感溫馨，彷彿獲得重生。偶爾有朋友在閒聊時，問我會不會後悔曾經從政，我總淡淡回答「不會」。但這當然不是一個可以簡單回答的問題，因為得失之間無法比較。從政讓我有機會回報培育我成長的國家社會，也讓我真正了解政治生活的真相與本質，這確實不是一般政治學者常有的機會；但是從政也讓我失去陪伴父母老去及兒女長大的寶貴時光，讓我對家人背負著一輩子永遠無法彌補的歉疚，並讓我在公眾場合失去一般人正常享有的隱私。其所得者無法彌補所失，其所失者無法取代所得，兩者性質完全不同，只能說是人生的抉擇。

多年來，淑珍幾度想將她在我從政期間跟友人的通信整理成書出版，以忠實記錄這段特殊歷程的所見所思。我對這個想法始終保留，原因有三：第一，我們好不容易遠離政治生活，回復平靜的教書生涯，如果重探前塵往事，只會撩起五味雜陳的回憶，影響現在的心境。第二，過去的公眾生活經驗讓我們知道，政治立場及價值觀念迴異者，並不會因為看到這些坦率告白而增加絲毫同情，反而只會利用媒體及網路再次冷嘲熱諷，而我們並不想浪費力氣因應這些干擾。第三，當時淑珍與友人的通信，只涉及若干熱門時事的討論，並非全面完整的回顧。因此，所收書信容易讓人對那段期間產生以偏概全的印象，恐無助於掌握歷史全貌。

然而，淑珍畢竟是個歷史學者，對保存歷史的信念遠勝於其他考慮，哪怕所保存者僅屬吉光片羽。她幾度詢問我對出版書信集的看法，我都表達保留的意見。每一次的委婉勸阻，就看到她再一次的委屈與悵然，令我越加不忍。今年，在天下文化高希均創辦人的鼓勵下，她再度徵詢我的意見。我的看法並無改變，但想起當年我在猶豫是否答應馬總統出任政務官之時，她何嘗不是在百般不願之下，成全我報效國家的念頭？如今我豈能一再抑制她的信念與期待，而讓摯愛之人心存遺憾？

猶記當年政局動盪之際，某反對黨立委於質詢時突然問我家人感受如何，我說「夫妻同命，我們自來相互扶持」。該立委點頭稱是，未再進一步逼問。其實何止從政期間？我與淑珍自相識相戀以來，就始終是禍福與共、生死不渝的伴侶。雖然我們在家庭生活或公共事務上，偶爾也會意見相左，但在幫助彼此發展自我、實現理想方面，從來都是全力支持。尤其對我而言，從政期間如果沒有淑珍的犧牲與照顧，以及所有家人（包括父母、兄弟姊妹、子女）的諒解、配合與默默支持，這一段歷程之艱難將無從想像，也無法承受。我在回顧前塵往事之時，除了由衷感謝所有曾經共同奮鬥的朋友，以及加油打氣的民眾，更對家人懷有無盡的感恩及無窮的虧欠。政治波濤漸漸平息之後，也許是我該「成全」淑珍留存歷史紀錄的時候了。

淑珍書信集的出版，對她而言最大的意義是記錄並反思一個青春民主的點點滴滴。對我而言，則是讓讀者瞥見從政者家人為了「成全」而必然付出的犧牲與忍受的委屈。這個面向通常不為媒體所知，也鮮為世人所了解，即使我在從政之前，也不曾想像政治人物成敗毀譽的背後，會涉及如此多幽微、複雜、辛苦的私領域磨合。淑珍做為一個具有獨立人格的歷史學者，將政治人物配偶的所見所感形諸文字，應可讓人們更加了解這個磨合過程的真相。至於激昂高亢的台灣民主最終將走上何處，也許只有歷史才會知道。

給下一個世紀的備忘錄

——自序

曾經，我勤於寫信，習慣以文字和友人、學生談心。

二十世紀的信箋是透過紙筆書寫、郵差傳送；如今，除了少數例外，那些紙本信件早已鴻飛冥冥、灰飛煙滅。到了二十一世紀初，電子郵件一度風行，彈指之間傳送複製，有別於傳統信件之傳送耗時、保存不易；而此載體可以洋洋灑灑、長篇大論，又和更晚近的Line、Facebook、Instagram、X、Threads之輕薄短小不同。這本書所收錄的，就是我的書信史中電子郵件時期的舊作。

隨著年歲漸長，從容的時間、交心的情懷，都已不復可得；那段以電子郵件寫信的歲月，也成為某種「時代的眼淚」。將它們匯集成編，一如漫步秋林、摭拾落葉、夾在書頁中回味，自娛的成分多於娛人。

然而，有六年半的時間（二〇〇八—二〇一四），由於外子江宜樺從政，我有機會近距離觀察台灣政治。書簡中的觀點，反映出筆者的多重身分：歷史學者、大學教師、儒家信徒、妻子、母親，以及一個比較特殊的角度——政治人物的配偶。因此，這些書信不只記錄了筆者個人生命的點滴，也不期然為這個時代留下了深淺不一的若干刻痕。

身為政治人物的妻子，隨時可能遭到「婦人干政」的指控，在很大程度上並沒有言論自由。不論是在寫信的當時，乃至出書的此刻，自我審查的刀鋒，一直沒有離開筆者心頭、筆端太遠。更何況，台灣社會黨同伐異，側翼網軍撒豆成兵，公共領域理盲濫情，大部分的朋友都不贊成我公開這些書信，外子更不樂見它們出版。這些因素，使我幾度遲疑，欲言又止，出版計畫推遲了三年、五年、十年……。

如今打破沉默，與幾個原因有關：

——影響台灣政治甚巨的太陽花學運（二〇一四）將滿十年，其後座力延續至今，社會各界對其詮釋仍眾說紛紜。

——蔡英文政府八年任期即將結束，內政、外交、兩岸政策的成敗得失，可以蓋棺定論，與馬英九政府時代做對照。

——兩岸關係緊張，台海兵凶戰危，加上個人年歲漸增、生命大限逼近，該做的事已經不能再拖延。

於是就有了這一本書。

筆者通信的對象有學生、有朋友，信中討論的主題形形色色，但大多是從一個「歷史學者／儒家信徒／政治人物配偶」的角度，觀察光怪陸離的台灣青春民主現象，並思考個人如何在此一時代安身立命。

筆者所謂「青春民主」有二層意思。其一是指二十一世紀初「新公民」／「覺醒青年」橫空出世、積極參與政治，其二則是指台灣的民主尚在青春、青澀階段，還待成長茁壯。

就前者而言：目前活躍於台灣公共領域的「覺醒青年」，大多出生於一九八七年解嚴前後，太陽花運動爆發時他們還是慘綠少年，目前仍在壯年階段。他們是台灣的八、九年級生（或曰「千禧世代」，Millennials），受解嚴、教改、網路、社交媒體，以及本土化思潮影響，在人生觀、世界觀、政治認同、文化認同、美感品味、流行語彙、生活方式等各方面，皆與筆者所屬四、五年級生（嬰兒潮世代，Baby-boomers）大為不同。這些當年的慘綠少年，將左右台灣的未來，決定台灣的存亡。

就後者而言：台灣解嚴迄今不滿四十年，民主資歷尚淺，許多選民心態如同青少年，一方面血氣方剛、充滿活力，另一方面也叛逆任性、唯我獨尊。爭取權利時不遺餘力、理直氣壯；但被要求履行成人義務時，則兩肩一聳，成為路人甲、路人乙。（——話又說回來，這些現象，或許不是因為台灣的民主還很年輕，而是因為民主政治本質上就是如此？要如何在權利意識與義務意識之間求取平衡，台灣選民還有很長的路要走。）

書中收錄的信件，時間從二〇〇四年到二〇二四年，橫跨二十年歲月，而主要集中於二〇〇八年之後。全書分為兩卷。卷一〈轉角遇見政治〉包括「山重水複」、「海雨天風」、「驚濤駭浪」三章，反映了筆者從政治的旁觀者變為「苦主」的歷程。二〇〇八年外子進入政壇，在馬英九政府時期陸續擔任研考會主委、內政部長、副閣揆、閣揆，參與過政府組織改造、強化災防體系、年金改革、十二年國教等政策制定，處理過八八風災、高雄氣爆等天災人禍的善後，也遭遇到野草莓學運、反華光社區迫遷、反核四、大埔事件、洪仲丘事件，以及太陽花學運等政治社會運動的挑戰。

隨著責任加重，外界對他毀譽交加；不管他如何殫精竭慮，學界、文化界、社運界對他的責難紛至沓來，也對我們的家庭生活造成衝擊。此一時期的許多書信，是就我所知，嘗試回應朋友、學生的諸多質疑，也包括我從幕後觀察台灣民主運作的省思。但這些努力終歸徒勞，許多人與我們絕交。這段跌宕起伏的政壇歷險記，直到二○一四年底國民黨在九合一選舉大敗，外子辭職卸任，才告一段落。

卷二〈遠行與回歸〉分為兩章：「在天之涯」及「坐看雲起」。二○一五年外子與我赴美一年，分別訪問東岸的哈佛大學及西岸的史丹佛大學。天涯海角的春花秋葉、人情溫暖，為我們療傷止痛；政治之外的廣袤天地，讓我們眼界大開，心境為之一寬。「在天之涯」即收錄了這段期間所寫家書。

經過三年半的流亡，外子由美國而香港、由香港而台灣，回家的道路漫長而艱難。儘管太陽花官司纏訟六年、在校園中屢遭追殺，但他依然堅持理性，除了在香港城市大學、國立中正大學傳道授業，也成立長風文教基金會，繼續關心公共事務。

而我，始終都沒有離開校園與家庭，只是看著外子坐長途雲霄飛車，一路上忽高忽低，為他擔驚受怕，慶幸他最後終於安然落地。這趟驚奇之旅，使我看多了世情、增長了見識，也從史學與儒學的角度，對知識、政治與人生的意義有更多思考，「坐看雲起」即是這段時期的心情寫照。

對讀者而言，閱讀本書可能有兩重困難。首先，在特定時刻寫下的這些書信，反映當下心情與想法，內容往往跳躍而隨興。其次，這些書信的收件者大多互不相識，信與信之間並無關連，只是依照時序排列，缺乏內在邏輯理路。它們好比用多年來掇拾的野草閒花，串接成不成形的花環；以琴鍵上不和諧的音符，譜寫一首複調樂曲。內容時而直白，時而幽微；心情時而大開，時而大闔，充滿真實人生的瑣碎與曲折。

書簡原為雙人探戈、多重對話，如今為尊重著作權，隱去對方發言，於是整本書變為一個人喋喋不休、喃喃自語，誠為一憾，為此要向與我通信的朋友、學生們深深致歉。

除了將部分朋友、學生名字改為化名，刪去若干涉及對方隱私的內容，並將原為英文的若干信件譯為中文，本書基本上保留當時信件原貌，沒有更動；時過境遷，心境、語彙已經改變，也無從回溯虛構。

為了幫助讀者理解時代背景與書寫脈絡，筆者接受編輯的建議，在各章節另外加上了前言。這些前言有如小論文，和書信的隨興性質大相逕庭，這是為了收束較為散漫的文風，讓全書有較為清晰的主軸。也不妨把它們看作寫給讀者的書信，雖然比較嚴肅，但一樣發自內心。

有心探討學者從政的成敗得失，或企圖窺探政治人物隱私的人，可以從本書中滿足若干好奇。而視我們如寇讎者，不只可以撿到槍，簡直是平白獲贈一座火藥庫，可以用來「出征」，發射成一片綿密的火網。

因此，直到此刻，我仍不確定會不會後悔出版此書。或許應該在整理好之後束諸高閣，任它從此湮沒草萊；等到百年之後，物換星移，留給有歷史癖的後人去研究？如果它竟然在我生前出版了，只能說：那是出於一時衝動，而非深謀遠慮。

不過，會不會也有些人願意透過它，增加一些對二〇〇八—二〇一四年台灣政治社會的理解？會不會有人願意想一想：那個年代為何受某些人詛咒，卻受另一些人懷念，或是既詛咒又懷念？會不會有人願意進而思考：解嚴後本應向上提升的台灣，在民主實踐方面究竟遇到了何種困境，以致近四十年它似乎是向下沉淪？——如果有那樣的讀者，這本書的出版也算不負初衷。

畢竟，書信不只是書信，它也可以成為下一個世紀的備忘錄。一葉知秋，預告盛衰興亡的來臨。

二〇二四年二月十九日

卷一

轉角遇見政治

第一章——山重水複：從學界到政界

（二〇〇四——二〇一一）

身為五年級生，長期以來筆者避政治唯恐不及，迄今從未加入任何政治團體。這固然是因為白色恐怖的陰影，也與個人孤僻的性格有關。

戒嚴時期的台灣，只有少數熱血之士不惜為自己的政治信念而身繫囹圄，多數人則各自發展出一套明哲保身之道，和現實政治保持安全距離。我也遁入書本中，打開「任意門」，神遊遠方，尋找自在自為的空間。

既然如此，為何大一時會加入台大三民主義研究社？我至今仍想不通。或許，當年是聽說這個社團臥虎藏龍，想去見識一下吧。到了那裡，果然高手如雲；但當被問到想要什麼樣的人當來直屬學長姊時，我說：希望他／她「不要以天下為己任」。

台大三研社人才濟濟，有人「什麼都研究，就是為了研究三民主義」，有人則是「什麼都研究，就是不研究三民主義」。大一時正逢美麗島事件，大學長們暗地裡竊竊私語，而檯面上則是「華山論劍」、大談金庸。不管如何，我輩夾在保釣運動之後，「自由之愛」、野百合學運之前，雖然憤世嫉俗，但各自讀書練功，不曾走上街頭。

要說我和政治議題完全絕緣，也不盡然。年輕時透過親炙與私淑，我從兩位國學大師身上看到異議份子的樣貌。滿洲皇族毓老（愛新覺羅．毓鋆，一九〇六—二〇一一）潛隱民間傳授夏學，強調經世致用，「見群龍無首，大吉」。而新儒家徐復觀先生（一九〇四—一九八二）洞悉學術與政治之間的緊張關係，一生批判各種極權，致力追求儒家式民主。他們都堅定相信，經過創造性的轉化，傳統中華文化可與西方自由民主並行不悖。於是，曾幾何時，我也有些憂國憂民的傾向了。

在這樣的時代氛圍中，我在三研社與一個政治系男生相識、相戀，在台灣解嚴前一年結為連理。萬萬沒有想到，三十年後，那個愛讀亞里斯多德、漢娜鄂蘭的人，竟然踏入政壇，當上了中華民國行政院長！而我身不由己，除了「老師」，也開始被一些人稱為「夫人」。

陪伴外子從政的六年半，是我平靜的讀書、教書生涯中一段戲劇性的插曲，就個人生命而言，彷彿南柯一夢。但從另一方面看，這段時期出現的種種震盪，扭轉了中華民國歷史走向，其餘震至今未平。

本章收錄的書信，有幾封寫於扁政府執政時期，其他則成於馬政府第一任期，其時外子陸續擔任研考會主委及內政部長。枕邊人成為公眾人物，我從驚嚇、抗拒、不捨到勉力配合，從遠處旁觀到貼近觀察，自此對政治——特別是台灣的民主政治——又有了不同的想法。

一、書生議論

我素來有「非政治」乃至「反政治」的傾向，對知識界與政界的合作常感懷疑。但另一方面，現實政治如何籠罩、左右一個時代，歷歷在目，學歷史的人不可能無動於衷。以下幾封信分別討論統獨議題、貧富差距、陳水扁政府、民間活力，反映了外子從政之前、筆者遙觀政治的心得。

書簡一——知識、政治與人生（二〇〇四年二月五日）

展良：

我們雖然「搬家」了，但是還是住在原來的地方——我們只是先搬到同一棟公寓的樓上住了兩個半月，等舊房子整修好之後，再搬回去。所以，我們還是會當鄰居！歡迎你們回國之後來坐坐。

你談歷史教科書編纂綱要的文章，引起很大的迴響。我基本上贊成你的看法——雖然我也能理解主事者的觀點。[1] 不管怎麼樣，我想，透過學術研究上的實踐（而非空談理念），才有長遠的意義。所以，兩方都坐下來寫書吧。

我對民進黨暴虎馮河的做法很不以為然，加上外省人／中國文化背景，極易被貼上泛藍的標籤。其實我對藍綠兩方都很厭惡。在統獨立場上，我是「非統非獨，既統又獨；見獨即統，見統即獨」；別人聽得一頭霧水，我自己卻很明白。[2] 事實上，在台灣、在這個世界上，比統獨爭議重要的事太多了。被這個問題困住，是我們這一代的不幸。[3]

對我而言，知識界和政界合作（如四年前李遠哲等人發表的那篇「向上提升，或向下沉淪」的宣言），不能挽救政界，只是白白消耗知識界，或彰顯知識界的天真和自以為是。這次大選，也有泛紫聯盟、林懷民、侯孝賢等幾個團體想站出來說話，但是很快就被轟隆轟隆的藍綠口水戰淹沒了。

這麼說，當然是很憤世嫉俗，可是並非對國是絕望、冷漠。在「史學方法」課程中，我要求師院學生寫家族史。一篇篇真正由庶民觀點出發的歷史書寫顯示，對於小老百姓而言，所謂大歷史，所謂政權變化，於他們真是不相干，但這並不妨礙他們有血有肉、有哀有樂地過一生。我也相信，在政治之外、之上，另有廣大的天地，可以讓平凡如我者過有滋味、有意義的生活。（很想加入一些NGO、NPO，為社會做些事，但是工作壓力還不允許我現在投入公益事業。）

今年台北的春節浸在雨中。小朋友的寒假已經快結束了，還沒怎麼玩到。而我，照例又是被兩百多份報告困住，眼睜睜看著開學日逼近。我們有點想不通，為何雨下的這麼多，水庫還是進帳有限。不過，早一點限水，大家省著用，也是好的。

你們夫妻倆在芝加哥過冬，想必別有溫馨。祝你們一切平安！

淑珍

書簡二——貧富差距問題（二〇〇七年七月十六日）[4]

升漢同學：

謝謝你的提問。關於貧富差距的問題，我的想法如下。

如果放任資本主義發展，貧富差距自然會愈來愈大。但是自從馬克思及其他社會主義者提出警訊之後，十九世紀下半葉開始，歐洲國家已經透過種種措施（例如加強保障勞工福利、課徵累進稅率、反托拉斯法），防範資本家的無限擴張。這不僅對中下階層是種保障，也對有錢人有利。因為，貧富差距過大造成的社會不安，對資本家的事業經營也非好事。所以我相信政府在這方面是可以有所作為的。

至於個人在貧富差距拉大的社會如何自處？我想，把精神生活層次提高，物質欲望降低，就不會感到那麼匱乏。我自己的經驗是：沒錢的時候不覺得沒錢，有錢的時候也不覺得有錢，只要夠用就好。有許多令人快樂的事（如欣賞明月清風，花香鳥啼），是不費分文就可以享有的。但是，「無恆產而有恆心者，惟士為能」，雖然少數人可以甘於淡泊，但政府不可以此為藉口，不去努力為大多數人創造一個比較公平的社會（至少要提供立足點的平等）。

以上淺見，供你參考。

李淑珍

書簡三——如此總統（二〇〇七年十月二十日）

姵儀：

你上次來台北，沒有看到博愛特區各機關都被「UN For Taiwan」的布條所遮嗎？[5]

二〇〇〇年總統大選結果揭曉的晚上，民進黨袞袞諸公一個一個上台接受歡呼，他們臉上露出的那種得意與貪婪——饑渴多時，終於看到滿桌大魚大肉，從此以後可以吃喝不盡——令我不寒而慄。

沒有想到，那時的直覺感受，後來竟都成為事實。

而今我只要看到陳水扁在電視上講話，就覺得難以忍受，必須馬上轉台。他每逢選舉必然出現挑釁姿態，可是，台灣選民，很可能還是照舊二分，還是有一半人會吃他那一套。投票前一天，也必然會有無所不用其極的手段。

我只有在想到美國小布希時，會對陳水扁感覺好一點：相對於小布希出兵打阿富汗、打伊拉克，毀掉別人兩個國家，陳水扁還沒有為禍世界的本領，他只是毀掉台灣而已。[6]

不過，我相信天網恢恢，歷史會有公道的。

李淑珍

書簡四——中流砥柱（二〇〇七年十月二十三日）

姵儀：

我想，許多事情，有天意的成分，也有人事的成分，我們要「盡人事而聽天命」。特別是在這個政客群魔亂舞的時代，散布在社會各角落的人們，更要堅守崗位，盡自己的努力維繫社會的正常運作，不讓政治腐蝕一切。

年輕的時候，正逢威權時代，叛逆的心常暗暗嘲諷那些把「以天下為己任」掛在嘴邊的人。天塌下來，就讓他們那些高個子去頂罷！

現在年近半百，漸漸發現，天果然半塌下來了，而環顧四周，高個子在哪裡？——沒有別人，就是我們自己！這個年紀的人，開始承擔種種責任，要為下一代的未來負責。

我帶大一學生去台北探索館，看到記錄台北人一天作息的影片。當大家還在熟睡時，凌晨三點鐘，批發菜市場已經人聲鼎沸；四五點時，派報社在火車站附近騎樓下整理報紙，捷運司機也開始發車……。這些看似平凡無奇的人，讓世界可以正常運轉，使大家可以理所當然地過每一天。

陪學生參觀博愛特區古蹟。導覽的文獻會志工都是六十歲以上的女士，課前充分準備，解說巨細靡遺；她們完全義務付出，還自認為自己收穫最多，因為可以不斷學習。她們，正是撐起世界的人。

別為政客傷太多腦筋吧。政客翻雲覆雨、來來去去，但台灣社會各角落，有很多可敬的小人物；有他們在，台灣不會垮的。

李淑珍

二、人生轉彎

由於陳水扁總統貪腐弊案不斷，台灣的「曼德拉」、一九七九年美麗島事件總指揮施明德再度奮起，於二〇〇六年發動百萬人民倒扁運動（紅衫軍運動），間接促成了二〇〇八年五月第二度政黨輪替，國民黨的馬英九當選中華民國總統。

原來在台大政治系任教並兼副教務長的外子江宜樺，基於「安居樂業並非理所當然，公共事務不能冷漠以對」的使命感，毅然從學界走向政壇，加入劉兆玄內閣，擔任研考會主委。消息傳出，賀電紛至沓來，我卻如大難臨頭，戒慎恐懼。[7]

書簡五——喜從何來？（二〇〇八年四月二十九日）

政亮：[8]

老實說，我對外子接到詢問的第一反應是：「不好玩，不要去！」所以，還真不知道「喜」從何來……

李淑珍

書簡六——噩夢（二〇〇八年五月五日）

彥寧：

昨晚我做了一個夢，夢到宜樺去當官。夢中我想：「這只是個噩夢；待會兒醒來，一切都會好好的，一如往常。」——可惜，夢醒的時候，這一個事實依然存在。

今天他送我去上班，我們談到：暑假本來要出國玩一個月的計畫泡湯了，甚至連全家一起出國十天也不可得。我說：「從此以後，你和你的同事出國玩（考察），我帶小孩出國玩。」他露出難過的眼神，無言以對。

最近我常想，教書快十年了，已經接近職涯的一半。這十年，花了大部分力氣在備課和學生身上，最近一年又全心投入校史研究。結果該出的書沒有出，也繼續處於史學界的邊陲。真不知道日後回想，會不會覺得這一輩子只是南柯一夢？

家裡兩個孩子都還好。兒子長到一百八十公分，單純善良如小學生。女兒也亭亭玉立，好強又很無厘頭。

從宜樺那裡，知道你這一兩年遭遇到諸多的挫折，很替你心疼。你要好好照顧自己，永遠不要失去自信。

祝福你們夫妻倆一切平安，也代向你們那隻氣質優雅的貓咪問好。

淑珍

書簡七——逆向思考（二〇〇八年五月七日）

彥寧：

感謝你的長信，也感謝你寄來大作分享。

我心中的「塊壘」，被你說中了一部分。母職負擔因宜樺變得更忙而加重，是我心情沉重的原因之一。但更多的，可能是擔心既有的做人做事風格會受到挑戰。我不喜歡「妻以夫貴」，而寧願是宜樺的知性同儕；我也不喜歡官場上的尊卑等級，寧可與人平等相待。因此，被當作「官夫人」，令我很不舒服。此外，隱私受到干擾，行事必須更為低調，都是心中的疙瘩；而宜樺在職場上的一路順遂，與我的屢遭困頓成為強烈對比，也使我感到很大的不安。

今天決定嘗試正面思考：就把這未來幾年的歷練，看成是隨他一同去異地旅行。帶著探索的好奇心，也做好隨時捲鋪蓋回家的打算。盡量不失去原有的純真，但是也要有「權力使人腐敗」的警誡。他去承擔種種與官僚、立委、媒體周旋的麻煩，我繼續過自己的安靜日子，只負責聽他講故事、抱抱他，不也是很好嗎？——所以，對這件事的懊惱，暫且到此打住。

你的求職挫折令我們愕然。我所經歷的數次申請工作經驗，和所參與過的多次徵才作業，都清楚顯示：台灣學界在選用人才一事上，大多是武斷和反智的，劣幣驅逐良幣的情形屢見不鮮。許多人考慮的只是新進人才是否會威脅自己的既得利益，而非他／她是否能提升系上的學術水準、帶給學生更寬廣的視野。

但是，正因為它很難平復，所以，如果你能「超克」它，就代表你的人生境界又提升一層。也許靠著遺忘，也許靠著寬恕和理解，也許靠著更多證明自己能力的成績……，總而言之，總會有那麼一天，你能夠真正心平氣和，轉身離開這個戰場，帶著微笑開始新的里程。

人生苦短，想到緬甸風災一下子席捲數萬人的性命，我們的困厄實在微不足道，不是嗎？再說，你所關心的人群，不論是同志或大陸籍配偶，都有待你仗義相挺，你不能懷憂喪志。更何況，你有愛你的丈夫和咪咪，以及像宜樺和我這樣欣賞你的人。

最後再貢獻一個扭轉灰色思考的撇步：到河濱公園跑步／散步／騎車，視野開闊，綠意盎然，足以令人心曠神怡。（只要沒有下雨，這一年多來我每天早上都去跑步。）

不知道你是否留意：台北市政府把我們這一帶當作開發重點，這一兩年會陸續建立「客家文化園區」（據說會有梯田！），並建腳踏車道連通自來水博物館和河濱公園，想必景觀會有很大改善。我們可以拭目以待。

暑假比較有空，到時再聚聚聊聊吧！

淑珍

三、政壇初體驗

研考會主委是外子進入政壇的第一個職務。雖然過去在教學研究及教育行政上游刃有餘，但政務工作的複雜性出乎他的意料。初上任的馬政府，儘管用心良善，但是部會間的磨合並不順暢。本來並不樂見他從政的筆者，轉而開始為他加油打氣，並努力維持家庭生活的平衡。

書簡八——心疼（二〇〇八年六月十五日）[9]

Dear Daddy,

你上任研考會主委快一個月了。對我而言，生活並沒有太大改變。除了出門澆花或運動時會碰到司機廖先生在巷口守候、看報紙政治新聞比以前更加仔細、在你大聲打電話時幫你關上窗戶以避免「洩露國家機密」，我還是白天騎腳踏車到學校，照樣教書、寫作、帶學生，晚飯後和你攜手到附近巷道散步，一切如常。

但我知道，躋身台灣政治生活核心的你，是花了多大力氣承擔比以前忙碌十倍的工作，才能若無其事地回家，和我過恩愛逾恆的夫妻生活。我惋惜你不再有時間讀有趣的書，也掛念你睡得太少、太淺，但是，對你之能夠在新崗位上應付裕如，我是不擔心的。

今天發生的兩件事情——《聯合報》刊出你對劉揆表現的觀察，以及志鵬來電責怪你不回家也不打電話——卻讓我感到你的凝重。[10]從媽媽那裡回來，到陽台上澆花，半輪明月掩映雲中，想到你未來一兩年還不知會遭到什麼考驗，心中也沉重起來。

經過三十年的歷練，你當然已經遠比在三研社當副社長、辦冬令營時成熟。事實上，你的思慮本來就比同儕縝密，何況今天的你EQ更勝往昔。可是我知道，那個會在精疲力竭後丟下一切的你仍然還在。我不知道那會發生在未來的哪一個時刻。而屆時媒體必然會指指點點說：學者從政，抗壓性不足。

你之出仕本非為稻粱謀，將來回到校園是理所當然。有這個底限在，你做事自可坦坦蕩蕩，不須顧慮上級、媒體太多。話又說回來，既然要出來為國家做事，總要做出些什麼，不能一開始就做下台的打算。如何「內不失己，外不失人」，從容地完成檯面上的三項工作（落實馬蕭政見、政府組織改造、憲改），以及你給自己的兩項使命（防止貪腐、引進中道力量），是很大很大的挑戰。即使不能全部完成，做到其中一半，也已經很了不起。

如果時間允許，我建議你不要完全被瞬息萬變的政局、排山倒海的業務所困住。每天能否抽出半小時左右，按部就班地讀一本經典。為的不僅是從書中汲取智慧與靈感，而更重要的是有機會抽離時局，給自己超然的思考空間，更篤定地審視下一步該怎麼走。我想，這和每天抽一段時間打太極拳一樣重要。（如果你自己做得到，說不定可以引導研考會同仁一同嘗試。）

總而言之，你且放手、放心去做。而我，總是會支持你的。

淑珍

書簡九——新階段、舊生活（二〇〇八年七月二十七日）

瑞宇：

你寄來的豬腳，被我們當作珍饈，很寶貝地分食完畢。有一些送去給我媽媽——她已很久沒有回屏東了。宜樺連續好幾天都沒有回家吃飯，差一點錯過美味。總而言之，大家都齒頰留香，非常感謝你的貼心。

五月二十日之後的新生活，對宜樺的改變大，對其他人則幾乎沒有改變。他的工作分量是以前的十倍，連週末的休息也變得十分奢侈（因為凡是院長下鄉、勘災，研考會也必須有人隨行）。我只希望他的身體能夠挺得住，並在達成既定工作目標之後，全身而退。

我的生活還是很簡單、平淡。暑假過了一半，忙著改作業、看書，接下來一半，則要好好寫論文。平淡的生活自有滋味，和宜樺緊湊的日子相較，我很珍惜目前的自由自在。

祝你和Y也過得充實、自在，一切平安！

淑珍

書簡十一——憂心（二〇〇八年九月二十六日）

彥寧：

昨晚傾盆大雨，我在半夜兩點驚醒，難以入眠。六點多再度醒來，又是思緒紛紛。

本來以很「歷史」的方式「憂國憂民」的我，現在經常直接感受到政治的衝擊。「捐出」宜樺去從政，他把研考會本務做得好好的，卻常被內閣整體問題所累，整天忙著救火，令我不忍。昨天林芳郁辭職，他非常感傷：這個正直、認真的人難以適應官場，去職只是早晚的事。[11] 劉內閣大部分閣員夙夜匪懈、十分賣命，但卻被打得像落水狗；它的問題，除了若干首長能力不足，主要還在各部會缺乏橫向協調，院本部與各部會之縱向溝通也不足；至於與立法院黨團及媒體關係不良，還是次要的。

不過，焦頭爛額、憂心如焚的宜樺，還是有心情在週末去打太極拳，看《海角七號》，可見他自有平衡之道。對他來講，這一切都是寶貴的功課，可以實際印證所學。而我，沒有任何「官太太」的感覺，但是可以比新聞記者知道更多事情，也算是滿足了好奇心。同樣在博愛特區工作，我「大隱於市」，騎腳踏車上學，只為學生不用功而煩惱；而他坐著黑頭車，來往穿梭於中央聯合辦公大樓、行政院、立法院、總統府，一言一行都有可能影響到全國民眾。這個對比，想想很奇妙。

謝謝你的問候。你們也都好嗎？

淑珍

書簡十一——儒家與自由主義（二〇〇九年一月十二日）

H先生：

昨晚與您一談，有許多感慨。

近三十年來，台灣社會因統獨認同分裂而擾攘不安，沒有想到，在您個人心中，也有類似的「台灣vs.中國」的認同緊張。也因為如此，您對民進黨所代表的新興力量有很高的期待，因而也對他們的迅速腐化感到不解與失落。宜樺和我認為，問題出在：他們除了「本土」、「民主」口號，其實價值虛無；他們「去中國化」，結果是把中國文化中最精髓的理念棄如敝屣，卻不知不覺地繼承了中國文化中最封建的「家天下」、官場文化等惡質成分。如何對中國文化做批判性的繼承、創造性的轉化，讓自由民主之理念／制度與既有傳統接軌（或是宜樺所說的：使自由主義在地化），徐復觀那一代人當年的志業，值得今日海峽兩岸的自由主義者再思。

我有點擔心您的身體狀況，希望您找到好的醫生，多多休養。妻兒不在身邊，您專注閱讀、思考、講學，長期處於高度緊繃的狀態，缺少家庭生活的潤滑，對於身心健康都不太好。「一張一弛，文武之道也」，如有可能，建議您培養一些怡情養性的嗜好，讓濃烈熾熱的感情至少有些徐徐降溫的時候，於自己、於家人都有益處。

其實我也有同樣的毛病。宜樺一不在家，我就生活無節，非弄到把自己累垮不可。讀書寫作之餘，做家事是我的副業，而到陽台蒔花弄草，則是主要嗜好。最近在寫一篇文章（〈台灣土地倫理的變與不變：以農業環境問題為核心〉），大量閱讀農業相關資料；也因此開始做夢，希望將來能買一塊地，種滿園花樹果樹，讓陽光燦灑、空氣芬芳、蜂蝶縈繞，重建童年時曾親身體驗的夢土。如果以後眼睛使用過度壞掉了，這或許不失為一個度過餘生的法子。

總而言之，請多多保重！

隨函附上這兩年寫的四篇文章，請您指教。

李淑珍敬上

書簡十二——善的循環（二〇〇九年二月十七日）

陳先生：

很高興您有意成立新竹地區的有機農民市集！匯集更多人的力量，也許更能幫助有機農業的推廣。[12]

我曾與楊儒門先生接觸，他很純樸可愛，又對有機農業懷抱熱情。他目前在台北發起了一個「248農學市集」，運作得似乎還算順利。

我年輕時家裡遭遇變故，曾經得到許多長輩的幫助，至今無法一一向他們致謝。但記得當時的導師曾說：即使無法直接報答他們，也無所謂；只要將來再幫助有需要的人，就可以了。我想：這是建立一個「善的循環」，讓人與人之間的善意如接力賽傳棒，共同彌補這個世間的遺憾。

祝您的農園蒸蒸日上，全家一切平安！

李淑珍敬上

四、匍匐前進

推動政府組織再造，是當年研考會的主要任務之一，規畫將行政院三十五個部會瘦身整併為二十九個，以減少疊床架屋，增進政府效率。此政策遭遇許多阻力，除了各部會的本位主義，許多社運團體也有意見。熟識的朋友往往希望我代為轉達他們對公共事務的期待，我只好硬著頭皮扮演「下情上達」的中介角色，小心拿捏分寸。

主客易位，當年我們不信任官員，如今也受人質疑。統獨爭議揮之不去，「野草莓世代」──太陽花世代的前身──正蓄勢待發，即將躍上歷史舞台。

書簡十三——從政（二〇〇九年二月十九日）

瑞宇：

謝謝你熱心提供那麼多資訊，真的很感激！我還在整理目前所蒐集到的資料，等到告一段落之後，對問題比較有把握時，再去向這幾位前輩請教。

Y有意再度出馬，服務鄉梓，實在有心。只是，外子並非國民黨員，對黨部運作相當隔閡，可能幫不上太多的忙。事實上，「從政」本不在他的人生規畫中，而我的態度也一直是反對的。我覺得，在教學研究的崗位上，一樣可以對社會有所貢獻；但他認為，經過民進黨八年亂政之後，必須有人挺身而出，維護能讓眾人安居樂業的環境。馬總統找他去的時候，曾答應他「三不」：不入黨，不站台，不強留。因此，他做得很賣力，但我們都很清楚：這種「非人的生活」，最多就是四年。

這九個月來，除了他像陀螺一樣團團轉，家裡其他人都盡量不受影響。我繼續騎腳踏車上班、到黃昏市場買菜，小孩照舊走路、搭公車上學，過粗茶淡飯的日子，同事、鄰居也都視為理所當然。我想，這才是比較健康的生活。

希望Y能找到最適合他的方式為鄉親服務，也希望你能保重身體。祝你們一切平安！

淑珍

書簡十四——萬華考察／哥哥學畫（二〇〇九年三月二十日）

Dear Daddy,

這兩天還好嗎？希望時差已經適應過來了。搭飛機、吃飯、講話之餘，也要散散步、打打拳，多少欣賞一下各種城市的風光。[13]

你不在家，不知為何，連續兩天我四點半就醒了。勉強再躺一個鐘頭也睡不著，只好起來坐在床頭，昏花著眼看那本好看的《到底吃什麼》。

早上二小都還在睡，我就出門去萬華，和學生一起參加台北市文獻會辦的史蹟導覽。龍山寺熱鬧非凡，祖師廟人蹤寂寂，青草巷清芬撲鼻，賊仔市氣氛詭異。走了兩三個小時，漸漸覺得這是一個「天涯淪落人」——遊民、流鶯、老人、黑道角頭——相濡以沫的地方。別的地方少見的行業：繡莊、香鋪、妓院、算命攤、喇嘛攤位……，都在這裡出現。它是台北最早繁華的地區，但很快就被文風鼎盛的大稻埕取代。今日它在台北的地位邊緣化，但或許也因此保留了清代漢人移民社會的草莽氣息。

在這裡的感覺，有一點像是走在紐約的哈林區。很清楚地察覺整個社區的「階級成分」與我平日生活範圍（包括博愛特區與同安街）之不同。但我也感到，被其他階層／地區所排斥的人、事，能在這裡找到被容許的生存空間，代表這個地區有很大的包容性，畢竟是可貴的。（遊民、角頭、妓女也有活下去的權利啊！）

導覽的張老師講得很賣力，很精采。她說：以前帶學生來時，用國語講解，有人一路用閩南語跟著罵：「你不是豬，為什麼要講豬話？」她不為所動，學生則氣得想打架。但後來她去找那人，向他解釋：「現在的孩子只能聽得懂國語，如果不用國語講，在地文化就傳不下去了。」後來他們都對她很客氣。

龍山寺對面的艋舺公園，聚集了大批老人（尤其是老年男子），一圈圈在討論大家樂（？）明牌。地上瑟縮著遊民，柱子上則貼著告示：「為維護公園環境清潔，請勿於公園內發送食物，謝謝合作。」捷運站的廁所要刷過悠遊卡之後才能進去使用，似乎也為的是防堵遊民，令我感覺到公權力（代表中產階級的利益？）與當地文化之間的緊張。

不過，最突兀的莫過於公園旁．家舊書店：它叫「莽葛拾遺」，是利用傳統民居改裝的；除了蒐羅舊書、古董，樓上還有茶藝館，雅俗並陳，文化氣息濃厚。在公園裡眾人交頭接耳討論賭博之際，它大聲地放著西洋交響樂，不知是要用這一重音樂的帷幕把自己包裹、隔離起來，還是做為一種對抗的武器？我在書店裡面駐足一二十分鐘，盯著一張日治時代地圖看了許久。又在附近吃了一碗花生湯豆花，十分滿足。

下午二小分別從美術課回來，展示得意作品給我看。妹做了兩隻翩翩蝴蝶，還有仿照安迪．沃荷的迷彩版畫。她這個週末要寫八張考卷，令我不忍。除了畫圖，我要想想一些方法（例如陪她看電影、畫展），讓她至少在週末可以接觸有創意的文化生活。

哥哥帶回來一張國畫，畫一個現代男子坐在瀑布前面沉思，構圖完整，筆觸大膽沉穩，令人眼睛一亮。我和陳馥芷老師打電話，得知這是今年大學聯考術科的題目（提供三張個別的元素，要學生將之重組）。哥哥在學校和補習班學專業科目一兩年，畫作比國中、小時期還退步；如今重新去跟陳老師學畫不過才三個月，突飛猛進的情形令人驚喜。即使考完了統測，以後也要讓他持續學下去。

陳老師說：為了講解色彩原理、造型原理等課本給他聽，她每週要花兩個小時準備。因為她知道哥哥的思考模式和喜好，所以她能夠用他了解的語彙和畫室可見的物品來舉例說明。而哥哥也聽得懂，能將之運用在畫作上。看到他專注而開心地畫，進步迅速，她非常欣喜。

她說，為了讓哥哥更有信心，她願意陪他去考試。哥哥也說可以。所以，我又加訂了旅館房間，屆時三人一起去淡水和台中。你覺得如何？

明天要陪 Karen、三姨到板橋去找表妹，再去林家花園，並請她們吃素食。傍晚再開電視看沈春華訪問你，看看你怎麼大汗淋漓。

淑珍

書簡十五——電視訪問（二〇〇九年三月二十一日）

Dear Daddy,

你東跑西跑太累，不必每天寫信給我，自己睡飽比較重要。我想到什麼就寫下來，只是要讓你在旅館休息時有一點好玩的東西可看。

今天《唱旺新台灣》播出沈春華對你的訪問，前面十分鐘，果然看到你的額頭亮亮地淌著汗。不過後來就粉粉的，沒問題了。妹從房裡跑出來看了一會兒，又跑回去寫她那八張考卷。哥倒是陪著我看了半個鐘頭，我一邊看一邊和他解釋何謂「政府組織改造」，何謂「公務員的鐵飯碗」。

電視一播完，我大姊就打電話過來，狂笑說她們那裡一堆人都在看。不久由小舅出面做總評：態度誠懇，口才流利，把馬政府的立場表達得非常清楚，可圈可點。他建議應該多播幾次（譬如在王偉忠製作的節目中播出），讓更多的人看到。「如果宜樺繼續在政壇待下去，他會是最好的行政院祕書長人選！」我告訴他，你才上任沒多久，就把辭呈寫好了，隨時準備下台的。

在電視或報紙上看到你（乃至在台下看你公開發言），總覺得在看一個「我認識的人」：很完美，但很疏遠。我要閉著眼睛，默默重溫撫摸你的頭髮、耳朵、眉心、後頸……的「手感」，才能提醒自己，還有另一個只屬於我的你，端坐在心坎裡。

今天陪 Karen 和三姨到板橋去，先到致理技術學院去坐了半天。從花木扶疏、掩映有致的校園景觀看來，這所學校的經營十分用心。

表妹帶我們去看台北縣政府，我的感覺是：用的是民脂民膏，實在沒有必要蓋得這麼豪華！縣政府附近有好多棟高樓大廈正在動工，規模都很驚人。我不知以現在的景氣狀況，如何能賣／租得出去？是因為北縣升格而產生了房地產的炒作嗎？台北縣要怎麼為板橋定位呢？

吃過很精緻的素食之後，我們到林家花園逛了許久。暮春三月，新葉已經長滿，樹木在風中款擺生姿。以前跟著導覽走，介紹各種建築圖案的象徵，不是升官發財，就是多福多壽，總覺得頗為傖俗。這一次自己看，看到了比較多文人氣息的楹聯，和書寫「朱熹讀書樂」的題壁。看看大樹滿園，心想：一百年前花園剛建好時，也沒有現在好看吧。只不過，當時四周是稻田，遠眺可達觀音山，那是現在永遠失去的景觀。

寫累了，我要去洗澡了。晚安。

淑珍

書簡十六——行政院組織改造（二〇〇九年四月十日）

彥寧：

宜樺今天下鄉去了，晚上回來，我會轉告他知道。

據我所知，如果成立「性平會」，那會是一個獨立的部會（如同研考會）。而成立「性平處」，則會是放在行政院院本部下面的一個單位，並非獨立部會。如果能成立一個獨立部會，似乎顯示婦運界訴求比較受到尊重；但在實際運作上，受限於經費、編制，卻也可能令不出該部會，無法在政府其他部門推動性別平等議題（如原民會一般難以施展），所以未必有利於婦運。——以上是我粗淺的了解，不代表「官方說法」。

至於宜樺推動組改是否為了選票？——這個說法令我十分驚奇，倒要好好想一想。

他是為馬英九爭取選票呢，還是為國民黨爭取選票？或者，竟是為了他自己——如果他竟然發昏到要自己出來競選？

可是，當初他答應馬英九出來做事的三個條件就是：一不加入國民黨；二不替人競選站台；三是他要走的時候不許強留。所以，我只知道他最多做四年，看不出他到底是在為誰爭取選票。如果政府組織改造這麼不受大家歡迎，也許可以把他的作為看成是在替民進黨拉票吧。

這週四，好不容易在行政院院會通過了組改案。研考會本身就要裁撤，所以其他被合併的單位比較沒有話講。到目前為止，僑委會升格併入外交部一事遭到最多反對，即使他赴美溝通十天也告無效，所以馬決定撤回此議。宜樺最有成就感的是成立「環境資源部」，把原先散在農委會、內政部、經濟部、環保署下各行其是的單位都集中起來，好讓國土保育能在事權統一的情況下推動，使山河破碎的台灣大地得到復甦的機會。

——他說，因為他不會在政壇久待，所以有些事情必須急著去做。

這兩天，《自由時報》挑了研考會當靶子，以公務人員出國與赴大陸考察報告分別登錄不同網頁為由，指控研考會將大陸與外國二分，亦即不把大陸當作外國而當作本國，即是推動「急統」。昨天十幾位綠營立委（以競選台南縣長的李俊毅為首）突襲研考會，帶著二十多名記者闖入宜樺辦公室，搬弄物品、張貼標語，大吵大鬧。宜樺是時正在外面開會，由副主委葉匡時出面解釋。葉只要和他們說這是《兩岸關係條例》所規定，是依照民進黨執政時期成規，他們就以高分貝不許他說下去。他們等不到宜樺，只得悻悻離去，但李俊毅臨走撂下一句話：「他躲得了一時，躲不了一世！我和他沒完沒了！」

哎，我原以為台灣是個教育普及的地方……。

有了這一條可以炒作統獨議題的新聞，這幾天前政府時期軍方賣官醜聞就可以唬弄過去了。而且也讓急於和陳唐山爭選縣長的李俊毅，可以有個表現的機會。——所以，宜樺沒有真正被激怒，只是一笑置之。

我正在校對修改碩士時期寫的論文《東周喪葬禮制初探》，準備出版。慢悠悠地，心神回到中國上古時代，回到思索著生與死問題的年輕歲月，回到指導教授杜正勝老師還是單純的學者的時期。在論文最後階段，宜樺盯著我的進度，為我畫圖表、填僻字、跑印刷廠……。

宜樺以「我不入地獄，誰入地獄」的心情在一年前開始從政，夙夜匪懈，謹言慎行。而我，則是勉強「犧牲小我，完成大我」，對他的政治生涯時時懷著不甘、不安。他早就把辭呈寫好，隨時準備遞出；而我則打算送一塊匾額給促使他離去的人物，題曰「惠我良多」。

唉，那些人，真的知道什麼是一生一世，什麼是天地悠悠嗎？

我很好，沒有被困擾。也祝你一切平安。

淑珍

書簡十七——婦權會、性平會與性平處的差別（二〇〇九年四月十二日）

彥寧：

謝謝你對宜樺的信任。「有不虞之譽，有求全之毀」，出來做事的人，除了任勞，更要任怨。老實說我自己做不到，但會很努力地協助宜樺做到。

和宜樺討論了婦運界的反應，他做了一些說明：

如果考量選票，就應該成立「性平會」，因為這是馬英九本來答應婦運團體的。成立「性平處」反而可能會讓一些人說他跳票。

他主張成立「性平處」而非「性平會」的真正的關鍵是：成立「性平會」就不再能維持現有的「婦權會」，而成立「性平處」則可以讓「婦權會」繼續運作。

這三個機構的差別是：

「婦權會」是任務型委員會，不是正式機關。不過，它由行政院長主持，有學者及各部會首長參加。在此委員會中，院長要為性別政策負責，他可以叫得動下面的人。換言之，因為有行政院長在，所以婦權會權力較大。

「性平處」則是行政院祕書處下的幕僚單位，它可以與「婦權會」相輔相成，推動落實「婦權會」決定的政策。

但是，如果成立正式的部會「性平會」，它會像行政院下各部會一般，有自己的主委、副主委。開會的時候，由自己的主委主持，行政院長不會參加，因此它不像「婦權會」一般可以在性別議題上指揮各部會配合。

婦運界有些人既希望維持既有的「婦權會」，又要成立新的「性平會」，但這不符合體制。——如果二者並存，請問誰才是性別政策的負責人——行政院長，還是「性平會」主委？這會造成混淆。

總之，權衡輕重，宜樺的客觀判斷是：成立「性平處」（加上原有的「婦權會」）對推動婦運比較有幫助，而成立「性平會」（同時裁撤「婦權會」）則會得到面子、失去裡子。雖然多了幾個當官的機會（主委、副主委），但院長從此不必再管，就像現在的原民會或客委會一樣。

至於「性平處」是否為特定人士量身訂做？更不可能。因為：「性平處」的處長，必須是有考試任用資格的文官，現任立委沒有資格（應該也沒興趣）擔任處長。倒是設立「性平會」的話，其主委是特任官，國民黨立委擔任主委的機會才會大增。

宜樺也約略聽說L最近被批，但沒有立場表示意見。他只能感嘆，當了主委之後，有些原來熟識的朋友容易受連累，因為他們會被懷疑跟宜樺有「勾結」。我也有一點擔心，你在此事上為宜樺辯護，說不定也會有人說你「被收編」了。一笑！

感謝你對我們的愛護。也祝你和B兄身體健康，一切平安！

淑珍

書簡十八——野草莓世代（二〇〇九年五月五日）

劉校長：

謝謝您寄來的文章，讓我對《科月》的緣起和它與保釣的關係有更多認識。您在《聯合報》的文章我已拜讀，不論是針砭時下學生或是批判教育部當局，我都十分贊同您的觀點。不過，身為一位老師，既無法改變教育部，責罵學生也可能帶來反效果。站在學生的對立面，將很難影響他們；要如何了解他們，以引導學生產生自發的學習動力（spontaneity），是更大的挑戰。

我在自己的兒女、學生身上，看到下一代不同的思維方式，也看到他們不同於我們的人生目標。一如我們帶著戒嚴時代、憂患意識等時代印記，他們也帶著解嚴時代的烙印。他們在「快樂學習」的口號下長大，但是中學時代升學壓力有增無減，填鴨考試無休無止，大學只是讓許多人可以逃離升學、「重溫童年」；直到大學畢業，他們恐怕始終沒有真正了解學習之樂何在。他們雖然有時顯得膚淺，但是本質善良活潑，心態開放民主（有別於前人的專斷、英雄主義），擅長圖像表達（雖然欠缺前人的文字能力）。他們還是很在意尋找自己能夠發揮潛力的場域，雖然有些場域在我們看來不登大雅之堂——調酒、烹飪、跳舞、畫漫畫、旅行……，但文明會因他們而更多采多姿。未來的世界是屬於他們的，如果我可以活到夠老，還有機會觀察他們會走出什麼樣的路來。

祝您一切平安！

李淑珍敬上

五、天下第一部

二〇〇九年八月八日，莫拉克颱風襲捲台灣，驚人雨量造成重大傷亡，高雄小林村滅村尤其引起輿論沸騰。行政院長劉兆玄在災民安頓工作告一段落後，主動扛起八八風災政治責任，率領內閣總辭，飄然遠去。陪同下鄉救災的外子本欲與劉揆共進退，但被馬總統極力挽留，成為吳敦義內閣中的內政部長。

「天下第一部」業務包山包海，光是警察同仁就有八萬大軍。一介書生能否勝任內政部長之職，眾人都在等著看。

書簡十九——使命感（二〇〇九年九月十日）

老師：

謝謝您的包容與支持。

宜樺接下更艱巨的工作，全家人都感到心情十分沉重。目前台灣的媒體、政治環境，讓有操守、有能力的人不屑、不敢從政，公共事務怎能不每況愈下？劉院長忍辱負重、飄然引去，而宜樺還願意跳火坑、當炮灰，只能說是一種儒家知識份子的使命感吧。

謝謝老師對他的肯定，也希望在完成階段性任務以後，他能早日回歸學術，過正常的生活。如小女兒所說：「回歸家裡輪流洗碗的行列！」謹此，恭請

研安

淑珍敬上

書簡二十——驚嚇與成全（二〇〇九年九月十一日）

林老師：

外子和我討論此事，我的第一個反應是：頭皮發麻……第二個反應是：成全他吧，好讓他可以幫助更多的人。

我的ＥＱ很低，動輒得罪人，往往最後只能選擇逃避，還好外子在這方面比我高明許多（他畢竟是政治系的）。「安居樂業並非理所當然，公共事務不能冷漠以對」，是他去年出來從政的原因。能不能達成抱負，尚不可期，盡心盡力就是了。

謝謝兩位的祝福，也祝您闔家平安！

李淑珍

書簡二十一——平淡生活添了波瀾（二〇〇九年九月十一日）

憲升：

說來好笑，管區警察動作快，馬上在我家門外釘了一個巡邏箱，每兩個小時就有人來看看。所以，我們巷子裡的鄰居也都有更好的保全了……

日子還是粗茶淡飯地過，腳踏車來，腳踏車去。只不過，知道多一些新聞幕後故事，滿足了一些好奇心，讓原來平淡可期的生活添了一些波瀾和色彩，如是而已。

謝謝你的祝福，也願你一切平安！

淑珍

書簡二十二——感謝祝福（二〇〇九年九月十五日）

君立：

謝謝你的祝福。

過去一年，我已經習慣宜樺在家花許多時間打電話，連絡公事、回答記者詢問。但最近這一週，每天在報紙、電視上與國人共同觀察、監督他的一言一行，還是感覺很奇怪……

這幾天，附近洗衣店的老闆熱心告訴我警界風紀問題嚴重，當過記者的同事為我憂心他做事會被扯後腿、背黑鍋。被樓上黑道鄰居吵得半夜睡不著的朋友，背包連同護照被偷的舅舅的朋友的朋友，都想透過他來解決問題。他的大學同學，婆婆的妹妹的媳婦，以前在職專班的學生，我的親戚……，則希望因為私人關係得到工作。

日後回想，會覺得頗為滑稽吧。

昨天宜樺因為下屬所擬文稿文字不通有點氣惱，想找一位以前指導過的博士生來擔任機要。可是轉念一想：政治如此短暫，怎好因此而誤了那位有潛力的年輕人的前程？還是讓他在學界發展吧。

至於宜樺自己呢——「我不入地獄，誰入地獄？」

我的冬令營檔案被珍重藏在不知哪個角落去了，如果下回碰面，能不能影印一份宜樺當年那些問題給我呢？謝謝！

祝你一切平安！

淑珍敬上

書簡二十三——感謝關心（二〇〇九年九月二十一日）

彥寧：

謝謝你的關心。

老實說，我也是屬於悲觀派。但是宜樺知其不可而為之，我也只好硬著頭皮成全。

我希望他少說話，多做事；可是媒體唯恐天下不亂，恨不得多看到一些人事衝突，令我提心弔膽。他早晚要回到學校去，不求仕途發展，所以做起事來不必太瞻前顧後；但是如果樹大招風、樹敵太多，容易橫生枝節，使他想做的事半途而廢，所以我希望他能更低調一點。

這一年來等他回家吃晚餐，常要等到八點。他每天工作時間超過十六個鐘頭，週末也難得有半天休息；他的健康，是我最憂慮的。

我自己的部分，還在繼續調適。以前就和朋友說過，我需要很大、很大的隱私空間；因為宜樺曝光太多，使我更想躲起來，以匿名方式存在。盡量維持生活作息、衣食住行如常，也不讓孩子的生活有什麼不同，對我而言就是一種無形的自我保護。

小犬今年通過身障生的升學管道，考上一所科技大學的視覺傳達系，希望未來他能繼續成長。

我把你的信轉給宜樺看了，我想他會留意移民署的問題，但是要給他一些時間（這半年要先把災防體系和縣市改制的部分做好）。

祝你和B兄一切都好。

淑珍

六、歡喜做，甘願受

八八風災造成人民嚴重生命財產損失，暴露了原有災防體系之不足，是以外子接掌內政部之後的當務之急，即是推動大幅修訂《災害防救法》，檢討防災、救災之SOP；另外在行政院成立「災害防救辦公室」，負責各部會間的協調。

除此之外，內政部花費了更多心思在《社會救助法》、「實價登錄地政三法」等法案的制定上，希望幫助弱勢族群及消費者。

不過，二〇〇九年世界維吾爾大會主席熱比婭（Rabiye Qadir）受邀訪台，內政部以事涉國家安全為由，拒絕其入境，[14]引起了軒然大波。

雖然工作極為繁重（因視網膜剝離而開刀，請假一週就得恢復上班），但整體而言，在內政部兩年多，是外子從政最能施展、成就感最高的時期，因此他甘之如飴，而我只能含淚成全。

書簡二十四——宜樺新職（二〇〇九年十月十日）[15]

Karen,

謝謝你提供的美國防災指南。我覺得很有用，把它交給宜樺參考，可以提醒大家面對天災時預做準備。

撥亂反正、除弊興利是宜樺從政的初衷，也是我支持他的原因（儘管很勉強）。如今他主管「天下第一大部」，過度曝光，引起大量關注和攻擊，令我深感不安。他是反對黨立委和媒體的針對目標，每天必須花費大量時間應對嚴厲而無的放矢的批評。與此同時，他的無黨派立場也引起了某些執政黨黨員的懷疑。為了維持兩岸和平關係，他拒絕世界維吾爾大會主席熱比婭進入台灣，更引起了民進黨、他從前的同事和學生的抗議。

擔任新職的第一個月，他真正致力的工作是重組台灣的災防體系。最近強烈颱風芭瑪襲台，政府各單位因應得宜，證明這套系統發揮了功效。雖然他勇氣可嘉、毅力驚人，口才、能力都有過人之處，但我寧可回到二〇〇五年之前，那時他還沒有涉入太多行政工作，可以單純地享有學者的自由和尊嚴。如今他工作過重，我很擔心他的健康。

我們家的生活如常，食衣住行一如往昔，沒有搬到官邸去住。孩子在學校沒有特別被人問起，我也繼續騎腳踏車上班。和過去不同的是：如今我們習慣晚上八點宜樺下班後才吃晚飯；偶爾接到馬總統的電話時，也不會再感到特別興奮。

宜樺今天終於清空了辦公桌上的公文，明天要陪我出去走走。我很鬱悶，想念清澈的溪流、芬芳的野薑花；雖然可能下雨，但我們一定會成行。

我想，你我都必須學會與世界和平相處，在完美主義和不完美的現實之間找到平衡，努力放鬆自己。我開始讀莊子，以後再和你分享心得。

多多保重！

淑珍

書簡二十五——常與無常（二〇〇九年十月七日）

老師：

收到您的信，十分感傷。學歷史的人，對「變化」特別敏感。逝者如斯，我們既無法抗拒「時間」，那又應以何種態度面對人事的成住壞空、生老病死？

史學承認一切變化都有其來龍去脈可以追溯，但是這些「實然」的變化往往不合於我們對「應然」的期待。如果不希望流於相對主義的憤世嫉俗，那麼要如何才能產生強大的內在力量，抗衡隨波逐流的誘惑？

由於家道中落、家父早逝，我的青春時期籠罩在「無常」陰影之中。大學接觸儒家經典，儒家對「常道」近乎天真的樂觀信仰，使我在怒水行舟之際找到人生「壓艙石」。而宜樺對我無微不至的呵護，也讓我重新獲得安全感。

但是，生命有限、人生無常這一事實，一直拂之不去。獨自在美國撰寫博士論文最後一部分，提及徐復觀如何明知時間無多仍渴求新知、拚命買書，又如何在朱子臨終前繼續對學問、對學生竭心盡力，找到自己面對死亡的力量……，寫到這裡，忍不住熱淚崩堤，痛哭不已。

這些年來寫作學術論文，沒有一篇不與這種「存在的困惑」有關。前兩年在文哲所訪問時，陸續寫了兩篇關於現代中國知識份子「改宗」的文章，是對這個問題最直接的探索。其中一篇討論李叔同，他對「無常」有特別高的警覺，但是即使出家為僧，也很難逃脫人世的困境。您這幾年也經歷「改宗」，不知是否會心有戚戚焉？

這一個月來，宜樺到內政部，工作量之大，超過前此所有經驗（最高紀錄一天工作二十小時），牽動社會視聽的程度也遠逾往昔，令我憂心忡忡：憂慮他健康受損，憂慮他樹大招風，更憂慮他清譽掃地（為了禁止熱比婭入境事，有人罵他「無恥」、「出賣靈魂」、「一個自由主義者之死」）……。但他努力維持心境平和，單純地想為社會、百姓做事的初衷不變，而我也只好含淚支持。希望我們心中的「常」，能挺得過這段「非常」時期的考驗。[16]

感謝老師包容，下一週兩岸人文社會科學研究會議，我會帶研究生去參加，相信大家都會受益良多。謹此，恭請

研安

生 淑珍敬上

書簡二十六——近況（二〇〇九年十一月三日）

彥寧：

謝謝你寄來的這篇資料。小犬能夠有這麼多人關心，實在很幸運。他進入科技大學視覺傳達系已一個多月，學校的特教老師很照顧他，安排一位班上女生時時提醒他各種狀況，也引導他和一群同學經常一起吃飯、活動，使他很快有了歸屬感。目前系上課業與他高職時期的課程大致相似，所以他也適應得不錯。不過，因為這一行人才供過於求，系主任說將來工作不好找，所以我和宜樺想建議兒子以後參加身障公務人員考試，看看能不能有比較穩定的工作保障。

宜樺經過了近兩個月的震撼教育，現在逐漸適應內政部包山包海的業務。而我，也繼續每天幫他看報紙，看看內政部什麼事情又被記者盯上。但是，沒消息就是好消息，我們還是希望他不要經常上報，因為那些突發狀況會使他無法專心處理大事情、建立真正長遠的制度。他想做的事情有幾項：重整災防體系、國土規畫復育、八八風災災後重建、縣市改制配套法案、調整貧窮線、建立長期照護系統、改革警政。希望在借調期滿之前，來得及完成一些工作。當然，移民署妨礙人權的部分，他也會留意。

謝謝你的關心。請多保重身體，並代向B兄問好。

淑珍

書簡二十七——內政部長（二〇〇九年十一月二十七日）

憶琪：

在外子剛接下內政部的工作時，他弟弟反應十分激烈，向我說：「他做得來嗎？你為什麼要讓他去做？」對第一個問題，我的回答是：他做得來。對第二個問題，我只能說：我是含淚成全。

兩個多月下來，他所遭遇的考驗，有許多是從前在研考會不曾經歷過的。有些是真槍實彈的正事：

——除了總質詢時間，每個星期至少三個上午，要輪流到立法院的內政、衛生福利等委員會報告預算及法案。他必須和友黨及反對黨立委維持友好關係（電話連絡、登門拜訪、聚餐吃飯……），了解多如牛毛的內政部業務，背一大堆統計數字，並在發言台上不卑不亢地應對立委的脣槍舌劍。

——每天報紙上總有天外飛來，與內政部業務相關的報導（如警察、犯罪、家暴、兒虐……），他必須在滴水不漏的既定行程之外，另找空檔，趕在記者來圍堵之前，找負責同仁來了解狀況。幾乎沒有一天能夠躲過這些突發事件的危機處理，他已經認命。

——他已大致找出災防體系的癥結問題，並已重整組織系統、制定更有效的標準作業流程，重新安排人事。此事才稍微告一段落，警政業務又狀況不斷，他要在很短時間內了解原因何在，推動警察教育的改革。

另外有些額外差事（通常占去週末的時間），則令人啼笑皆非：

——在許多頒獎典禮上，他必須連續微笑兩個小時，和兩三百個人一一握手（肥厚的、溫暖的、僵硬的、緊張汗溼的、柔弱無骨的……），不斷當活動布景、與人合照。

——到太魯閣為路跑活動鳴槍，被人團團簇擁一整天，毫無隱私，連打呵欠、閉眼假寐的空檔都沒有。

——應法務部長王清鋒之邀到竹東宣傳反賄選，穿著簡便雨衣外加宣傳背心，在露天菜市場逢人就握手（豬油味的、魚腥味的……），天上飄著小雨，他的鞋襪早就在泥濘中弄溼，內衣也溼成一片……

總而言之，如果把時間分成四份，那麼應付立委、應付媒體、做無聊的事（如頒獎）大概占了三份。他是勇於任事、也做事極有效率的人，可是這個時代的環境，卻硬是把他的「戰力」折損到只剩四分之一。

而可怕的是：整天事情紛至沓來，令他忙得如陀螺亂轉；但一個星期後回顧，卻幾乎想不起曾做過什麼事。雖然他知道自己整天在幫人解決問題，「在積陰德」；但因為精力太過分散，看不到成績的累積。

他還必須做好情緒管理。學生、朋友在報上罵他拒絕熱比婭入境、背叛自由主義，他不能說是以國家大局為重。記者嘲諷警政署派警員在提款機旁站崗一天、以宣傳反詐騙集團，他不能解釋那是前任部長時代所做決定。新的研考會首長推翻他過去堅持的中油考績乙等，他也不能干涉。面對反對黨立委的無理叫囂，他絕對不能動怒，還要和他們說理。……

我的感想也和你一樣：部長不是人人可以當的；對於那些願意去當的人，只能寄予無限的同情。而身為他的妻子，除了同情，還有擔驚受怕、牽腸掛肚。

直到現在，我還是很不喜歡在電視上看到他出現——那是我所不熟悉的一面，令我感到疏離。可是，他的工作使他必須和五湖四海的人打交道，不能不以對方能夠接受的方式和他們溝通。大多時候我只是聽他回來講故事，但如果他做了太多妥協，我也會抗議。

有個老朋友最近來電，說他的公司裁員，每個留下來的人都愈來愈忙，但他自我安慰：「再忙也沒有江宜樺那麼忙。」這位朋友位居要津，經常到各國出差，他說：「再位居要津也比不上江宜樺。」總而言之，外子成了「指標性人物」，禍福難料。

宜樺從政一年多來，我對政治也有更深入的觀察。令我百思不解的是：清代台灣民間有許多自發性團體，彌補政府的消極統治；何以台灣在民主化之後，民眾卻失去了這些自發性，而希望政府萬能？偏偏公務人員從來就是遇事就推，而且大家又希望政府人力精簡，自然難以把事做好。結果就是：百姓需求愈來愈多，而政府愈來愈左支右絀，二者形成強烈的對比。這種結構性問題，不是一兩個有良心的政務官就能改變的。

希望你已經得到充分休息，「首長一日」留在記憶中咀嚼就好。[17] 平安、平淡的日子，比較幸福。所以——

祝你一切平安！

李淑珍

書簡二十八——歡喜做，甘願受（二〇一〇年九月五日）[18]

Karen,

謝謝你的生日卡、明信片和信件。

此地今年夏日炎炎，苦盼多時的颱風姍姍來遲，不料一來就是三個！還好，大雨注滿了乾渴的水庫，但沒有造成太致命的損害。住在危險地區的居民提前疏散，前往安全的地方避難。每當颱風來襲，宜樺就日夜待在中央災害應變中心。我個人以為，由於他對災防體系的重組，現任政府比以前更有能力應對風災。雖然很少人察覺他的付出，但我深以他為榮。

過去三個月裡，宜樺也努力加強警紀，鼓舞警察同仁的士氣，以明快方式處理涉及警紀的翁奇楠命案。此外，他要求建商將屋簷雨遮與主要建物分別計價，頗受好評。但他也遭受了一些媒體的攻擊，懷疑他任教時申請國科會補助而未完成「經典譯注研究計畫」；[19]為了提高生育率，他祭出一百萬獎金徵求宣傳標語，也引來很多批評和嘲笑（包括我）。「有功無賞，打破要賠」，政務官戮力從公被視為理所當然，而稍有差池，就準備被報紙、電視和名嘴罵得體無完膚。

我安慰他時，他總是笑一笑：「沒關係，為國家做事就要付出這些代價。活該！」但他知道自己心理上和身體上都有局限，多次考慮辭職。身為他的妻子，我希望他早日退出政壇；不過，身為一個公民，我盼望他能再撐一段日子，為社會做更多的事。

你出於一片愛心，主動照顧社區裡的老朋友，反而使得他們的子女不高興，你也無須太介意。如果你初心不變，就不必後悔；如果覺得困擾，放下也無妨。畢竟，這是一項自願工作；你可以選擇堅持到底，也可以選擇默默離開。

你說「好心沒好報」，但我更喜歡證嚴法師的座右銘：「歡喜做，甘願受。」在這方面，我們都要努力學習。

你聽說過下面這個故事嗎？

一個小女孩問她的牧師，為什麼上帝總是辜負好人？牧師沉思了幾個月。有一天，他突然悟出了答案。他告訴小女孩：「不要因為上帝的不公平而責怪祂，也不要指望當好人一定得到回報。其實，上帝賜予你的最大祝福，就是讓你能成為一個好人，我們不能要求太多。」

所以，放下你的憤怒吧。感謝上帝，讓你成為這樣一個天使。你生來善良慷慨，證明你是有福的；周圍的人，因為你的緣故，也同受上帝的祝福。

祝你一切平安！

淑珍

書簡二十九——柴米夫妻，神仙眷屬（二〇一一年三月十六日）

憶琪：

難道沈春華的節目那麼受歡迎嗎？怎麼那麼多人都看到了那段影片呢？真令

人想不透。[20]

一個學生說：「『想你』……好甜蜜喔。」

公共系的助教今天看到我戴著口罩，說：「這樣就不能愛的抱抱了？……」

賣水果的老闆娘說：「小姐你貴姓？……我就說嘛，怎麼會那麼像！……你好幸福喔！」

我只好和一個研究生正色說：「這件事情要低調一點。上天會嫉妒幸福的夫妻。」

我開始有點煩惱，因為：三十年的相處，中間必然會有無數波折；可是這段專訪無形中塑造了一個神話，把我們當作幸福家庭的樣板，只看到目前的結果，而忽略了過程中的辛苦磨合。殊不知，「想你」之後，我們通了超過兩百封信；在最低潮的時候，也幾乎曾有離婚的念頭。

我們一樣是柴米油鹽過來的，一如所有平凡夫妻。如果說有什麼特殊之處，我想是：1. 兩人個性互補，但對家庭、金錢、人生意義等價值觀相似。2. 對彼此的工作的困難之處能夠理解、體諒。3. 都深愛孩子，有共同的責任感。4. 家務分工。5. 適當妥協、退讓，避免自我過度強烈（九五%的小事他聽我的，五%

的大事我聽他的）。6. 兩人發展出一套「兩小無猜」的相處模式：他好像我的爸爸，我好像他的媽媽；彼此撒嬌，也相互寵愛。

總而言之，平凡夫妻，還是可以當神仙眷屬！

祝你們一切平安！

李淑珍

書簡三十——社運人士的盲點（二〇一一年四月二十六日）

敏真：

我明天到下週三不在台北（陪外子出訪教廷），所以恐怕沒有機會見到你。我常常想起你。有許多話想說，但因為怕造成你的困擾，影響你的課業與工作，又把話吞回去。現在你的論文應已完成，可以簡單說一說我的想法。

外子這三年從事公職，常有機會接觸社會各種階層的人。他所主管的業務，特別是地政、營建、社福等部門，涉及弱勢族群的生存處境，他的原則是要努力為他們爭取更好的照顧，可是也必須在既有的法律、經費、體制之內，以漸進的方式逐步進行。

但是，許多為弱勢族群仗義執言的社運人士，卻總是假設政府官員必然與財團勾結，必然顢頇無能。社運人士和小市民、小農民站在一起，以正義之士自居，用高姿態做悲憤的控訴，彷彿這個世界非黑即白，而他們永遠是對的。他們代小市民、農民提出的要求，往往是絕對性、全面性、一次性的解決，不接受任何妥協方案。

我想問的是：難道我們不能對事情的複雜面向有更多理解（張愛玲說：「可憐者必有可惡之處」；人性往往有許多灰色地帶）？難道將公務員視為敵人（「國家機器的一部分」）有助於問題的解決？面對棘手的爭議，在野者只要站在自己的立場誓死反對即可，而在朝者卻必須面面俱到，聽取社會上諸種利益團體（包括經濟弱勢者）的眾聲喧譁，從中做一個艱難的、往往兩面不討好的選擇。

我想說的是：在朝者須記得自己有被權力腐化的可能，而社會運動者也不要自以為站在道德的制高點上，忘了對自己做更多反省。如果話說重了，還請見諒。

祝你一切平安！

李淑珍

書簡三十一——歷史學家與綠手指（二〇一一年九月十二日）

宜敬：

你熟讀史傳，知道的人物故事一定比我來得多！看你出口成章，我還得去Google一下，才能確定典故。如果說我有什麼史家特異功能，大概就是類似靈媒的本領：透過大量史料想像過去的時空，讓已死的精魂重新回返人間。

我家——你來過的那棟舊公寓——門口有一兩坪小院，幾年前種下四棵大約一人高的細瘦唐竹。後來每年雨季前後就抽長新竹，愈長愈多、愈長愈壯，現在已經二、三十竿，四層樓高，蔚然成林。不論是風和日麗，或是寂靜月夜，因為有了這叢竹林，風有了聲音，光有了影子。從客廳望出去，一片迷離綠海，讓人心曠神怡，觀之不盡。只不過，這麼偉岸的竹林擠在小小的二坪地上，還要和一棵樟樹分享天空，真是委屈了它們。

在台北擁有二、三十竿竹子，已經讓我感到很驕傲、很富有，而你居然可以在鹿谷種上一萬一千棵！過分！太過分了！而且，看看你列出的樹種：桃花心木、台灣肖楠、楓樹、苦楝、黃連木——都是特別漂亮的！

你會讓江宜樺的日子很不好過，因為從此以後我會拿你的樹林當標竿，整天碎碎唸。但話又說回來，二、三十竿竹子整天和我常相左右，比起你遙遙相思一兩百里外的山林，還是幸福得多。[21]

菊花該怎麼種呢？我從來沒有成功過。見面時再向你請教。

淑珍

注釋

1 根據教育部長杜正勝先生「同心圓史觀」改寫的歷史科課程綱要，明顯地去中國化，當時引起很大爭議。

2 對於此一統獨立場的說明，請參見本書卷二第五章書簡二十七：「多少蓬萊舊事」（二〇二二年十一月十一日）。

3 自鄉土文學論戰（一九七七—一九七八）、美麗島事件（一九七九）開始，台灣「民主化」與「本土化」運動攜手而行、相輔相成，在人民第一次直選出台籍總統李登輝（一九九六）時達到高峰。然而自此之後，「本土化」超越「民主化」，成為驅動台灣發展的引擎。由於執政者往往鼓動台灣民族主義情緒以遮掩內政弊端，「本土化」在相當程度上干擾了台灣「民主鞏固」的進程。

4 在某次演講之後，回應一位學生的來信提問。

5 筆者任教的學校位於博愛特區，總統官邸、總統府、凱達格蘭大道近在咫尺。每天騎車上學，台北的政治風景，透過街頭的旗幟、標語、憲兵、警察、群眾集會，一一收入眼底。

6 陳水扁卸任中華民國總統後被揭發多起案件，包括：國務機要費案、海外洗錢案、龍潭購地案、南港展覽館案、二次金改案。

7 關於此事詳細的來龍去脈，請參見本書卷一第三章書簡一：「知其不可而為之」（二○一四年一月二十一—二十二日）。

8 張政亮（一九六六—二○二一）為筆者的同事、好友。

9 筆者寫給外子的信。

10 志鵬是外子的弟弟。

11 林芳郁是劉內閣第一任衛生署長，在三鹿奶粉汙染事件中，因為衛生署三聚氰胺檢驗標準引發爭議，在任四個月即辭職。

12 陳禮龍先生從高科技業轉行從事有機農業，因拙作〈給失業返鄉務農者一條活路〉與我結緣。他反映當年農委會小額貸款規定之不盡合理，農委會從善如流，修改規定，嘉惠了眾多小農。

13 外子在研考會推動「政府組織改造」，擬將僑務委員會併入外交部。為了向僑胞說明政策，他出差前往美國。不過，由於僑界強烈反對，他分析利弊得失之後，維持現制。

14 當時世界維吾爾大會祕書長多里坤・艾沙（Dolkun Isa）被國際刑警組織列入紅色警戒名單，赴韓國時被韓國海關拒絕入境並拘留。

15 Karen是筆者的表妹，住在美國。原信為英文。

16 二〇一六年民進黨再度執政，次年主張台獨的台聯也邀請熱比婭訪台，但蔡政府外交部拒絕處理此申請案。陸委會表示「將考慮主客觀因素，妥慎評估」，最終也未允許熱比婭來台。值得玩味的是，蔡英文在野時痛批馬政府拒絕熱比婭入境，執政後對此默不作聲，同樣未允許熱比婭來台；而當年撻伐馬政府的「覺醒青年」、「進步人士」，卻未就此抗議民進黨政府。

17 憶琪是我的學生，有公共行政背景，曾參加青輔會舉辦的「一日首長」體驗活動。

18 原信為英文。

19 事實上，外子在開始擔任政務官之後，就已經主動跟國科會解除此一經典譯注計畫，並歸還補助款。他在擔任公職期間及卸任之後，沒有再申請任何政府計畫。

20 二〇一一年三月，時任內政部長的外子與筆者接受《沈春華 Life Show》專訪。外子早年的「想你」情書一時成為話題。

21 遺憾的是，二〇一五年颱風來襲，二坪竹林傾倒受損、遭人砍除，如今已不復存在。所幸樟樹取而代之，如今也已綠葉成蔭、亭亭如蓋。

第二章——海雨天風：闊揆之路

（二〇一二——二〇一三）

學者從政，符合華人社會「學而優則仕」的傳統，原本不足為奇。不過，在短短五年內，一個人從政治學者成為行政院長，又在擔任閣揆一年十個月後急流勇退、離開政壇，則頗為罕見。「其進銳者，其退速」，這段乍起乍落的歷程，反映了民主時代學者從政的若干限制，足以令人省思。

學者從校園進入政府擔任公職，相較於經歷公務體系升遷的資深文官，以及經過激烈選戰產生的民意代表／地方首長，各有優缺點。資深文官熟諳法律規章及行政程序，在層級分明的官僚體系中恪守崗位、使命必達；但他們也容易受本位主義影響，防弊思考多於興利作為。民選政治人物則經歷選戰考驗，了解民情，最接地氣，也知道如何因應媒體或利用媒體；但選舉動員涉及龐大的人脈及資源，一旦當選，難免會有利益糾葛、人情關說的困擾。

相對而言，從學院出身的學者，比較具有專業理想性格，較無人情包袱、黑金顧慮，施政時公共利益考量高於黨派利益，這是他們的優點。但在政壇老手看來，他們流於天真、自以為是，不懂現實政治的「眉眉角角」，對法令規章也有待學習摸索。更不用說，在立法院遭遇立法委員猛烈砲轟，出門被媒體包圍「堵麥」，在公共場合遭群眾拉布條抗議，在網路上被鄉民鋪天蓋地攻擊⋯⋯，都是他們進入政府後才會接觸到的「民主洗禮」。若無長官相挺、執政黨立委支持，許多原本滿腔熱血的學者，往往招架不住這些震撼教育，因而心灰意冷、掛冠求去。馬政府時期（二〇〇八—二〇一六），學者出身的政務官比例特別高，而其異動亦特別頻繁，部分原因在此。

外子的情況比較特殊的是，他曾跟隨毓老學「實學」，又是政治系出身，長年研究民主理論，對政黨政治並不陌生。此外，他獲得層峰相當程度的信任，與多數部會首長默契良好，也和文官同儕合作無間。儘管民主政治的權力制衡令施政縛手縛腳，而雙首長制在運作時也多所扞格，但他尊重憲政原則，主張依法行政、分層負責；在面對各種不同民意的拉扯時，希望照顧最大多數人的福祉，並追求一個「富而好禮」的社會。

但這些條件，並沒有使他政通人和。或者說，正因為這些條件，使他樹大招風，步履維艱。核四、自由經濟示範區、十二年國教、年金改革、兩岸服貿協議等公共政策，不但在野黨大力杯葛，我們素來尊敬的學界、社運界及藝文界人士也痛加撻伐。抨擊其「獨裁」者有之，批評其「無能」者也大有人在，或者乾脆說他「缺乏進步價值」。有人說他「換了位子，就換了腦袋」，如果他留在政府，那必是戀棧權位；如果他萌生去意，就代表抗壓性不足。尤有甚者，群眾運動一而再、再而三地爆發，不

斷衝擊政府的正當性

身為政治人物的妻子，本就是沉重的負擔；四面楚歌的處境，更讓筆者感受到前所未有的壓力。雖然在家裡我常是個「忠誠的反對黨」，但我能理解執政者的難處。眾人以嚴苛標準檢視他的言行，但其依憑的媒體報導往往扭曲失真；大家認為他大權在握，卻不知他所面對的世界風雨蒼茫。而我，因為「閣揆夫人」的身分，在公共議題上沒有一般公民的公開發言權利，只能潛水閉氣、等待黎明。

一、憂鬱的春天

二〇一二年一月，馬英九總統第一屆任期結束，外子也四年借調期滿，渴望重回學界。然而事與願違，艱苦贏得選戰、確定連任的馬英九總統，努力說服外子繼續為國效命，雙方往復拉鋸，過程漫長而痛苦。最後，有感於社會經歷選戰撕裂、需要盡快恢復生活常軌，外子忍痛辭去台大教職，接下副閣揆工作，輔佐陳冲院長，面對更嚴峻的挑戰。

書簡一——天人交戰（二〇一二年一月二十八日）

曾老師：

謝謝您寄來的文章和祝福。

經過混亂的幾天，年假中家庭出遊的計畫泡湯了，另一個漫長的四年正等待著我們。而一些好事者還認為這只是起頭……

晚上一個人去附近小學散步，黑暗中在操場上一圈一圈地走著。如果說，在這一次的天人交戰中，我們心中的儒家成分占了上風；那麼，下一次，我會讓道家的成分跳出來主導，擋住所有壓力，即使與許多人翻臉也在所不惜。

我已習慣孤獨，以前如此，以後也會是如此。

在您還沒有消失以前，我想請教一個問題：曾在某處看到您說：歷史思維的特色是「長時間、多層次、整體性」，我非常喜歡。但「多層次」與「整體性」之間的差異，我掌握得不是很好。能不能請您進一步說明？有沒有文章討論這個問題？

新的一年，祝您一切平安！

李淑珍敬上

書簡二——春日書（二〇一二年二月二十三日）

怡君、姵儀、嘉華：

好久不見，最近一切都好嗎？

我過了一個頗為苦惱的寒假，又忙過了開學第一週。現在終於可以坐下來，好好回學生年前年後寄來的信了。

請原諒我以通函形式回信。你們也許互不認識，但都是社教系／史地系的系友。想和你們說的話，就像在課堂上對著大家說一樣，誠意一如往昔。

昨夜台北大雨滂沱，雨腳又快又急，那聲勢不像綿綿冬雨，而彷彿是驚蟄前後的大雨。早上到河濱公園運動，煙雨滿川，水柳新綠籠罩在雨霧中。雖然依舊輕寒惻惻，但是在清新的空氣中嗅得到春天。希望櫻花、水仙不會被大雨打壞，今年能來得及去陽明山看花。

外子的工作最近有異動，我的生活則平靜如昔。昨天去翰林出版社討論小學社會教科書的編輯，有個年輕的朋友問：「你現在有隨扈保護嗎？」我忍住笑：「我騎腳踏車上下班，如果有隨扈，他要跟在後面跑，恐怕不太好看。」如果有隨扈，我還能自由自在，到河濱跑步、去植物園看書、到黃昏市場買菜嗎？

外子忍痛辭去教職、暫時繼續留在政界，就社會大眾而言，或許是好事，但就我們的家庭而言，則是犧牲。我支持他做這個決定，是從選民的角度出發，而不是從妻子的立場出發。因為，在目前的媒體環境、民意監督下擔任政務官，是要有一些「知其不可而為之」的儒家信念，或是「捨身飼虎、割肉餵鷹」的宗教情懷的。當眾人紛紛向我們「道喜」之際，我們只能報以苦笑。

外子成為公眾人物、戴著口罩也會被計程車司機認出，我則小心翼翼、隱身其側，也慶幸社會大眾對我沒有太大好奇心。這四年來，我愈來愈清楚「樹大招風」的道理。低調埋名、大隱於市，是一種自我保護，也才能專心做自己分內的事。

「有趣」的是，這陣子也陸續有朋友寫信來，告知即將和我「絕交」，因為不想被人看作攀緣附會之輩。第一封信讓我悶悶不樂良久，第二封信就令人啼笑皆非了。我告訴她們：

四年前外子開始從政，我倍感煎熬。從那時起，我就決定：在自己的生活上

「以不變應萬變」，繼續安靜過日。如是者四年。

最近外子工作又有異動，決定的過程又是艱辛萬分。但我們的家居生活依然如常，我的教學研究也繼續進行。「依然故我，我行我素」是我面對這些衝擊的最高原則。我以平常心待人，也希望朋友們以平常心相待。

不過，看樣子我是會失去這兩個朋友了。這是這幾年所遭無妄之災的又一個事例。

最近台北市政府突然要求市北教大脫胎換骨、改制改名（改為「台北市立大學」？），令正在忙著應付評鑑的大家傻眼。我到教大十三年，校名、制度就換三次，真不知是這個學校包袱太重、改來改去改不好，還是外力不斷干預、導致它無法按照自己的內在邏輯穩定發展？

我的反應先是驚訝、憤怒，現在則決定冷眼旁觀：不管學校怎麼變，我都要以不變應萬變；不管校名、院名、系名變得多花俏，我還是以同樣的態度工作：認真教學，認真研究，帶學生進德修業。

寫過《了解全球化》、《世界是平的》等書的佛里曼（Thomas Friedman）

最近有本新書：《我們曾經輝煌：美國在新世界生存的關鍵》（天下文化）。他對美國競爭力下滑十分憂心，力主振興教育，讓學生有能力面對一個迅速變化的世界。（他甚至提出一個簡單的公式：家庭作業×2＝美國夢。）

他說，要振興教育，必須所有人都投入：老師、校長、父母、政治人物、街坊鄰居、企業領袖、學生本身……。而其中能發揮最關鍵影響力的是老師。值得玩味的是，好老師大多是自我摸索出來的，不是靠人家教出來的。她／他們是「從混凝土中，找到自己出路的花朵」。說得真好，不是嗎？——正在當老師的怡君和姵儀，和未來計畫當老師的嘉華，或許可以從這裡得到一些啟發吧。

希望嘉華順利完成碩士論文，希望姵儀繼續在教學的崗位上創造更多奇蹟，也希望怡君病後好好休養、導師工作漸入佳境。

多多保重！祝福你們！

李淑珍

書簡三——致歉（二〇一二年十月十五日）[1]

廖董：

您好！好久沒連絡，紙教堂的經營想必蒸蒸日上。不知您和新珠姊是否一切安好？蝴蝶鎮計畫的推動可順利？十分想念！

今年的史學方法課程，我不敢再勞煩您跑一趟，改為邀請林琮盛先生前來，並已蒙他慨允。感謝您引介，讓我可以認識這樣一位充滿理想並致力實踐的奇人。您和林先生不只有寶貴的社區營造實務經驗，更重要的是，年輕人可以從二位身上看到人格典範，這對正在成長摸索中的他們是極為重要的。

年初您曾邀請外子為您的大著《揉轉效應》寫序，他也答應了。不料新閣上任之後，風波不斷，他忙得焦頭爛額，無法動筆。接下來，暑假期間媒體謠傳他將競選台北市長，引來無數惡意攻擊。我愕然發現：不管他如何戮力從公，在不了解內情的大眾心目中，他也只是一個夸夸其談的官僚。而在還沒有下台之前，他不便把事情說清楚、講明白，只能忍辱負重。

我因之想到：在今日的台灣民主社會，「政府／官員」已成過街老鼠，人人喊打。您的大著若由他寫序，會產生反效果。何況，新故鄉基金會胼手胝足在民間奮鬥有成，大家有目共睹；一個政治人物來錦上添花，恐怕反而會減損了您們的公信力。——這不是推托之詞，而是很清醒的體認。

總而言之，他要向您辭去這個任務，還請您原諒。耽誤您那麼久的時間，十分抱歉！也祝願大作順利出版，新故鄉的人、事、物一切平安！

李淑珍敬上

書簡四——告別（二〇一二年十一月二十七日）

彥寧：

自從宜樺從政以來，你不是第一個和我「切八段」的朋友。

一直維持著騎腳踏車上學、到黃昏市場買菜的生活的我，很清楚宜樺目前的工作只是我們生命中的偶然插曲；我們一家——包括他自己——都期待它早些畫下句點。

就某個意義而言，我就是家裡那個監督他的民間力量。只不過，我比媒體記者、電視名嘴、立院立委、專家學者，都有更多機會直接目睹他的行事作為，並了解他行為背後的動機與原委。也許你寧可相信名嘴記者的言之鑿鑿，或是專家學者的口誅筆伐；但你如果問我，我會誠實告訴你：宜樺並沒有被政治沖昏頭，也沒有被權力腐化。

壹傳媒的併購案，現在正由公平會和 NCC 審議中。這兩個機關都是獨立機關，行政院不能就個案對他們下指令，只能呼籲他們依法審查。學生到行政院抗議，首先就找錯了對象。[2]

今天學生到行政院，事先並未申請集會，但行政院仍派出五、六個單位的官員在接待室待命，請學生依法派代表進院表達訴求或遞交陳情書。可是學生拒絕派出代表前往接待室，而執意要求院長或副院長「踹共」[3]並簽署訴求書。幾年前的行政院祕書長曾在類似情形下出來直接與學生對話，結果陷入重圍、被公然羞辱，而學生引以為莫大勝利。今天若陳沖院長或宜樺出面，情形會和當年有所不同嗎？

也許你真的認為我們的道德標準比常人低落，是非價值比常人混淆，對世界的認識比常人蒙昧，對中共的看法比常人天真。但你或許也可以想一想另一種可能性：你們所不齒的宜樺，是否在從政之後看到了單純的學者所看不到的另一個世界：國家形勢異常險峻，中共統戰無孔不入，社會現實光怪陸離，政府運作仿如多頭馬車，政務官在媒體、民代、專家、民眾圍剿下毫無人格尊嚴可言？

所有這一切，希望在時過境遷之後，能有機會向朋友說明。身為宜樺的妻子，我只能說：他所承受的朋友的誤解與外人的詆毀，已經遠超過常人所能負荷。而他所以忍辱負重，只是為了讓他的朋友與敵人生活的這個世界安穩靜好。

淑珍

二、進入深水區

二〇一三年二月，行政院長陳冲因健康及家庭因素請辭，外子奉命接任閣揆，我們的家庭生活受到進一步衝擊。一些好友給我們溫暖的支持，讓我們有繼續走下去的力量；但因為在公共政策上立場分歧，也有學界朋友與我們分道揚鑣。

由於社會資源有限，施政的重點，是要保護多數人的利益，還是少數人的人權？是要符合當下選民的好惡，還是考慮後世子孫的禍福？推動政策的方式，是要立竿見影，還是循序漸進？公務員依法行政，是恪守職責，還是官僚本位？民意的反映，是要透過審議說服，還是街頭抗爭？……這些本來都是可以討論的。但一旦因為立場迥異就把對方「非人化」（例如「我是人，我反核」的口號），就等於關上溝通大門，雙方只能誓不兩立。

書簡五——新閣（二〇一三年二月九日）

禮龍、俐芳：

謝謝您們送來的菜、米，還有親自飼養的放山雞！讓我們非常不好意思。雞隻已仔細切塊處理好，想必花了俐芳不少時間。兩位費心了！再次敬表謝意！

外子職務異動，挑戰十分艱巨。身為一個國民，我期盼新閣能帶領國家走出新的方向。而身為一個教育工作者，我也希望能在某種程度上嘗試改變目前台灣社會彼此怨懟、攻訐的負面心態。

感謝您們長期的支持，也祝願您們身體健康，一切平安！

李淑珍敬上

書簡六——春到人間（二〇一三年二月十日）

姵儀：

「念力」似乎是有些作用的。最近我一直想：姵儀最近好嗎？好久沒有她的音訊了。——結果就收到了你的信！（小青蛙的造型好可愛，我幾乎捨不得拆開。）

看看你去年的信，好像今年都還用得著。沒錯，去年一年中我又收過讓我啼笑皆非的絕交信。想想自己歷來也曾為了這個或那個理由和一些朋友／學生疏遠，現在被人列為拒絕往來戶，也是報應。

其實，我現在更大的挑戰不在於處理和一兩位朋友的友誼變化，而在於如何面對紛至沓來的點頭之交乃至陌生人的好意（或惡意）。一向孤僻而拙於社交的我，要花許多時間學習得體的進退應對，頗感困窘。

儘管不斷換學校，你的教學生活，想必愈來愈如魚得水。最近有個學生大吐身為菜鳥老師的苦水，我第一個想到的就是向她推薦你的教學經驗。聽一位新北市的小學校長說：由於生師比提高、中小學老師課稅等因素，小學在這幾年會需要許多正式老師，特別是社會科科任教師。我想，這會是你很好的機會，希望你能把握。

我在今年端午節（六月十二日）（當天下午會南下高屏，第二日上午到屏東一個社大做演講。或許我們可以在端午節一起吃個晚飯？

今年家中過年的氣氛，除了因外子職務異動產生的後續效應而有所不同，最大的變化便是我取代了外子，堂堂升格為家裡寫春聯的人。半年來在書法班上課，讓這個家裡寫字最醜的人終於可以揚眉吐氣（但硬筆字還是不能看）。看著模仿顏真卿書法的紅色春聯，映著一旁的綠色修竹，心中很有成就感：

松竹梅同經寒歲

天地人共樂好春

祝你新年快樂！

李淑珍

書簡七——華光社區：事未易明，理未易察（二〇一三年二月十五日）

敏真：

新年期間我曾經經過華光社區，看到各種抗議標語及待拆的屋宇，心裡有很複雜的感受。[4]

對長期在此生息的居民而言，強制拆遷有如逼迫他們連根拔起，情何以堪？但是對於處理此案的公務員而言，他們也只能就事論事、依法辦理，以求得對最大多數人而言的公平。如果占住公家宿舍、乃至占地違建者，在向政府不斷示威後，就可以得到都更、分到新房，那麼循規蹈矩、遵守法律的一般市井小民，做何感想？

我很同意你的想法，國有土地究竟如何使用，應該由人民來監督，而不該由公務部門各說各話。只是，如果美容院老闆娘、雜貨店頭家才算「人民」，試問：他們為生活奔忙已經焦頭爛額，如何撥出時間心力來監督每一筆國有土地的使用？

由於實踐「直接民主」的困難，目前大部分民主國家是採取「代議制度」，請議員、立委代表人民來監督政府作為，包括國有土地的使用。可是誠如你所知、議員、立委往往代表某些特定利益團體，他們也未必真能代表基層的聲音（何況基層也常有分歧的立場）。

除了代議民主，專家政治也是我們的國家決定公共事務的一種方式。就我的了解，公務部門內常有許多委員會，邀集外界學者專家審查各種土地開發案，他們的意見有很大分量（例如台北市都市計畫委員會）。這些學者專家算不算「人民」？也許你覺得不算。那麼身為台大地理學碩士的你，又算不算「人民」？為什麼算（或不算）？

總而言之，「事未易明，理未易察」。愈認識事物的複雜性，就愈明白人世有許多灰色地帶，不是那麼容易黑白分明地下斬截的結論。我們必須更謙卑地知道自己的智慧與判斷的局限，不能那麼義正詞嚴、理直氣壯，認為自己才是有良心的知識份子，而意見與我不同的人則基本上動機可疑。——這是這五年來我學到的另一個教訓。

你的工作引領你進入醫學人文的領域，這是另一個利益糾結、價值衝突的世界。相信你能從中學到更多，也做更多自省。

祝你研究順利，一切平安！

李淑珍

書簡八——核四（二〇一三年三月二日）

K兄：

我已將您的信轉給「相關人士」參考，也很感念您為公共利益籌謀的苦心。說起來，我應該算是一個身體力行的環保人士：隨手關燈關電腦；騎腳踏車上班買菜；夏天家裡幾乎不開冷氣；用洗菜水澆花；衣食住行的欲望很低。……我的教書寫作，以腦力而非電力為「能源」，限電不會嚴重影響我的生計；大學教授的薪資，也負擔得起因電價調漲而增加的電費和其他物價。更何況，我對台灣核廢料長期放在蘭嶼，一直有很大的罪惡感。

——從以上各方面來看，我實在應該站在反核的一方，義正詞嚴地撻伐政府續建核四的政策。

但是，外子從政這幾年來，我看事情的角度，悄悄發生很大的變化，包括對各種社會運動的看法。其中之一是：我不再能把很多爭議單純地看作「政府 vs. 人民」的對立。如果要以同樣的二分法來簡化台灣社會所遭遇的困境，我會說那是「人民 vs. 人民」，是不同利益的人民團體之間的相互對抗，而不是「政府 vs. 人民」。大埔農地、中科二林園區、文林苑、華光社區、反旺中……，乃至這一次的核四爭議，莫不如此。

當然，實際狀況自然遠為複雜混亂，因為幾乎所有問題都牽涉到眾多利益／立場的角力或結盟。真正的情形往往是：

人民團體一

vs. 人民團體二

vs. 人民團體三

vs. 政黨A（立委甲 vs. 立委乙 vs. 立委丙）

vs. 政黨B（立委丁 vs. 立委戊 vs. 立委己）

vs.

政黨C（立委庚vs.立委辛vs.立委王）

vs.

中央政府（部會1vs.部會2vs.部會3）

（政務官vs.文官）

vs.

地方政府（直轄市vs.縣vs.鄉鎮vs.村里）

vs.

地方民意機構

vs.

司法體系

vs.

監察體系

vs.

媒體1

vs.

媒體2

vs.

媒體3

……

因為這樣的認識，在核四爭議中，我不得不去考慮環保之外的其他因素：因核四停建引起的經濟停滯或產業外移；深受電力、電價牽動的市井小民生活；國家已經投入核四的三千億資金；收拾已蓋好九八%的核四廠廢墟的代價；甚至，當台灣經濟進一步弱化時，如何在政治上繼續堅持主體性……[5]

在面對這些事情時，如果外子的處理方式使某些朋友失望，那是因為：他不能只站在某一個人民團體的立場去思考事情，而必須盡可能地做較全面性的考量，以符合較大多數人的公共利益。他的決定自然無法滿足每一方的要求，但我可以確定的是，背後沒有個人權位的動機。當然，他也不是一個盲目相信台電說法的人，核四的實際狀況及安全性，是他目前最關心的事情。

外子終將回到學界，而我可以預見屆時他將很孤獨。沒有關係，我會與他為伴。

再一次謝謝你的來信。

淑珍

書簡九——趙孟（二〇一三年三月四日）

K兄：

呵呵，酒後吐真言，也是很可貴。我也將它轉給「有關人士」參考了。只不過，您的種種建議是建立在一個假設上，那個假設，對我、對他，都不成立。[6]

我們的老師毓老曾一再提醒學生：「趙孟（按：春秋時代顯貴）之所貴，趙孟能賤之」，他要我們維持自己的精神獨立，不要受當權者操縱。

這幾年來，我們進一步發現：原來，在民主時代，「民意」也是一種「趙孟」！

趁眼睛還看得見、腳還走得動的時候，我還想過幾年從心所欲的日子，不想再被觀看、被討論、被人說「賤人就是矯情」。我們的「大位」，就是同安街書桌前的那一張椅子。

此刻春光爛漫，希望過兩年能與心愛的人共享。

祝您闔家一切平安！

淑珍

三、高處不勝寒

扮演「閣揆夫人」，比我過往的所有角色——女兒、妻子、媳婦、母親、學生、學者、教授——都還要困難。台灣社會對政務官妻子的期待，是當個花瓶或隱形人。因此，習於在課堂上對學生直抒胸臆的史學教授，如今出現於公共場合時，必須三緘其口、沉默是金。另一方面，如何向朋友說明政府決策的來龍去脈，如何婉拒識與不識者的陳情或請託，卻又考驗著言語的藝術。

書簡十——政治家的妻子（二〇一三年三月十三日）

俞佑：

謝謝你的加油打氣。這一個月來，我經歷了心情的劇烈變化（主要是因為媒體介入、影響生活），隨著開學的腳步，日子恢復常態，我也回復平靜，可以安心讀書、教書、寫作了。

作家、導演、翻譯家、園藝設計師……，都曾經是我的人生夢想。史學家、教師，則是這二十年來全力以赴的事業。女兒、媳婦、妻子、母親的角色，我不認為成功（特別是女兒、媳婦的部分），但也是戰戰兢兢地經營。

我從沒有想過，年過半百，竟然要遭遇到另一個新角色——當政治家的妻子——的挑戰，而且是在媒體偷窺無孔不入的狀況下！我一直以為，「成為別人茶餘飯後的談資」是一件可悲的事情。看到自己的種種出現於八卦新聞的跑馬燈、而非報紙的文教版，令我感到無法自主掌握命運的無奈。

對一個歷史學家來說，家人從政，提供了一個近距離觀察歷史形成過程的機會。我從中學到很多，對台灣政治、文化與社會，都有了與從前不同的想法。

我認識了事物的複雜性，不再把許多事情看得單純、容易。我依然是個理想主義者，但比較清楚落實理想時會遭遇的種種困難。

外子遭遇的毀譽，都無可避免地在我心上留下刻痕。「有不虞之譽，有求全之毀」，儒家人文教誨給我們最大的心靈支持。不過，在民主化的台灣，四面八方的風暴隨時掩襲而至，有時還需要一些宗教家的情懷，才能撐得下去。

像所有國民一樣，我期盼江揆善用他現有的影響力，多為國家興利除弊。但我也很清楚，他隨時可能下台，他所做的事情最終會被人遺忘殆盡。因此，我希望他留下的不只是治績，而且是風範。

謝謝你的關心與支持。祝你一切平安！

李淑珍

書簡十一——身障生就業（二〇一三年四月四日）

曾先生、曾太太：

您們好！謝謝您們的來信。

兩位為令郎憂心、煎熬，我能感同身受，因為我也有一個患有高功能自閉症的兒子，而他也快要大學畢業，即將面臨進入職場的巨大挑戰。身為父母，對子女的愛護與擔憂，是一輩子難以卸下的負擔，何況自己的愛子是弱勢族群。在父母年老或是過世之後，孩子如何自立，更是我們心中揮不去的陰影。但是，即使困難重重，我還是鼓勵兒子靠自己的努力爭取工作機會，而不認為他可以靠父母的人脈或背景來獲取特權，特別是人人渴望的公職。

由於自己孩子的關係，外子進入政界五年以來，一直很關心身障弱勢朋友的處境。尤其是在擔任內政部長任內，他就提升社會福利方面做了很多努力。但是他能做的是「通案」的處理，而無法針對「個案」來做推薦，因為這麼一來，會對其他有類似處境的人不公平。這一點，盼望能得到兩位的諒解。

令郎忠厚認真，他的經歷和證照，都證明他的確非常努力。我想，由於《身心障礙者權益保障法》規定公私機構要進用一定額度的身心障礙者，令郎一定能找到適當的工作。上週我到勞工教育館參加了一場大專身障生就業轉銜資源說明會，得到了一些很有用的資訊，隨函一併寄給您倆一份，請兩位參考。如果您需要進一步的說明，可以連絡「台北市勞動力重建運用處」的「身障輔助課」，一定能給令郎許多協助。

最後，敬祝您倆身體健康，閤家安康！也祝福令郎順利就業，一切平安！

李淑珍敬上

書簡十二——十二年國教（二〇一三年四月七日）

怡如：

收到你的信時，正是緊鑼密鼓緊張備課的時節。回信遲了，請見諒。

我這兩個多月的生活，盡量維持正常：每日早晨到河濱快走，騎腳踏車上下班，教書寫作煮飯掃地，到植物園散步……。可是不免有一些干擾：媒體的好奇，陌生人的陳情，各種活動的邀約，抗議團體的包圍……。我多半使用「減法」處理這些突如其來的事務，努力維持生活的平靜。由於自己孤僻的性格，我在這個角色上，「有所不為」的部分恐怕會比「有所為」的成分多。

兩年前，我曾發憤要寫「台灣農業三部曲」，但後來只完成一篇，就因事忙而擱下。隨函附上那篇舊作，供你參考。可是，書齋閉門造車，畢竟難以揣摩種田生活。也許有一天，你能向我實地說明農事甘苦？

＊　＊　＊

當了一輩子的學生和十七年的老師，我一直沒有離開教育現場。對於教育，現在的看法大致如下：

對有些有足夠心靈及財力餘裕的人而言，學習可以當作遊戲，無所為而為，高興就好。但是，只要這個社會還需要百工配合運作，學習總難免有一定的功利性，要追求某種境界。而要把一件事情學好，除了興趣，更要下苦功深入，才能卓然有成。

最理想的狀況是：社會提供無限資源，讓每個人依自己的興趣、時程探索，等找到興趣之後，再自動自發、深入學習，獲致一定的成就。

只不過，事實上，社會並沒有無限的資源可以投注在所有人身上，讓少男少女四處漫遊，在充分探索、確立性向之後，才投入專一集中的學習。學校往往不得不以強迫、他律的方式，在有限時間內，對記憶力強、理解力弱的青少年灌輸未來成材必要的知識。

再者，由於國家財力有限，它提供的公共教育，只能針對大多數的「中人之資」者，以求在短期間迅速大量培養合乎國家建設需求的人才，無法照顧到不同才性天賦者的需求。落實在教育現場，二十世紀台灣的學校（包括日治和國府戒嚴時期）就變成受考試主導教學、以填鴨背誦為能事。「中人以下」之資的學生，固然追不上「主流」；而具有「中人以上」之資者，則痛恨這套教育扼殺才智、戕害心靈。

一九九〇年代的教改，要推翻以上那套模式。一位前輩的說法是：受美國博士教育影響的「台大幫」，要打倒台灣土生土長的「師大幫」。換言之，是受不了填鴨教育的「中人以上」者，要打倒那些主導教育的平庸「中人」。

可是，教改一九九四年迄今將近二十年，毀多於譽。現今馬政府要推「十二年國教」，延續教改理念，也遭到民間強烈質疑。為什麼？

我算是「台大幫」，非常清楚台灣傳統教育如何戕害了學生對世界的好奇心與求知的自發性。但在師院、教大待久了，我也逐漸能夠同情傳統填鴨教育有不得不爾的苦衷。

我們必須承認，世界上大部分的人還是中人之資，而國家社會的教育資源依然有限。比方說，除了國英數社自等傳統科目，我們的國高中有辦法提供美容、木工、機械、服裝、烹飪、財經、傳播等各方面的師資與設備，供學生充分探索性向嗎？相對而言，傳統以紙筆為主的學科教育，算是成本最小、短期效益最明顯的一種方式。

教改推翻傳統遊戲規則之後，具有社經優勢的家庭，可以透過補習、家教、才藝班、私立學校、出國遊學等方式，彌補公立學校的不足，給予他們的子弟更充足的性向探索空間和時間，等待孩子的學習自發性萌芽。

可是，父母忙於營生、家境拮据的孩子，沒有這些豐富的校外資源可以利用，往往對自我性向一片茫然；而一旦學校他律要求放鬆，他們的自律性又還沒有建立起來，國高中階段遂可能在荒嬉中度過，連基本的國民常識也沒有學到。貧富差距、城鄉差距反而在教改之後惡化，不是沒有原因。

十二年國教推動「中人之資」者免試升學，會不會加劇這種情形呢？如果所謂「高中、高職優質化」能夠落實，或許可以讓這些弱勢孩子入學後至少學到一技之長。但是，十二年國教的爭議目前都集中在特色招生、超額比序等招生問題，而沒有注意到國高中如何充實教學內容的問題，令我深以為憂。

我們家裡還在爭論十二年國教的問題。但願今天做的決定，不要讓二十年後後悔。希望能在不久的未來看到你思索的紀錄。

祝你一切平安！

李淑珍

書簡十三——修行（二〇一三年四月十五日）

Sugar,

好久沒有見面了，最近一切都好嗎？

感謝你寫了這麼深情的一封信，給我們溫暖的鼓勵。如果不是老朋友們不渝的支持，宜樺很難在這條艱苦的路上繼續走下去。

昨天週日，他一早就到台中弔唁一位朋友，然後在台中展開各項行程，直到晚上十二點迎接大甲媽祖回鑾安座，今天凌晨兩點多才回到台北。半夜三點上床，一早八點又出門上班去了，預計要晚上九點多才能回家。他的隨行人員，也睜著惺忪的眼勉強撐著，努力面對新的一天。

陳冲院長辭職時，黯然地說：自己「雖無功勞，但至少有苦勞」。當「台灣的天空飄滿粉紅色的舌頭」之際（作家楊渡語），不知有幾人會為這些公職人員想到「彼亦人子也」。

宜樺初從政時，就有一位文壇前輩提醒他：「一旦身任公職，就不能再提筆為自己辯護，而要拿政績來說服人。至於口誅筆伐的角色，要留給沒有政治權力的人，這樣才公平。」

在這種情形下，宜樺的種種作為，往往是記者透過一知半解的文字報導或斷章取義的電視鏡頭傳達給社會大眾，而無法直接由他自己來完整說明決策的原委。媒體有如哈哈鏡，對他報導、評論得愈多，他的形象就變得愈古怪、扭曲。日積月累下來，連許多學生、朋友都寧可相信媒體呈現的政客模樣，而否定他們曾經親聞謦欬的這位師友的人格，更不用說不認識他的名嘴、網友，是怎麼樣隨心所欲、大放厥辭了。「三人成虎」、「曾參殺人」，我現在才知道這是可能的。

在許多爭議事件上，學界、社運界人士常將政府官員描寫成圖利財團、打壓弱勢，而他們則為自己的道德高度感到自豪，雖然他們所據以判斷的資訊非常有限。我無法在此一一回溯每個事件背後的複雜背景，但有一個感受很深刻：濫情理盲的台灣社會愈來愈不能就事論事，而所謂專業化的學術訓練似乎加深了某些人的「隧道視覺」（tunnel vision）。[7]

身為歷史學者，我很清楚：政治人物的「政績」大部分都會被遺忘；即使留下影響，也會是毀譽參半，因為沒有一個決策可以永遠地討好所有人。宜樺殫精竭慮所做的，是謀求島上大部分的人在三、四十年內的福祉，包括不動產實價登錄、年金改革、穩健減核等政策皆是如此。但何謂大部分的人？何謂三、四十年的福祉？恐怕也是見仁見智。他只能憑著良心做事。

最終來說，走這一趟的主要收穫，就是增長了一番見識吧。這是修行，我們還有很多需要努力的地方。

感謝你們夫婦一路相伴，請多保重。也請代為向令郎問好。

淑珍

書簡十四——「閣揆夫人」（二〇一三年四月十七日）[8]

Dear Shelley,

波士頓爆炸案的消息讓我們震驚，擔心你們一家的安危。希望你和家人、朋友一切都好。

最近台灣也差點遭到恐怖攻擊。兩天前，一位律師在高鐵列車和一個立委服務處放置炸彈，隨即潛往中國，所幸很快被捕。目前尚不清楚他的犯案動機。

布朗大學教授胡其瑜（Evelyn Hu Dehart）三週前到台北參加一個會議。她應邀到敝校，以美國華人為題發表演講，我們聊得很愉快。

我家女兒已經考上台灣師大美術系。她雖然熱愛藝術，但並不打算將來成為一名專業藝術家，所以放棄了原本的第一志願——台北藝術大學。兒子今年夏天即將大學畢業，我很擔心他未來的工作。為了做好進入職場的準備，我催促他去上一些機械製圖課程，希望對就業有幫助。

今年二月，馬總統任命宜樺擔任行政院長。他面對的挑戰很多，包括是否要舉行核四公投。他變得更忙了，常常無法回家吃晚飯。立法院開會期間，他一天要站在備詢台上七個小時，接受立委質詢。日常工作時間從上午八點開始，直到次日凌晨一點，每天像陀螺一樣轉個不停。

在宜樺上任之初，媒體對我有一些炒作，如今生活再度恢復正常。我希望一切都盡量簡單，但有些識與不識的人會來請託，要求幫助升遷、干預訴訟、安排工作，令我十分不安。此外，宜樺的政策激起反對黨和一些異議學者的嚴厲撻伐，我們住的老公寓曾經被大聲抗議的群眾包圍。雖然我不是他們針對的目標，但仍深感困擾。成為「閣揆夫人」，與其說享受榮華富貴，不如說有更多戒慎恐懼。

最近五個親人、朋友相繼去世，令我悲傷不已。人生無常，生命脆弱，年過五十之後尤其如此。儘管沒有明顯的疾病，這學期我內外交迫，常感疲乏，寫作計畫也耽擱了。

你在社區學院教得如何？以你的才華、耐心和勤奮，一定備受歡迎，成為學校的重要資產。雖然社區學院的學生可能不像波士頓大學那樣學術導向，但是如何使文史連結學生的日常、讓它在生命中生根，對教師而言更具挑戰性。你的學生多半來自基層，每日為生活而奮鬥掙扎，他們提供的教學回饋，極為可貴，我相信你可以從中學到很多。

請多保重。請代為向你的家人問好！

淑珍

書簡十五——潛水閉氣，等待黎明（二〇一三年四月二十日）

林老師：

謝謝大嫂的邀請。自從外子接任現職以來，我變得愈來愈不喜歡出席公開場合。因為，不管是羡慕、嫉妒、好奇、不屑，大眾對「閣揆夫人」投注的眼光，總令我不自在。特別是，我很清楚，大部分的人對我毫無認識與理解。所以，我會仔細想想是否參與這個活動，如果會去，也會以「隱形」方式看展，盼能得到兩位諒解。謝謝！

對不起，回頭重看那天的回信，覺得實在寫得太衝了，很不應該。雖然是因為信任兩位才如此直言，但畢竟辜負了兩位的一番好意，謹此致歉！

我想，在台灣的民主體制與媒體環境之下，愈來愈沒有人有勇氣從政；而在女性自覺日益清晰的時代，也會愈來愈沒有人願意以花瓶的模樣出現在官方場合，任大眾對她的髮型、服裝指指點點。

也許最近有些疲倦和受傷。當大學教授基本上沒有老闆，而當台灣的公職人員則有兩千三百萬個頭家。因此，「妻以夫貴」的生活，對我比較像是一種「軟禁」。

政務官的太太是一個困難的角色，我不會也不想扮演得很稱職。這五年來，一直在「潛水閉氣，等待黎明」。希望有一天，能結束這樣的日子，回到生活的常軌。

再一次向兩位鄭重致歉，並祝一切平安！

淑珍

四、社運時代

一位政治學者曾說，二〇〇八—二〇一六乃台灣「社運狂飆」的八年。在太陽花學運爆發之前，已有樂生療養院爭議、士林文林苑都更爭議、反媒體壟斷運動、反華光社區迫遷、國道收費員資遣抗爭、關廠工人抗爭、洪仲丘事件、反核四運動、苗栗大埔事件……，一波未平，一波又起。抗議的隊伍中，除了感受到迫害的當事人，還有一群義憤填膺的社運人士和青年學子，秉持著左翼理想和素樸的正義感，跳出來反對馬政府的「國家暴力」；而在野的民進黨，也在這些社會運動中扮演了一定角色。

書簡十六——廣大興事件與核四公投（二〇一三年五月十五日）

威辰：

你好！對不起，最近比較忙碌（讀書、改報告、上課、出外演講、出席活動），回信遲了，還請見諒！

很高興知道你在物理系的課業之外，也關心憲政民主議題，這是民主社會公民應該具備的素養。你的老師的教導引起你的高度興趣，可見教學成功。我也希望，你能以開放的態度繼續接觸各項議題和各家說法，了解公共事務的複雜性，並思考解決問題的可能方法。

關於台灣漁民被菲律賓軍警射殺一案，[9]這十天下來，交涉已有突破，而且國際氛圍有利於台灣。雖然菲方態度一再反覆，但最終來看，中華民國政府的四個要求——道歉、懲凶、賠償、漁權談判，大概都會得到正面回應。

軟硬兼施——而非一味強硬或一味示弱——是國際交涉時要注意的談判藝術。另外，由於台灣外交處境敏感，很多事情背後會有中、美、日三大國的角力，台灣必須借力使力，需要智慧與技巧，不能暴虎馮河、有勇無謀。

這個事件，也讓我反省到自己對菲律賓所知太少。雖然菲律賓是台灣的鄰國之一，但我們素來把注意力放在日本和中國大陸上，對菲律賓不但沒有興趣，甚至因為它大量輸出勞工，而對它帶著輕視。我拿出《東南亞史》來讀，書上說它貧富嚴重不均，但又是東南亞教育程度最高的國家之一。不管如何，我都要提醒自己更關心這個鄰國。

關於菁英與民意的問題，你的老師大概是反對核四公民投票吧。

我的看法是：在「間接民主」政治之下，大部分的公共事務，的確是由行政部門的政務官和公務員、立法部門的民意代表、司法部門的法官等所謂菁英來決定，並透過定期選舉政務官和民意代表來反映民意。在此情況下，若遇到重大爭議，動輒訴諸公民投票，實在勞民傷財。不過，核四付諸公投，也有情非得已的苦衷。

試問：如果核四存續是由目前藍營執政的行政部門或立法部門決定，而他們又主張續建，綠營及社會反核團體會心服嗎？綠營及反核團體要求馬政府直接宣布停建核四，但十二年前的大法官解釋文已宣布當時陳水扁政府停建核四違憲，現在貿然宣布停建核四，恐怕也會違憲。

綠營過去長年主張核四公投，如今真要付諸公投，他們卻堅決反對，因為怕公投門檻太高（超過五〇%的公民投票，投票者中超過五〇%同意），無法通過停建核四。但是，現行規定意味總共二五%的全體公民就可以決定國家大政方向，已經有一點令人不放心；如果再降低現行公投門檻，亦即不到四分之一的人可以左右另外四分之三以上的人，你認為合理嗎？[10]

關於「自然法」的觀念，我的看法是：那是西方歷史上的一個信念，一個學說，但是否真是如此，則要存疑。社會制度畢竟不等同於物理現象，物理學家或許可以「發現」自然真理，但是立法者卻是在人間「創制」法律，受到社會時空條件的影響很大。他心目中的「自然法」，換一個文明來看，可能即會有很大差異。

學期快結束了，相信你這一年有很大的收穫。不管你是否轉學成功，這一門憲政民主課程開啟了你的視野，會成為你在成大難忘的回憶。

祝福你身體健康，一切平安！

李淑珍

書簡十七——政府與民間（二〇一三年六月二日）

廖董：

您好！我這一學期的課終於上完。下週期末考，改完考卷，就可以放暑假了。知道您們成立「埔里 Butterfly 交響樂團」，十分驚喜。您們的勇氣和毅力，真令人感動。暑假裡我會到中部一趟，目前時間還未確定。請問：遊客搭乘大眾交通工具遊埔里，是否可行？我想嘗試看看。

年初外子接任閣揆之後，各項政務排山倒海而來，每天都只能匍匐前進。最近我曾陪學生到船仔頭藝術村，看到謝敏政先生苦心經營的情形，深刻感受到農村凋零的嚴重性，因此再一次提醒外子留意社造界朋友的建議。他委請羅瑩雪政委與您連絡，希望能進一步釐清計畫進行的方式與步驟，盼您能撥冗參與。

您認為政府部門太唯我，以致與社會脫節、與價值脫節、與國際脫節。我不是政府部門的代言人，無法替他們辯護或解釋。但這五年近距離觀察台灣民主政治運作的情形，我的感想可以寫一本厚厚的書。

我曾和一位朋友說：這幾年下來，我不再能把很多爭議單純地看作「政府 vs.

人民」的對立。如果要以同樣的二分法來簡化民主化後台灣社會所遭遇的困境，我會說那是「人民vs.人民」，是不同利益的人民團體之間的相互對抗，而不是「政府vs.人民」。大埔農地、中科二林園區、文林苑、華光社區、反旺中、核四爭議、十二年國教……，莫不如此。

當然，實際狀況自然遠為複雜混亂，因為幾乎所有問題都牽涉到眾多利益／立場的角力或結盟。

因此，所謂的「社會」，是哪一個「社會」？所謂的「價值」，又是哪一個「價值」？在一個多元的社會中，變成莫衷一是。

大家抱怨政府效能不彰，因為：在威權統治消失的時代，要把行政、立法、司法、監察、考試……那麼多機構串起來運作，其困難有如玩「一〇〇〇人一〇〇一腳」（二人三腳的擴大版）遊戲，任何一個人失足，就會全體仆倒。

我也很希望看到政府部門和NPO共同治理，但是要如何在這樣叢林一般的政治社會生態中攜手合作，並且能夠使之制度化、常態化，需要很大的智慧。

祝您和新珠一切平安，也請代為問候新故鄉的朋友。

淑珍敬上

書簡十八——迂迴繞路（二〇一三年六月二十日）

謝老師：[11]

收到學界朋友的來信，總是很高興。您的建議，我會轉告宜樺。

兩年前我們全家到馬祖一遊，對那裡的資源限制，和您有類似的感受。馬祖長期被劃為戰地，當地居民吃了很多苦；台灣島民在享受安居樂業的生活時，其實對他們有很大的虧欠。馬祖人對前途的焦灼、他們想要找出突破點的堅決，我可以理解。

您對宜樺的期許，也是我對宜樺的期許。不過，我最近開始反省，安於校園單純生活的我，是否太過低估他分分秒秒所承受的來自四面八方的壓力。單是每日看他花大量時間和長官、同僚、媒體、立委……開會、溝通，我就無法想像那需要多大的耐性。我說：「換成是我，做兩天我就不幹了。」他笑了笑：「你撐得了兩天？兩天很長呢。」

在民主化的台灣，沒有事情可以用快刀斬亂麻的方式來痛快解決。從起點到終點，總沒有一條直線可循，而必須不斷地迂迴繞路，在山重水複中尋找柳暗花明的線索。

我只怕，在離開政界之後，宜樺會變得很犬儒，很沉默。不管如何，我會盡力「保護」他。

謝謝您對他的關心和支持。也祝您和大嫂一切平安！

淑珍

書簡十九——大埔事件（二〇一三年七月十三日）[12]

謝老師：

我昨天才回到台北，回信遲了，請見諒。

關於大埔事件，我的了解不夠深入、全面，但是我最初的看法和您很相似。亦即，應等法院裁決再說，而不要讓苗栗縣長逕自拆屋。我也認為，行政院應該有權力，阻止劉縣長在法院裁決之前動手拆除人民的私有財產／安身立命之所。

因為兩人意見相左，我和宜樺曾有一番痛苦的爭執。他花了很大力氣，向我說明此事的原委和他的難處。最後，我終於可以理解他的做法，只是學界朋友未必能夠接受。

以下是幾個重點：

1. 大埔農地的糾紛背後，與地方派系的鬥爭有關，並非只是單純的「霸道縣長vs.無辜小民」的對峙。由於愛恨情仇盤根錯節，兩造都動了意氣，一方非拆不可，一方抵死不從。

2. 七月十二日行政法院駁回大埔四戶停止拆遷的聲請，但是大埔四戶聲言抗爭到底。社運團體的策略是提出一個又一個的訴訟，所以永遠沒有判決定讞的一天。在此情況下，縣政府恐怕很難再一直等下去。（ps.宜樺並未授意警政署對苗栗縣政府支援警力；相反地，他是在阻止這件事情。）

3. 學界認為行政院有公權力可以阻擋縣政府，其實不然。根據地方自治法規，土地行政歸地方政府管轄；都市計畫的核定則由內政部都市計畫委員會負責。這件事的權責機關，最多是上推到內政部都委會，行政院不便越俎代庖。

4. 基於尊重地方自治的精神，行政院約束地方政府的籌碼十分有限。縣長是民選官員，他只對他的選民負責；除非他要向中央政府請求補助，否則依法中央政府對民選縣市長無可奈何，只能說之以理、動之以情。但是目前劉縣長已經鐵了心，任誰——包括副總統、宜樺——都勸不動他。

5. 學界及社運人士急於保住張藥房等戶，對宜樺有很高期待，因此失望也特別深。大家認為宜樺所謂「依法行政」、「分層負責」是官僚作風，但是他究竟是「不為」還是「不能」？是推卸責任還是節制濫權？大家可以在事過境遷以後再冷靜思考。

昨天晚上宜樺八點半才回到家吃飯，手上提著兩大包晚上要批完的公文。我拿到體重計上一秤，不多不少，剛好十公斤——而這已經是幕僚層層過濾後的分量。在這種情形下，不根據各級政府組織分層負責的原則去處理，他如何面對每日排山倒海而來的大小政務？

學界及社運界關心大埔事件，就像過去關心樂生、美麗灣、文林苑一樣，把它當作那個時刻最大的議題，熱烈投入，跳過地方政府，直接要求中央政府處理。可是，學界及社運界關心的議題往往有選擇性、針對性，而閣揆面對的事務是全國性、全面性的，他無法符合所有當事人的期待，直接插手定奪；如果不建立分層負責的原則，只會逼得閣揆輕重不分、分身乏術。即使地方政府所做的決定並非閣揆所認可，但是只要他們是依法行政，中央政府也無可奈何。

我比較關心的是：學者、學生、社運人士……把「霸道縣長vs.無辜小民」的對抗之火煽到極高點；可是，這股熱情總會降溫，外地人總會離開，而那四戶卻得繼續留在大埔，他們將如何和彼此已視同寇讎的另外九百戶、乃至整個大埔鎮繼續當鄰居，共同生活下去？——執持公平正義大纛的好心人們，應該要為他們的實際生存狀況設身處地著想。

＊　＊　＊

大多數人（也包括我）都希望宜樺能夠秉持知識份子的良心，善用他手上的權力，去做對的事情。也許，在局外人的想像中，身為最高行政首長，威風八面，「一朝權在手，便把令來行」，有什麼不能心想事成？

但是，進入政府體系之中，才會發現形格勢禁、限制重重。就縱向而言，他必須概括承受此前既有的政策，以維持政策的一貫性，即使他個人難以接受（例如十二年國教）也是如此。就橫向而言，他必須以大局為重，不能突出個人英雄主義，反而要隨時為失誤的隊友補位，以維護政府團隊的一體性。換言之，這和標榜獨立、原創、自由、批判……具有強烈「個體戶」性格的學術研究工作，有極大的不同。

學者的價值觀黑白分明，認為對的事情就該去做，不須考慮這些價值必須透過怎樣的現實機制才能付諸實現。而這幾年，我們卻愈來愈明白，政治就像一個魔術方塊，想把同樣顏色的方塊拼在一起，要經過極為迂迴的周折輾轉，需要極大的耐性。老實說，我實在沒有那份耐性，但知道它有多艱難。而不能了解其中艱苦、還把努力相忍為國的人妖魔化的做法，我想並不公平。

關於大埔的事情，就說到這裡。

祝你一切平安！

淑珍

附帶一提：宜樺在八堵的老家，在二十多年前，因為道路拓寬，而被全部拆除、重建。他不是不知道那種錐心的憤怒與不甘。可是，據我觀察，我的公公婆婆並沒有特別眷戀湫隘的老屋，他們毋寧比較喜歡新起的樓房。

書簡二十——無意參選（二〇一三年七月十四日）

瑞宇：

一年半前我們到埔里去，有一位朋友問起宜樺參選的可能性。我斬釘截鐵告訴他：「No!」原因是：從政吃力不討好，一路走來步步驚心。若別人求你去做，盛情難卻，不得已只好勉為其難接下。但若要參與選舉，則主客易位，必須不斷向人請託，那我就辦不到了。——拜託別人讓我們去做一件苦差事，豈不可笑？

宜樺拚命為國做事，忍辱負重，踐履他儒者的使命，也盡他身為公民的義務。但我很清楚，上台是偶然，下台則是必然。不搬去官邸住，繼續騎腳踏車上班買菜，過著家常歲月，為的正是讓宜樺沒有後顧之憂，可以隨時辭官回家。在這種情形下，他沒有介入黨務，也未過問選舉人事，還要請兩位包涵。

民間把改造社會的希望寄託於政治工作者，常有恨鐵不成鋼之感。但一旦身在其位，才知政府組織龐大、人事複雜，形格勢禁，往往讓人動彈不得、舉步維艱，這時反倒會羨慕民間團體可以理想高遠、力量集中了。

我想，Y有志競選，你可以抱著「快樂參選」的初衷，勝固可喜，敗亦欣然；不論是進是退，人生都可以有柳暗花明的風景。有這樣的平常心，一切行事都可以更從容。「自處超然，處人藹然。無事澄然，有事斬然。得意淡然，失意泰然。」是我很喜歡的格言，願與你共勉。

敬祝

闔家平安

淑珍敬上

書簡二十一——大埔與服貿（二〇一三年七月二十八日）

謝老師：

苗栗縣政府的確在惡搞。宜樺過問此事之後，內政部才澄清拆遷費是三萬多。至於補償費，也不只媒體所報導的二十多萬，而是一〇四萬。

我已把厥安老師的文章轉給宜樺。厥安老師的顧慮有道理，我在學校教中國現代史，很清楚他們現在實行的是「權貴資本主義」，不論外商或台商到那裡經營，都充滿陷阱與風險。但就台灣整體經貿而言，如果不先和大陸簽訂此一協議，則和其他國家也難以談自由貿易協定，台灣不管大、中、小企業都坐困愁城。所以，恐怕不能不先通過這一關再說。

淑珍

書簡二十二——理性 VS. 亢奮（二〇一三年七月三十日）

威辰：

謝謝你的來信。我把和朋友討論政府運作的幾封信寄給你，供你參考。

你問：「以前可能只是黨派互鬥，而如今人民也站起來了。……中華民國現在的政府，還有希望嗎？」

這兩天聽到綠色和平電台說：茉莉花革命就要開始了，只差一個火種。然後又看到報紙新聞：某金控贊助彩色路跑活動，因為報名人潮太多而網頁塞爆，被憤怒的網友罵翻，號召要發起「太白粉路跑」。

你不覺得這兩件事情有某種類似性嗎？

我深刻感受到：在藍綠長期對峙之下，如今的台灣社會，既欠缺西方現代就事論事的理性，也失去華人傳統「嚴以律己，寬以待人」的厚道精神。民主化後，大眾的權利意識極高，卻又極易被刻薄惡毒的言語所煽動，被無限上綱的推論所蒙蔽。在這種狀況下的政治動員，恐怕只能淪為「沒有結果的亢奮」（德國社會學家韋伯語），無法堅毅沉著地對現實負責。

任何一個政權早晚都會下台，不足為奇；但是在這樣的社會文化之下，換了任何政府，這個國家的前途都堪憂。

＊　＊　＊

感謝你的鼓勵和支持。外子一路走得很艱辛，不只必須任勞、任怨，還要任謗。他並沒有政治野心，只是基於讀書人的使命感，想為國家盡一個公民的責任（許多閣員亦是如此）。只是，今天社會大眾對他們的努力視而不見，對他們的失誤詬罵不斷，讓他們有「自討苦吃」、「所為何來」的深沉悲哀。

但是，換一個角度想，這何嘗不是他們的選擇？

韋伯說：政治，是一種必須熱情和判斷力並用、使勁而緩慢地穿透硬木板的工作。「若非再接再厲地追求在這世界上不可能的事，可能的事也無法達成。」要做到這一點，一個人必須是領袖和英雄；即或不是，他也必須讓自己心腸堅韌，能夠泰然面對一切希望的破滅。

他說：誰有自信，能夠面對這個愚蠢、庸俗不堪的世界，仍屹立不搖、無怨無悔，誰才有以政治為志業的「召喚」。

這不是很像儒家的期勉嗎？——「士不可不弘毅，任重而道遠」；「是知其不可而為之者」。

所有的道路，都有不同的坎坷艱難；而政治一途，則是各種利益角逐與衝突的總匯。不斷襲來的沙塵暴迫得人只能匍匐前進，但我們因此而認識了人性，也更能讀懂歷史。

當然，我的觀點，也可能只是另一種一面之詞。打開你年輕而敏銳的心靈，繼續學習、繼續思考吧。

祝你一切平安！

淑珍

書簡二十三——台大學生公開信（二〇一三年八月十六日）

謝老師：

謝謝您的來函。最近家母生病住院，打亂了我的生活步調，回信遲了，還請原諒。

台大政治系畢業生集體發表公開信抨擊宜樺，使我們非常受傷。宜樺並未回應，原因有二：其一，他實在太忙，抽不出時間寫文章；其二，他的個性是：愈受到誤解，就愈不想解釋。——他寧可向有善意的人說明來龍去脈，而不想多費唇舌去反駁惡意的批評。

可是，我擔心：他不做說明，彷彿默認了學生對他的控訴；若只是個人名譽受傷，也就罷了，更嚴重的是，他施政的正當性會受到質疑，增加了未來工作的困難。那個時候正逢內閣局部改組，和一年、半年前相比，他的號召力下降許多，許多適當的人選紛紛拒絕入閣；而無法吸引有抱負有能力的人加入政府工作，這對國家整體發展而言是極不利的。——這是我撰寫〈致友人〉一文的動機。[13]

不過，誠如您所說，此文若在當時發表，不但於事無補，反而會引起軒然大波、治絲益棼。還好，文章被退稿，所以也就不必再提了。

我很同意您對募兵制的憂慮，宜樺亦然。但是，這是總統六年前開的一張選舉支票，目前已在推動中，只是推得極不順利（無錢、無人）。經過洪仲丘案之後，[14] 會不會因為窒礙難行而喊停？不知道。

因為沒有選票的考量，宜樺還會做幾件不受歡迎的事：漲電價、加稅；反正槍林彈雨之下，他已體無完膚，也不差這幾樁。

有時候我覺得，無法和短視近利的當代人講理，只有把希望寄託於遙遠的後代。但那時候，後代人有自己的事情要煩惱，誰會認取前一代人曾用心良苦、為他們考量？——宜樺一直不太相信歷史，或許是有道理的。

祝您和大嫂一切平安！

淑珍敬上

書簡二十四——今日施政難處（二〇一三年十月六日）

宜敬：

王浩威不但說在巴塞隆納遇見你們，還說他的旅行支票遺忘在旅館保險箱，是你們代他領回的！

你們都是建青社的？看來，宜樺和你們可以以建青校友會的名義碰個面。

你身在產業界，旁觀者清，罵起學界人士來痛快淋漓，而我只能迂迴婉轉、欲言又止。你那段「無關緊要論」，確是真知灼見，讓我有醍醐灌頂之感。可是在這個時代，這樣的諍言實在太「政治不正確」了；若你身為閣揆而說出這樣的真心話，擎著「社會正義」大旗的反對黨、社運人士、學界人士，必定群起而攻之，饒不過你。

孫運璿的施政方式，何以在當年行得通，而在解嚴後的台灣已成絕響？因為：當年小蔣總統威權具足，所有異議都被強力壓下，幾家媒體都唯唯諾諾，當年的行政院長當然可以心無旁騖地做事，不必回應政治議題。在今日，你不去找記者，記者自會打電話到家裡來盤問；即使想專心做正事，但二十四小時新聞台晝夜不停把雞毛蒜皮的事情誇大成聳動議題，逼得政府官員必須不斷分心處理突發狀況。在這種情形下，大政要能朝向建設性、經濟性、文化性的方向走，恐怕需要奇蹟。——何況上面說的還只是媒體，民意代表的干擾就更罄竹難書了。

其實我們倆曾「偷偷」跑去滿月圓看春天的山，前幾週也悄悄到擎天崗看雲。[15] 宜樺應該更常「微服出巡」，我會把你的建議轉告他。

多保重！

淑珍

附帶一提，我的書《安身立命》這個月要出版了，先讓你看看書封長什麼樣子。出書之後，再送你一本，請你指教。

五、幕後人生

即使外子從政，政治從來不是我生活的主要部分。人生的悲歡離合、花落花開，在喧囂的媒體之外靜靜進行。有很多事情，比政治更重要，也更長遠。

書簡二十五——負負得正（二〇一三年十月二十七日）

乃琪姊[16]：

精美的畫冊和卡片都收到了，非常感謝。課餘的時候，我會去文化總會看展，也帶一本最近出版的拙作《安身立命——現代華人公私領域的探索與重建》過去給您，投桃報李。

今年家裡連續遭到三次喪親之痛。輾轉於醫院、葬儀社、殯儀館……之間，心力交瘁，相形之下，政治的風暴似乎只是茶杯裡的風波，沒有那麼值得在意。另一方面，國家、社會一波又一波的問題、事件不斷襲來，又把我們的注意力引開、無法專注思念親人，卻也無形中紓解了濃濃的悲哀，使它不致長期盤踞、鬱結心中。就這樣，「負負得正」，我們繼續以「知其不可而為之」的愚騃，把握手上有限的時間，努力去過每一天……

謝謝您的關懷，待宜樺得暇，再找您與宜敬姊弟一敘。謹此

敬祝平安！

淑珍敬上

書簡二十六——婉拒請託（二〇一三年十月二十八日）

鍾哥哥：

您好！

感謝您的來函。您一家與我們家是三代世交，您對家父、家母以及幾個妹妹的照顧，始終不渝，令我們衷心感念。珠阿姨對家母終身情義相挺，也足以讓家母含笑九泉。

S哥哥對兒子的期盼，我能夠同情理解。我夫家的成員，有好幾位因專長不合或健康因素而長期失業；自己的小兒大學畢業之後，也面臨求職的困難。沒有固定工作和穩定收入，的確會傷害自信，也會影響家庭中的和諧氣氛。不過，外子雖然擔任閣揆，但他公私分明，只想為國家社會做事，不願藉手上的權力來營求個人或親友故舊的私利，所以不曾為他們安排任何職位（包括約聘雇人員）。家人知道他的個性，也多半能夠體諒，自己咬牙苦撐，避免使他為難。因此，在這一方面，我恐怕無法幫上S哥哥的忙，還請海涵！

我家小兒畢業後，加入勞委會職訓局的電腦輔助機械製圖訓練班，已經受訓半年，最近將參加丙級證照考試。如果考取，也許職訓班會代為媒合工作機會；如果沒有考取，我希望他能繼續在這一方面學習，以加強自己進入職場的實力。我想：憑藉自己的能力站穩腳跟，才能獲得真正的自信，得到他人的尊重。

S哥哥的愛子有很好的學歷，能力一定很強。但是畢業時間較久，也許可以透過某些訓練或實習課程，熟悉業界的狀況，讓自己可以更適應目前職場的需求。就我所知，台灣一方面有年輕人失業嚴重的問題，但另一方面又有業界缺工的問題。也許年輕人適當地調整心態，願意暫時屈就較為辛苦的工作，以後再尋求更好的機會，可以解決目前的困境。以上簡單回覆您的來信。謹此

祝福您闔家健康、平安！

淑珍敬上

書簡二十七——雍容（二〇一三年十月三十一日）

憶琪：

為什麼今年柿子產量減少那麼多呢？令尊令堂的生活怎麼辦呢？你的擔子，一定也更重了。大家都好辛苦，我也要為你加加油！

〈致友人〉很沉重。不過，前任原民會主委孫大川說：如果閣員都是苦瓜臉，這個國家怎麼會快樂？——他說得很對。

《格言聯璧》是弘一大師很喜歡的書。裡面有這樣一段話：

經一番挫折，長一番見識。容一番橫逆，增一番器度。
省一分經營，多一分道義。學一分退讓，討一分便宜。
增一分享用，減一分福澤。加一分體貼，知一分物情。

我想，我們還需要以更雍容的態度來面對考驗。在這一點上，你一定做得比我好。

期待下一次的相會！

李淑珍

書簡二十八——婉謝採訪（二〇一三年十一月六日）

黃先生[17]：

您好！

感謝您今天專程到敝校來，耐心聽完一堂課，並誠懇地提出採訪的邀約。

傍晚我回家後思考多時，終究覺得自己目前仍無法在面對大眾媒體時感到自在。九個月前的媒體曝光，曾引來「賤人就是矯情」的譏嘲；最近小叔病逝，也有人在網上以他遭「天誅」而幸災樂禍。在一個奇異的時代，處於一個特殊的位置，我不得不下這樣的結論：沒消息就是好消息；成為別人茶餘飯後的談資，是一件不幸的事情。

總之，安於平凡平淡的日常生活，是我的生命選擇，也是外子能在政壇的狂風暴雨中保持內心寧靜的關鍵。因此，我恐怕沒有辦法接受您的採訪。辜負您的期待，非常抱歉！

祝您一切平安，也願您在艱困的媒體環境中能繼續保有理想性。

李淑珍敬上

書簡二十九——人才危機（二〇一三年十一月二十九日）

宜敬：

前幾天我帶學生到中南部考察，回來後又趕著備課，回信遲了，還請見諒。

宜樺上個週末到張明正、陳怡蓁家，與他們夫妻一見如故，相談甚歡。我則因為南下，錯過了這次聚會。根據你推薦的企業家名單，宜樺正一一登門拜訪；可能不久之後，我們就會到鹿谷去看你的造林成績了。除了企業界，我也建議他去拜訪藝文界、環保界、社造界等不同團體，以幫助他做決策時關注到社會不同的面向。

目前台灣的人才危機，可謂解嚴以來台灣人的集體共業，教改人士、媒體、政客……都難辭其咎。教改下成長的學生，因為習慣「快樂學習」，只願意做自己喜歡做的事，抗拒做應該做的事。殊不知，所有他們喜歡的事情，都會涉及不那麼令人愉快的層面；若是畏苦怕難，最終連自己喜歡的那一部分也保不住。

不過，我也反省：和孫運璿、李國鼎那一代相比，生於太平時期的我們，乖乖念書長大，沒有經過大風大浪的磨練，是不是已經不如他們？而在號稱「美學世代」的年輕人看來，我們這一代那些經世濟民的大志、刻苦耐勞的典範，又何嘗不是八股落伍，成為羈絆他們想像力的韁索？再者，如果他們早早就看破了人生奮鬥的虛幻，而願意偏安於「小確幸」的生活、與世無爭，你又怎能拿「缺乏競爭力」來要求他們力爭上游呢？

若真的要說培育人才，我想責任不只是在學校或政府，每一個年長者都對年輕人有提攜指導的責任。但年輕人未必願意受教，年長者若要「好為人師」，必須有更高的教學技巧，「知其不可而為之」。

在學校教書的我，現在比較抱著「盡人事，聽天命」的心態。一方面對自己設定高標準，繼續努力自我鞭策（包括教學、研究方面），另一方面對學生不再那麼「恨鐵不成鋼」，患得患失。孔子不是說了嗎？「不憤，不啟；不悱，不發。」除非學生有「不如人」的自覺，否則很難從外面去督促他們上進。自業自受，他們還是得為自己所創造的時代負責。（雖然總是怨天尤人的他們，極可能又把帳賴在父母、社會、政府⋯⋯身上）

不過，往好的方面來看，在我所任教的小學校中，這十幾年來的學生素質基本上維持穩定，不上不下；他們也多半純樸善良、相互友愛，可以成為社會的中堅。這兩年，甚至出現一個非常有潛力的學生，自己用功苦讀，將來有可能成為大學者。

所以，別煩惱，開心點。如何把我們自己琢磨成材，這才是更重要的啊！

淑珍

注釋

1 廖董即廖嘉展先生，是新故鄉文教基金會創辦人兼董事長，曾有新書想請外子寫序。

2 二〇一二年壹傳媒因虧損而大規模裁員，黎智英將台灣壹傳媒業務售與中信集團辜仲諒為首的買方團隊，引發壹傳媒旗下四個媒體工會的抗議。又因買方團隊中包括旺旺中國時報集團的蔡衍明，「反媒體巨獸青年聯盟」的大學生及「901反媒體壟斷聯盟」的社運團體也起而聲援，反對媒體壟斷。此併購案在二〇一三年破局，台灣壹傳媒轉售給練台生的年代集團。

3 「踹共」意指「出來講」。

4 台北華光社區位於中正紀念堂東南側，舊名「監獄口」，為日本殖民時期台北刑務所，許多政治思想犯及盟軍戰俘曾在此遇害。

二戰之後，台北刑務所為中華民國法務部接收。監獄周邊社區居民，大批隨國民政府湧入的外省軍人及公務員，因為住房不足，在長官默許下，在此搭建違章建築。一九七二年台北監獄、台北看守所搬遷後，大量城鄉移民也在此尋求廉價住居。

自二〇〇〇年起，政府公告劃定此地為都市更新地區，並陸續提出「台北華爾街」、「台北六本木」等公有土地活化構想。為收回國有土地，二〇〇六年起法務部對違建戶提起民事訴訟，要求拆屋還地，並償還最高數百萬的「不當得利」。二〇一二年台大建築與城鄉研究所學生發起「華光社區訪調小組」反對迫遷，然而法務部仍於二〇一三年進行三波大規模強制拆屋。

惟拆屋十年之後，部分居民安置問題並未解決，清出的空地依然閒置。只有原台北刑務所古蹟及若干老樹獲得保留，被改建為「榕錦時光生活園區」，於二〇二二年開幕。

5

在台灣，因為民間團體聯合民進黨反核，聲勢浩大，林義雄更以絕食相逼，馬政府不得不於二〇一三年宣布核四封存。但在國際上，由於極端氣候日趨嚴峻，許多國家重啟核能發電，以減少二氧化碳排放量。二〇一六年台灣政黨輪替後，蔡政府堅持「二〇二五非核家園」政策，陸續將核電廠除役，希望提高再生能源發電量。只是風電、光電弊案頻傳，再生能源供應緩不濟急，只得大幅提高火力發電。其結果是：為興建天然氣接收站，屢屢引發環保爭議（如破壞桃園藻礁、基隆港填海）；因碳排量過高，造成空氣汙染惡化，台灣企業將被國際課以碳稅；加上發電成本提高，而電價又被刻意壓低，導致台電面臨巨大虧損、岌岌可危。更棘手的是：兩岸情勢緊張，如果對岸封鎖台灣海峽或台灣的港口，國外的液化天然氣無法靠港卸貨，台灣的電力供應不到兩週就會全面中斷，是各界公認台灣國安問題中最脆弱的一環。

6 K希望外子爭取「大位」（競選總統）。

7 「隧道視覺」是指：駕駛進入隧道之後視野窄化，只集中於遠方中心某一目標，而看不見周遭其他景物。

8 Shelley Drake Hawks（何雪麗）為筆者在美國布朗大學歷史系博士班的同學，專精中國當代藝術史。原信為英文。

9 二〇一三年五月九日，屏東縣琉球鄉籍的漁船「廣大興28號」在巴林坦海峽作業，因該處為中華民國及菲律賓兩國主張之專屬經濟海域重疊區域，該漁船遭菲律賓海巡署公務船掃射，船長洪石成當場身亡，船身留下五十二處彈孔。消息傳回，台灣朝野震怒，兩國關係一度緊張。

10 二〇一一年日本發生福島核災，台灣反核運動再度風起雲湧，此信寫於二〇一三年。後來的發展是：

二〇一四年林義雄絕食抗議核四，馬政府不得不宣布核四封存，期待未來爭議平息後重啟。

民進黨政府於二〇一六年上台執政之後，積極推動「二〇二五非核家園」，陸續關閉核一、核二，並將核四燃料棒低價賣回美國。二〇一八年擁核人士李敏、黃士修、廖彥朋發起「以核養綠」公投（「廢除《電業法》第九十五條第一項」），同意票占五四．四二%，通過此案。但民進黨政府無視公投結果，繼續其非核政策。二〇二一年黃士修再度發起「核四啟封、商業運轉」公投，然因投票當日冷氣團來襲，投票率僅有四一%，其中三八〇四七五五票（一九．一九%）贊成，四二六二四五一票（二一．五〇%）反對，重啟核四之公投未能通過。

11 謝世民老師研究政治哲學，是外子的學界好友。

12 「大埔事件」（二〇一〇—二〇一四）發生在苗栗縣竹南鎮。由於新竹科學園區用地飽和，國科會計畫在竹南徵地擴建，但縣長劉政鴻區段徵收與強制拆遷房屋措施失當，引發張藥房等四戶反彈，社運人士紛紛聲援。

13 〈致友人〉一文是本書的前身。

14 洪仲丘案發生於二〇一三年七月。義務役士官洪仲丘在退伍前兩日，疑因被關禁閉遭霸凌而突然死亡，引發社會大眾對國防部的不滿，「白衫軍」兩度上街頭抗議。此事衝擊募兵制的實施，並造成軍人審判從軍事法院移至普通法院，影響深遠。

15 請隨扈同仁不要如影隨形，外子才能「偷偷」、「悄悄」出遊。

16 乃琪姊出身鹿港士族丁家，曾擔任劉兆玄院長時期的行政院長辦公室主任，以及中華文化總會副祕書長。

17 黃先生是一位記者，與我素不相識。某日他來到課堂旁聽，課後提出採訪要求。

第三章——驚濤駭浪：新世代海湧

（二〇一四——二〇一五）

近半世紀以來，台灣曾發生過三次主要的學生運動：保釣運動、野百合學運，以及太陽花學運。每一次學運都標誌著新世代橫空出世，劇烈衝擊當時的社會與政治。

一九七一年，由於美國、日本私相授受釣魚台列島主權，保衛釣魚台運動轟轟烈烈在香港、台灣、北美等地展開。學生反對美、日帝國主義，質疑國民黨政府保衛領土的誠意，並受左翼思潮影響、帶有社會主義理想色彩。雖然釣魚台主權問題迄今無解，不過，保釣所鼓動的中國民族主義，扭轉了一九六〇年代受美援影響而「全盤西化」的社會風氣，使得一九七〇年代台灣充滿「回歸傳統」的情懷。

那時大陸文革正翻天覆地，人們相信只有寶島台灣能傳承中華文化正統，並做創造性的現代轉化。毓老師的「天德黌舍」擠滿目光炯炯、胸懷大志的青年，「雲門舞集」、「雅音小集」、「漢聲」……也叫好叫座、轟動一時。那個世代篤信「不經一番寒徹骨，焉得梅花撲鼻香」，要把吃苦當作吃補；不過，在晚輩看來，他們幼時雖然貧困，但青壯時期伴隨台灣的經濟起飛成長，有穩定的就業機會，房價尚未飛漲，是享盡好處的嬰兒潮世代。

一九七八—一九七九年的鄉土文學論戰、美麗島事件，再度改變了台灣的走向，民主化、本土化的浪潮勢不可擋。一九八六年民主進步黨成立，一九八七年蔣經國總統宣布解嚴。順著這樣的潮流，解嚴三年後，由於國大代表藉機擴權，野百合學運爆發（一九九〇），要求解散國民大會、廢除《臨時條款》、召開國是會議、訂定政經改革時間表。在李登輝總統借力使力的策略下，最終結果多如學生所願，學運歡喜落幕。

那是一個相信「明天會更好」的年代，新馬克思主義、解構主義、後現代主義、性別論述、情欲書寫……，風行一時，新一代的年輕人同時受到左翼文化與自由主義的滋養，兩岸青年一度有強烈共感：大陸發生八九民運時，台灣民眾曾「手牽手，心連心」，從基隆到高雄拉起長長人鏈，隔海聲援。

可是，六四事件使中國民主化的遠景幻滅（一九八九），千島湖事件破壞了兩岸互信（一九九四），李登輝總統也日益展現其對日本文化的孺慕。傳統中華文化及其道德價值被視為國、共兩黨威權的幫凶，在台灣逐漸退流行。另一方面，受到美國逼迫台幣升值的影響，製造業開始外移，台灣經濟榮景不再。

又過了二十四年，因為反對兩岸服務貿易協議，太陽花學運堂堂登場（二〇一四）。

太陽花世代年輕人多在解嚴後出生，自小就活在有網路、手機、社群軟體的世界，是高科技時代的原住民，運用影像比使用文字來得高明熟練。在學校，他們身處於四一〇教改（一九九四）催生的教育環境中（落實小班小校，消除集體管理主義，尊重個別差異，廣設高中大學……），課本強調台灣主體性，排斥大中華史觀，多元升學制度允許他們發展更廣泛的興趣（文學、戲劇、藝術、運動、廚藝、電玩……）。他們一方面有世界各地千禧世代／Z世代的共通性（自我強烈、自信反骨、熱愛自由、勇於表達、爭取平權），也有屬於台灣文青的特殊性（熟悉日韓流行文化，喜愛小確幸）；只是低薪、高工時的現實環境，壓得他／她們買不起房，結不了婚，不想生孩子。……

當然，世代差異是一種極為粗略、簡化的分類法；每個人其實都有自己的生命情調選擇，即使同一年齡層也可能有迥然不同的價值觀和世界觀。但無可否認地，我們也往往把自己成長時代的思想習慣、生活方式看成理所當然，習焉不察，不知不覺在心上留下時代的烙印。

在私領域中，這三個世代對工作的態度、對性、婚姻、家庭的觀念明顯不同。而在統獨、藍綠，乃至能源政策、年金改革、多元成家、廢除死刑等公共議題上，也或多或少都有世代差異。關於兩岸服貿協議的風風雨雨，何嘗不然？

一、風雨同舟

從政是高風險的行業，民主時代也不例外。若有志報效國家、一展抱負，首先必須獲得家人的諒解與支持。當年與外子共事的閣員，大多是鈞運前後世代，懷抱類似使命感，一同投入這項吃力不討好的工作，至今彼此仍有濃烈的「革命情感」；而這些同僚背後的家人，為了成全所愛，也身不由己地加入了這一趟航程，一起領受狂風暴雨。

書簡一——知其不可而為之（二〇一四年一月二十一—二十二日）

芝蘭：

今天下午收到你寄來的水果，我很感謝，也很錯愕。宜樺晚上回來後，兩人討論，大概明白你的意思。

辛苦兩位了。因為宜樺邀立群入閣，害你們一家陷入天人交戰，甚至造成夫妻、母子之間的緊張，實為宜樺始料所未及。這段期間難為你了，真對不起。

兩天前本來就想寫信給你，但宜樺覺得立群（和你）必須自己做決定，要我不要嘗試去說服你們。而現在，我想，不管明天立群會給宜樺什麼樣的答覆，我還是要和你分享一些經驗。[1]

我向來厭惡政治。放心嫁給讀政治的宜樺，主要是因為相信他只是研究政治哲學，不會下海從政；而他也的確在學界做得有聲有色，把當老師視為天職。這樣的日子太太平平過了二十多年。

但計畫趕不上變化。二〇〇八年總統大選前，宜樺應同事高朗之請，參與擬定馬陣營的教育及民主憲政政見。大選之後，他就接到擔任研考會主委的邀約。

當時我的第一個反應是強烈的「NO!」他也因此而回絕了對方。

可是，當層峰來電再度邀約時，他遲疑了，回頭又問我一次：「可不可以？」——其實他可以當場再度回絕，何必還來問我？我知道他心動了；不讓他去走這一遭，也許他會遺憾終身，對我一生怨懟。於是，嘆一口氣，我只能放手。

消息見報那天，我獨自一人到公園去吹了兩小時冷風。事前不知情的家母，看到電視報導，還很納悶：「怎麼這麼巧，難道台大還有另一個江宜樺？」

接下來發生的事情，大家都看到了。由於馬總統的信任，宜樺在五年內從研考會主委、內政部長升任副閣揆、閣揆。而隨著權力／責任的加重，他所遭到的詆謗也愈加猛烈、惡毒。一個素來被視為模範生的人，在這幾年內被反對黨、媒體、學界塑造成一個既邪惡又無能的高官。他動輒得咎，腹背受敵，步履維艱，民調數字慘不忍睹。

他所面臨的內部挑戰是：如何與長官取得共識、如何有效領導文官系統、又如何與各部會溝通協調。這些功課他一直在做中學，基本上還能勝任。

他所難以掌握的是外部因素。儘管馬政府的政策努力為社會大多數人（包括現在與未來世代）著想，但總不可避免地會犧牲某些人的利益。在這個時候，受害者者會呼天搶地大聲抗議，學界及社運人士也會跳出來聲援弱勢，而大多數的受惠者則漠然無感、冷眼旁觀，任馬政府陷入奮戰，孤立無援。從年金改革、華光社區拆遷、到大埔事件……，莫不如此。

至於立委的惡形惡狀，媒體的挑撥離間，就更不用說了。不論喜歡與否，為了法案的順利通過、政策的順暢施行，政務官都必須和顏悅色，耐心與他們周旋。除此之外，我們還有監察院、司法系統……，隨時會來提供指教，或透過一個判決讓行政部門人仰馬翻。而這就是民主制度下的「制衡」——基於對人性的不信任，它不願意讓執政者權力集中、心想事成，而以制度性的方式時時扯行政部門後腿。[2]

總而言之，我笑說：「一個人必須動用儒墨道法佛……種種精神資源，才能在現今環境下當中華民國的政務官。」在這樣艱難的政治環境中，勸人去接公部門工作，簡直是不道德的。

那麼，宜樺後悔嗎？

晚上八點多下班回家，他往往筋疲力竭。當我愛憐地說他「可憐……」的時候，他就會罵自己一句：「活該！……」可是，第二天一大早，又生龍活虎地戴上鋼盔往前衝了。

他背後的動力是什麼？是對國家社會的使命感，也是全幅打開個人可能性的生命實踐。對於一個向來一帆風順的人來說，在事業的巔峰，遭遇到人生最大的挫折，豈不是最好的學習與淬鍊？更何況，和我們的父祖輩比起來，我們吃的苦算什麼？沒有戰爭，沒有家破人亡，沒有流離失所。在太平的時代嘗試讓一個民主政府像樣地運作，遠比在廢墟中重建一個國家要容易得太多了。我們的上一代，苦苦追求的不就是自由民主？我們這一代有幸見到自由民主從無到有，又豈忍心不去承擔鞏固它、完善它的責任？

即使奮鬥一場、敗下陣來，也可以俯仰無愧。因為：盡人事、聽天命，我們承擔了這一個世代的責任；如果做的不夠好，就讓下一世代的人繼續去努力。從這個角度去看，歷史與文化繼繼繩繩，人生與事業本無所謂成與敗。《易經》六十四卦以「未濟」終焉，實有深意。

這五六年來，我們的家人生活是否受到影響？──看媒體報導擔驚受怕、日常生活更謹言慎行，是免不了的。但我盡量以不變應萬變：不搬進官邸，每天到河濱運動，繼續騎腳踏車上班、買菜，當陽春副教授，以教學研究為生活重心。

如果說我享有什麼特權，那就是：很少有史學家可以如此近距離地觀察政治。在宜樺上山下海，接觸各行各業、各色人等時，我從他的轉述中拓寬了視野、增長了見識。在他面對排山倒海而來的挑戰時，我在一旁默默學習動心忍性。回到史書中，以前讀不懂的，現在懂了；以前視而不見的，現在朗朗在目。

孩子們繼續在學區上課，女兒把爸爸的工作看成和同學家長當工程師、開美容院……一樣普通，同學、老師也不另眼看待。兒子比較不懂事，有時異想天開做些要求，會受到我嚴厲斥責。至於我的娘家人，只是很高興在家庭聚會時知道一些新聞內幕，從來不曾想利用宜樺的權勢去取得什麼方便。

婆家受宜樺從政的影響比較大。媒體報導會干擾他們的心情，他們也會接到許多關說請託。尤其是小叔，他相信媒體所見，對哥哥恨鐵不成鋼，時常藉著酒意打電話來嗆聲。而他的大姊，則聽不下宜樺對核四續建理由的說明，堅持反核立場。而且，由於宜樺戮力從公，家人必須承擔更多艱難任務，包括照顧臥病的公公、婆婆，以及罹癌的小叔。去年大姊夫和小叔分別去世，對家裡的打擊很大。但是，大姊和二姊夫婦都默默撐下來了，對此我很感激。婆婆有時感嘆：兒子當官，她沒享受到什麼好處，帶來的麻煩卻是一大堆。然而久而久之，婆婆也習慣了這樣的生活，學會回絕關說請願，也學會看到名嘴罵兒子時就關掉電視。

因此我理解到：每一個政務官的背後，都必須有一個龐大的「後勤系統」支援，家人是真正的無名英雄；如果不是大家真心對這份工作的意義有所認同，政務官不可能安心做事。——而這也是為什麼宜樺希望立群能取得家人同意的緣故。如果家人擔心立群受傷、不想做無謂的犧牲，宜樺和我都完全可以了解，並對你們寄予無限的祝福。

這一段時間，真的造成你們很大的困擾，對不起。

那一大盒櫻桃，鮮豔欲滴，是不是應該和更多人共享呢？我請宜樺送去給育幼院的小朋友，讓你的愛心給孩子們一個新年的驚喜。

再一次謝謝兩位。祝福你們一切平安！

淑珍敬上

書簡二——赴湯蹈火（二〇一四年一月二十九日）

芝蘭：

對不起，因為趕著改考卷、交成績，回信遲了好幾天，但心裡一直記掛著你的心情。

立群與你的決定讓宜樺很振奮，他非常感謝你和家人願意「捐」出立群，支持他挺身而出，為國家社會赴湯蹈火。

可是，在事業和家庭都遭遇到重大挑戰的你，此刻的心情想必是困頓沉重的，一如當年的我。而這樣的憂煩，在內閣改組消息宣布之後，也許還要持續一段時間。

還好，最近這一兩個月，政局相對平靜。雖然江內閣還是會不斷被媒體議題乃至選舉新聞干擾施政時程，但整體而言，步伐愈來愈穩，已有走出陰霾之感。這一點立群和你可以比較寬心。

再者，雖然台北政壇吵吵嚷嚷，但是只要離開台北，下鄉去接觸基層民眾或拜訪中小企業，宜樺總是能在他們身上看到台灣正面的生命力，使他很快樂，從政的「悲壯」感也因此降低了。

十天前宜樺安排了一個私人行程，帶一家大小到竹山、鹿谷去走了一圈。我們去拜訪經營「天空的院子」民宿和「小鎮文創」公司的年輕人何培鈞，在他身上看到不可思議的夢想和實踐力，讓我們對台灣的下一代燃起很大的希望。我想立群以後也會接觸到這樣可喜的人、地、物、事，可以和你分享。

當然，上封信提到的不愉快經驗，立群和你也會遭遇到。在那種時刻，該怎麼調適自己的心情呢？

年輕時我曾以為世上最困難的事情莫過於準備大專聯考，那時一首不知名的歌給我很大的鼓舞力量：[3]

在森林和原野是多麼的好呀
親愛的朋友啊　你在想什麼？
——在想一棵開花結果的樹呀
它是多麼美麗　多麼美麗呀
不遠了呀不遠了　只要努力往前跑

幸福的日子啊　就要來到了

而今大專聯考早已過去，連大學生活都成為過眼雲煙；我們已經走過千山萬水，闖過一關又一關。但不管如何，無論當時是快樂還是痛苦，事情總會過去。而在事後回想，往往必須承認：我們在挫折中學到的東西遠比順利的時候要來得多；那些令人痛苦的事物，其實能讓人受益——但願在多年之後，我們也能對這一段經驗作如是觀。

總而言之，感謝立群義氣相挺，感謝你慨然成全，也感謝伯父伯母支持兒子戮力從公。

淑珍

新的一年，祝福你們健康自在、闔家平安！

書簡三——悶經濟（二〇一四年三月二日）

宜敬：

看你那篇文章，讓我有醍醐灌頂之感。簡而言之，你的意思似乎是：台灣經濟之所以悶，是因為各行各業不安守本分，只想不勞而獲；政府該去堵住這些人投機取巧的漏洞，不讓聰明人兼懶惰蟲可以狡兔三窟。

你認為政府可以利用政策來扭轉乾坤，但是我的感覺是：「冰凍三尺，非一日之寒。」你所描述的現象是由許多因素共同造成的，包括：好逸惡勞的人性、學歷至上的華人文化、鼓勵冒險投機的金融資本主義、慷他人之慨的民主政治……。要推動你所提出的方案，就是和這些因素為敵。要去改革它們，需要的不只是勇氣，還要有柔軟身段、頑強意志，再加上無窮無盡的耐性，才能和既得利益者對峙／周旋，成功的機會不是沒有，但即使有，也是七折八扣。馬政府年金改革無疾而終，就是很好的負面教材。

不管如何，我已經把文章轉寄給宜樺，請他參考。

為了不辜負你的好意，我開始把看《總統》（*The Presidents*）當成每日功課。[4]不看猶可，一看竟然入迷！它們的拍攝手法，很接近研究思想史的方式：公領域與私領域熔為一爐，而且不只是介紹擔任總統時期的政績，而是不厭其煩地從出生成長背景開始敘述，因此更能產生強大的說服力，也令我深深共鳴。（片中顯示，大多數女性不喜歡先生從政！）

我對尼赫魯所知甚少，看你興致勃勃要攻讀他那磚頭小說一般的兩大本書，下次見面可要好好聽你眉飛色舞地講印度了。

Clement 結束在伊甸的見習，被重建處安排去巨匠電腦學電腦繪圖，精進他這一方面的技能。宜樺有些懊惱，認為他應盡快進入職場，即使掃地洗碗都好。我可能會觀察一個月後，再思考是否要安排他在學電腦繪圖之餘，做些兼差的工作。不管如何，謝謝你和怡蒨的幫忙！

祝

安好

淑珍

二、太陽花學運

在後保釣時代進入大學的筆者，雖然比起野百合世代只年長數歲，但總覺得他們宣稱的「進步價值」並非不證自明。後來為人母、為人師，面對的是相差三、四十歲的太陽花世代，更需要大量溝通，才能相互了解、和平相處。

遺憾的是，政治競技場不同於家庭、校園，不同價值觀對峙時，往往訴諸於赤裸裸的鬥爭，而非說服。而在一個民主法治的國家，又是否能減少對抗，讓人人各得其所，道並行而不相悖？太陽花學運是對我們這三代人的嚴酷試煉。

書簡四——焚書（二〇一四年三月二十七日）[5]

楚陽：

謝謝你的來信。我們了解媒體斷章取義的作風，知道你並無惡意，請勿掛懷。[6]

今天我騎車到台大去，感受朋友所說「校園全面綠化」的氛圍。回來後上網，看見台大政治系學生焚燒外子著作的消息。前幾天，還有七百多個系友罵他毀憲亂政，要他下台。

所有政敵的謾罵，都不如昔日學生的詆毀來得傷他。

從前有一部名為《英烈千秋》的電影，描寫民國名將張自忠如何忍辱負重，承擔「親日」「漢奸」罵名以掩護國軍撤退，最終還他清白。

外子黯然說：「我就是張自忠。只是張自忠得到平反，而我得不到平反。」

隨函附上一篇文章，是我在這幾年和友人討論政事的信函，也許可以幫助學生了解他們昔日的老師遭遇到什麼困境。

祝你一切平安！

李淑珍

書簡五——下台負責？（二〇一四年三月二十八日）7

展良：

昨天在總統府，也有大學校長問起宜樺是否下台負責的問題。宜樺說：「我有兩個朋友，一個認為我應該下台負責，另一個則期期以為不可——他認為此刻時局紛擾，我若下台會更增加社會不安，只是他怕我已有不如歸去之意。我覺得後面這一位朋友更了解我。」

由於你在台大任教，對於台大學生的想法會特別在意。你也像他們一樣，把焦點放在驅離行動中所發生的混亂情況；至於宜樺是因為行政院被攻占才支持警方強制驅離，而且警察在驅離之前曾經努力柔性勸離，則被略而不提。

在湧入行政院信箱的一般民眾信件中，肯定政府作為的人遠比批評者來得多——也許那些反對馬政府的人，根本就不會寫信給行政院。在我們的朋友中，鼓勵宜樺的聲音也比抨擊他的人來得多——也許討厭他的人早就不和他往來。究竟民意如何，還是等年底大選再來檢驗吧。

我贊成你所說政府不應和民眾爭論是非，而應顧全整體局面。但我認為，堅持和平、理性、法治的原則，才是顧全大局；而宜樺若此時離開，會意味著這些價值的潰敗。

如果年輕一代透過二〇一四年九合一選舉和二〇一六年總統大選，選出他們心目中理想的政治領袖，將台灣帶往他們所嚮往的方向，我都沒有話說。但是現在，不管他們的理由是多麼崇高，他們就是不可以採取非法暴力手段，霸占立法院、攻占行政院，在裡面打、砸、搶。

你所說的「校園迅速綠化」，年輕人一面倒向民進黨、排斥中國文化的現象，我完全同意。但是，此時宜樺下台能解決這個問題嗎？我很懷疑。他在此時下台，學生只會氣焰更高，而不會降低對政府的敵意。這個現象，是許許多多因素造成的共業，恐怕只有大家共同承受。

不管如何，宜樺早晚會下台。我期待著如釋重負的那一天。

祝福你們闔家平安！

淑珍

書簡六——天地閉，賢人隱（二〇一四年三月二十九日）

黃老師：

您好！謝謝您的來函。知道老師還在孜孜矻矻地為高等教育和學術努力，非常感佩。

這一次的風暴，將會改變台灣未來的方向。這一代年輕人受獨派史觀影響，不但排斥現今的政治中國，也排斥傳統的文化中國。另一方面，他們在野百合學運世代撐腰之下，將暴力反體制合理化，也會帶給台灣無窮後患。

也許又要進入一個「天地閉，賢人隱」的時代了。不管如何，繼續在教學研究崗位上努力，是我們的天職。

祝願老師身體健康，一切平安！

淑珍敬上

書簡七——太陽花學運（二〇一四年四月二日）[8]

親愛的同學／朋友們：

感謝各位陸續來信。大家彼此未必相識，但關懷的都是服貿議題和太陽花學運掀起的波瀾。有的人質疑，有的人肯定，有的人焦灼，有的人憤怒……。很抱歉，這封信延擱了許久才回覆，因為我需要時間來觀察和思索。也請容許我整理思緒後以一封信來綜合答覆。不周之處，還請海涵。

（I）

三月二十三日晚上在電視上看到行政院發生的動亂和鎮壓，我和許多人一樣震驚、沉痛，輾轉難眠。最大的悲哀是意識到：這個社會已經徹底撕裂，鴻溝深不見底。

史無前例的占領國會、占領政院，召喚出睽違已久的警方強制驅離。對所有的事物，我們似乎都失去了共同的價值判斷基準。有人痛批學生攻占行政院為「民主之恥」，有人心疼地感謝學生「護衛台灣稚嫩的民主」。有人怨馬總統沒有在學運第一天就接見學生領袖，才鬧到不可收拾；有人則極力反對政府讓步妥協，以免職業學生得寸進尺。同一件事，一方痛心疾首，另一方必定額手稱慶；同一個人，一方推崇備至，另一方必定咒罵不絕。

這兩週來，我們的耳鼓迴盪著藍綠兩方互相叫囂對罵的聲音：

「江宜樺濫用國家權力，下令警察血腥鎮壓抗議群眾！」

「我們的警察已經很節制，柔性勸離不成才強力驅離。美國警察對暴民才不會那麼客氣！」

「學生手無寸鐵、和平抗爭，哪裡算是暴民？」

「行政院被攻占蹂躪，那些群眾還不算暴民嗎？如果警察不驅離他們，中華民國行政中樞就會淪陷！」

「是馬英九、江宜樺不肯答應學生的訴求，讓辛苦靜坐六天的學生忍無可忍，他們才會進攻行政院！」

「馬江所以會堅持立場，是因為學生強占立法院、大肆破壞議場在先，政府豈可被這些不法份子綁架，答應他們的訴求？」

「藍委張慶忠在三十秒內強行通過內政委員會，才逼使學生採取非常手段占領立法院，收回公民權利！」

「若非民進黨不斷杯葛議事進行，導致張慶忠無法上主席台，他也不會出此下策！」

「是因為國民黨和中國黑箱進行服貿協議，缺乏民意基礎，綠營才會出面阻攔！」

「對外經貿談判必須維持一定祕密性，不能事先攤開底牌，以免對手察知，這本來就是全世界的慣例！」

「服貿協議事先未經過立法院審查，就是不符合民主程序！」

「ECFA已在立院通過立法，服貿協議只是ECFA下面的一部分，本來依法只需送立院備查，不必逐條審查。何況服貿協議已經舉行過十場專家討論會、四十六場企業座談、近千場說明會、二十場公聽會，怎麼能說是『黑箱作業』？」

「那些說明會都是找一些鼓掌部隊，算什麼溝通？說穿了，是馬英九親中賣台，急於促成馬習會，向習近平邀功，才會那麼急躁，催促立法院盡速完成服貿審查！」

「馬政府更關心的是台灣與其他區域的貿易關係。服貿已經送進立法院九個月，遲遲未過，嚴重影響台灣加入RCEP（以中國及東協國家為主的區域貿易組織）、TPP（以美國為首的區域貿易組織）的進度，對極為仰賴出口貿易的台灣經濟極為不利。服貿必須及早表決通過，因為成長停滯的台灣已經禁不起空轉內耗！……」

「國民黨立委動輒訴諸表決，不尊重少數聲音，就是多數暴力！」

「民進黨立委動輒包圍主席台，癱瘓議事進行，才是違背『少數服從多數』的民主精神！」

……

在火爆的叫陣對罵中，大部分的人因為政治立場的不同，往往只選擇自己想要看到的事物，以偏概全。所以，綠營只看到學生流血，而藍營只看到警察受傷。

大家似乎認為：既然對方違法在先，就別來要求我守法；「以暴制暴」、

「以暴易暴」才是王道。而且許多人堅信：既然目的如此崇高（「人民民主」、「台灣優先」、「全民福祉」），何須計較手段是否合理？

網友本就經常惡言相向，此刻連學者也都咬牙切齒，以最刻薄的文字發洩胸中熊熊怒火。不管我們學的是人文社會學科或自然科學，這些學門諄諄教導的冷靜分析、理性思辨、包容心態、同情了解、宏觀視野……，統統在現實的試煉下化為烏有。

這是繼二〇〇四年總統大選「兩顆子彈」風波之後，最嚴重的一次「民主內戰」。空氣中充滿濃濃煙硝味，只消一點擦槍走火，言語與文字的暴力隨時可能引爆肢體與行動的暴力。

分裂得這樣徹底的社會，還能維繫下去嗎？

（II）

為了了解抗爭訴求，到目前為止，我去了立院周邊三次。

三月二十日第一次去，震驚地發現：在場靜坐群眾，幾乎全是大學生，而且個個眉清目秀、眼神堅定。相較於許多只關心追星打卡、吃喝玩樂的同儕，他們關心國是、勇於表達，顯然是年輕世代中的佼佼者。可以預見，在這一群人中，將會出現下一代的政治家、律師、學者、新聞記者、文學家、藝術家……——只是也許不會有企業家。換言之，這裡坐著的是下一代的菁英。

我忽然悲從中來。外子辛苦六年、忍辱負重，換來的是年輕人對馬政府的深惡痛絕。

回去以後，我告訴外子：服貿可能推不下去了。雖然馬政府與產業界人士相信服貿有助於打破台灣經濟困境、為年輕人找到未來，可是年輕人既然完全不領情，那就算了吧。就像父母親苦心想為子女安排美好未來，但若是子女自己不願接受，也勉強不了。他們要選擇自己的未來，就讓他們為自己的人生負責吧。

外子靜靜地看著我。他說：閣員中也有人很失望、想要放棄，乾脆讓RCEP、TPP談判因服貿受阻而停擺，讓國家經濟在幾年內倒退萎縮——那時這群年輕人正要畢業，他們會發現找不到工作，也許才會知道退回服貿的影響有多大。可是，外子還是認為：身為執政者，必須盱衡全局，既不能賭氣，更不能不為國家社會負起責任，目前還是要努力嘗試推動看看。

＊　＊　＊

三月二十五日我二度赴立院現場。攻占行政院事件落幕不到兩天，靜坐群眾少了一些，但還是比我想像的來得多。傍晚時分，從捷運站湧過來的下班人潮，更是一波接著一波。

這一回，各式各樣的文宣品沿路張貼，活潑搶眼，讓人目不暇給。於是我又意識到：馬政府在文宣這一塊，輸得一敗塗地。我仔細觀察這些多采多姿的作品，有標語、短文、打油詩、照片、油畫、諷刺漫畫；有的訴諸悲情，有的大聲控訴，更多的是嘻笑怒罵，對馬總統極盡羞辱之能事。反服貿／反馬／反中的情緒，成了這群年輕人最大的靈感來源。如果要為他們的作品下個評語，我會說：「才情可觀，創意十足，潛力值得期待；可惜尖酸刻薄、譁眾取寵，境界有待提升。」

拿著盾牌排排站的警察，站在立院各個入口，看來都非常無奈、疲憊。靜坐學生畢竟隨時可以休息、走動、聊天、玩手機、吃東西、上廁所、來來去去，而支援勤務的警察卻必須動也不動、終日罰站、精神緊繃。年齡層和示威者相近的警察，也許內心世界也相去不遠？但是，多數出身基層家庭的他們（包括很多原住民朋友），所要承擔的現實責任，比來自名校的大學生要沉重太多。

在立法院外靜坐的學生，依然鬥志高昂，秩序井然。他們耳朵聽教授們輪番演講，手裡滑著手機；有些則在低頭讀書，以免缺課趕不上學校進度。有人在垃圾區做資源回收分類，糾察隊員則維持走道暢通；甚至還在立院議場入口處，為純粹到此一遊的觀光客安排了行進動線，在地上設立牌子提醒：拍照請蹲下！——學生們的高度組織能力，的確令人刮目相看。

可是，我們也別忘了，學運核心人士就是以這種高度組織力，去占領立法院、攻打行政院。在立法院，他們拆掉匾額、敲破門窗、損壞桌椅，破壞機電室、搬走電腦、拔除麥克風、搗毀投票器，在議場裡面塗鴉、喝酒，甚至便溺！而在行政院，他們帶領民眾拿油壓剪、棉被、梯子長驅直入，拆毀大門、打破窗戶、推倒椅櫃、偷走公文財物，在入侵一小時內造成三百多萬元的損失。

但是學生卻以《帝國毀滅》影片中希特勒咆哮的片段，把在行政院打、砸、搶的行為淡化、kuso化——不過是吃了幾塊太陽餅和蛋糕，副祕書長蕭家淇幹麼那麼大驚小怪！至於立法院上億元的損失，他們的說法則是：叫立委去賠！

「給立委一個贖罪的機會！」

「破壞」向來就比「建設」容易。如果他們將來擔任國家領導人，會把社會帶到哪裡去？

在場外靜坐的學生關心時事，其純潔熱情令人動容；但是議場內學生領袖的虛無主義與獨裁作風，卻令人駭異。他們攻擊服貿不合法定程序，而本身則凌駕於法律之上。他們的訴求不斷改變，姿態愈來愈高。拒絕任何對話，卻厲聲控訴別人毫無誠意。總統不斷讓步，而他們則步步進逼。

他們宣稱代議民主失靈，所以不惜以暴力奪回「人民主權」。但十多天下來，電視上林飛帆、陳為廷意氣風發、牢牢抓住麥克風，而在他們的背後下指導棋的，是台灣野百合世代。至於在街頭日晒雨淋的「人民」，依然只是鏡頭掃過的模糊背景。

史家威爾·杜蘭（Will Durant）在綜覽西方文明全史之後，道出了一些「歷史的教訓」（或許該稱之為「不能說的祕密」）：

——歷史多半是求新的少數人之間的衝突；馴服的大多數人，只是為勝利者鼓掌、充作社會的實驗品而已。

——多數人統治是違反自然的。多數人除了定期罷黜一個少數統治、再另外建立一個少數統治之外，不可能做什麼更好的工作。

期待「人民民主」的人，在這場學運之後，恐怕會發現很多值得反思的地方。

＊　＊　＊

三月二十八日三赴立法院靜坐區。同樣是傍晚時分，人群稍微少了，但是現場依然充滿活力。除了學生，也有很多中年男女。除了反「黑箱服貿」，也有許多議題跑來插花：台灣獨立、反核電、反自由貿易、支持酷兒及多元成家方案……。

現場幾乎有一種逛夜市的感覺。一方面，路人隨心所欲詬罵國家元首、掛「馬卡茸」沙包讓人踢打洩憤、名教授輪番街頭開講……，都帶著抗爭體制的氣息，躍出生活常軌，使參與者感到興奮。但另一方面，抗議者打算長期抗戰，夜宿帳篷、做大鍋飯、為蹺課學生開課輔班、提供淋浴地點、做垃圾分類……，試圖在抗爭現場建立起生活常規。大人三五成群坐在地上討論服貿，小孩在一旁快樂嬉戲，氣氛自在而閒散。

——這樣遊走於合法與非法之間，在常軌之外建立常規的狀態，不正是台灣人喜愛的夜市情調？而抗爭民眾所害怕被中國大陸摧毀的，不也正是這種「半無政府狀態」的生活方式？

我在現場感受到的反中情緒，強烈而真實。「你好大，我好怕」的「恐中」情緒，才是激動學生們上街頭的主要關鍵吧！年輕人痛恨馬政府，是因為認為馬總統「親中賣台」。殊不知，目前當家的人，和黑潮青年同樣憂國憂民，有時代使命感；也同樣擔心台灣處境，對中國大陸戒慎恐懼。如何在中國霸權陰影之下為台灣尋得一條出路，是他們朝夕不敢或忘的大課題，一如許多有志青年。二者關懷相似，所提解決方案則不相同。

一位朋友寄來張鐵志的文章〈台灣小清新如何成為憤怒的一代〉，讀後心有戚戚焉。年輕人不願進入大企業領22K，寧願自行創業實踐夢想，自由自主，追求物質之外的美好生活。他們認為陸資財團進入台灣後，會毀掉中小企業的發展空間，因此希望維持台灣現狀，堅決反對兩岸服貿協議。對這樣的想法，我可以充分理解，因為我也有類似的感性文青氣質。

馬政府的思維又是如何呢？他們在二〇〇八年贏得大選，相當程度上是靠著提出和民進黨不同的兩岸政策而獲得多數人支持。民進黨認為應該追求台灣政治和經濟獨立，避開中國大陸，直接和世界各國做生意。但扁政府執政八年，已經證明這條路行不通。馬政府主張，為了避免台灣產業持續空洞化、邊緣化，台灣必須「經過中國以走進世界」。換言之，中國大陸只是一個跳板，而非一個目的地。馬政府真正著眼的是幫助台灣出口業（占GDP近七成）打開世界市場，因為，中國就是RCEP及TPP不可迴避的成員，如果不與中國大陸簽訂經貿合作協議，台灣就無法加入其他區域性自由貿易組織，無法和彼此零關稅的其他國家產品競爭。但是這麼一來，能夠到海外開疆闢土的產業固然可以大展身手，而寧願安於島內小確幸生活的人則深恐陸資進入後會威脅到他們的生存。

成長於社會達爾文主義風行時代的史家威爾・杜蘭認為，生物演化的法則亦適用於人類社會。他那套「物競天擇，優勝劣敗；適者生存，不適者淘汰」的說法，和傳統儒家「興滅國，繼絕世」、「為天地立心，為生民立命」的理念大相逕庭，看了令人難受。西方近代資本主義歌頌強者，鼓勵自由競爭；而傳統中國儒家文化則同情弱者，主張縮減貧富差距，認為社會「不患寡而患不均，不患貧而患不安」。前者重視「自由原則」，後者強調「平等原則」，二者相去甚遠。

但是我們又不可否認，台灣內需市場太小，廠商必須向外開拓才能生存，外資必須引進才能增加就業機會。因此台灣必須鼓勵自由競爭，才能和韓國等國一爭高下。唯有讓有能力的業者在國際上的競爭力提高，國家才有餘裕透過稅收來支持社會福利、照顧國內弱勢族群。換言之，「自由原則」適用於國際競爭，而「平等原則」可在國內實施。如果因為憂心弱者競爭力不足，就要阻止強者去國際上施展拳腳、發揮所長，最後強者可能選擇改變國籍、移居國外，而台灣國力困窘，將更無法照顧坐困愁城的弱勢。

不可避免地，一旦加強和大陸的經濟交流，台灣也會遭遇到來自中國的產品和人才的競爭，貧富差距可能擴大，台灣的自由和安全也會受到威脅。這是許多人想要退回服貿、維持現狀的原因。但問題是：世界的局勢不斷在變，台灣經濟如逆水行舟、不進則退，並沒有一個靜止的「現狀」可以維持。特別是在美國國力衰退、又為中東問題焦頭爛額之際，該國已有學者提出「向台灣說再見」的主張。若失去了美國奧援，台灣將何以自保？馬政府認為，我們必須趁此時還有若干優勢之際，奮力一搏，趕緊打進大陸市場，以便向外拓展，鞏固經濟實力；否則一旦任台灣經濟在鎖國狀態下日益萎縮，以後就更無法和韓國等國家競爭，反而愈容易被中國大陸蠶食鯨吞。

就國內情形而言，如果服貿通過，我有信心，以太陽花世代的銳意求新、大膽創意，他們在面對陸資大企業時，必然可以靠著獨具一格的品牌和細膩貼心的服務，創造自己的生存空間。沒有錯，大陸財團可能會模仿、複製台灣的文青創意，讓台灣個體戶經營困難。但是，換一個角度看，模仿、複製不正是最高的禮讚？台灣的軟實力，正可以透過這種方式影響中國大陸。何況，產品可以複製，頭腦則獨一無二，台灣多元文化環境培育出來的年輕人，會以源源不絕的創意殺出一條血路來的。最終來說，島內可能出現的是「一條龍」與個性小鋪並存，前者提供廉價便利的服務，後者提供獨一無二的質感與美感，消費者各取所需。

你說，這兩種思維，哪一個比較有說服力呢？[9]

（III）

三月天，立法院周邊向日葵與康乃馨大拚場之際，植物園、河濱公園正悄悄被紫色的花朵攻陷：鳶尾、紫藤、苦楝、通泉草、酢漿草、五彩茉莉……，高高低低，錯落有致，以優雅的風姿迎風招展，和枝頭新綠和諧共處。

趁好春仍在，多去郊外走走吧！希望二十年後回想起來，至少，我們沒有完全錯過這一個花季。

李淑珍

書簡八——中華民國存亡關頭（二〇一四年四月四日）

麗生老師：

謝謝您的來信，我可以理解您的憂慮。

幾年前在改研究所入學試卷時，我就發現本土派史觀已經根深蒂固地影響了年輕的世代。而此次事件中，獨派學者在其中扮演的角色亦昭昭可見。反服貿、反馬、反中等議題，最後匯聚在「台灣獨立建國」的旗幟之下（亦即民間版「兩岸協議監督條例」將兩國論入法）。

您所憂心的現象——「一群有組織地從事意識性的、社會性的、政治性的深綠作戰部隊早已成形，並涵蓋老中青、學界社運藝文……」——誠然屬實，這是二三十年來本土意識上升的結果。在台灣研究中華文化的我們，應該在文化面上更努力深耕、推廣，以爭取社會大眾的支持。

昨天開始，府院黨採取了比較強勢的作為，美國官方及學者也對學運變質有所批評。「飄風不終朝，驟雨不終日」，我相信此次學運已經過了最高潮，其內部開始出現派系分裂，接下來只是看它如何收場。

的確，這不只是學運，而近乎政變。但它可以引起相當多人的響應（甚至包括研究儒學的人），是因為許多因素匯聚而成。這場動盪，不僅和統獨爭議、藍綠對立有關，也和階級差異、世代衝突有關。也因為如此，很多怒氣，即使在學運結束後，仍要尋找出口。好一點的話，在二〇一四年底九合一選舉和二〇一六年總統大選宣洩。不幸一點的話，則會出以其他令人難以想像的暴力形式。

在國族認同出現重大歧異的社會，外子身為執政者，他所能做的是維持「憲政主義」的立場，以憲政做為大家的最大公約數，依法行政，在各種對立中存異求同，否則這個國家會崩潰。如果大眾把「中華民國」等同於國民黨政權，而非大家共同的國家，則「中華民國」未來命運堪憂。

立法院遲遲無法清場，是因為必須尊重國會自主原則。立法院長不下令，警察無法進場行動。但是，立法院長期內耗，並非始自今日；社會大眾此次可以認清立院內耗的癥結在於朝野協商制度，有助於未來國會內部的改革。[10]

「經貿國是會議」要討論的不只是經濟議題，而是國家未來的走向——究竟是要閉關自守，還是要繼續自由化、全球化？而在此過程中，又要和中國大陸維持何種關係？——外子希望把問題攤開來談，大家決定之後，其後果則由大家共同承擔。

此外，自去年底開始，他也請政委整合各部會鼓勵青年創業的資源，希望為青年開闢另一個可能的出路，紓解他們的就業焦慮感。

要做的事情很多，能夠看出成績的只是鳳毛麟角。但只要在位一天，他就會繼續努力。謝謝您和朝陽老師的勉勵與支持。謹此，敬祝

闔家安康

淑珍敬上

書簡九——太陽花學運性質（二〇一四年四月十四日）

展良：

謝謝你寄來的文章。我會將它轉給宜樺參考。

此次學運尚未結束，還很難清楚為它定位。到目前為止，我認為它和保釣運動比較相似（都有反政府和民族主義的情緒，都有社會主義色彩，也都喚起了同世代年輕人的政治覺醒），而不似五四運動那般對文化本身產生反省。這股抗議能量或許能夠轉化成組織新政黨的力量，成為泛綠陣營的一部分；但它把戰線拉得愈長，愈容易暴露它的內在缺陷。比方說，在「破」的這一面（反服貿、反

馬政府、反中、反自由化），許多人有志一同；但是在「立」的這一面（台獨建國、直接民主、閉關自守），恐怕大家會有歧見。

五四時代的大學生早熟，保釣時代的學生以留美研究生為主，他們雖有老師輩幕後指導，但是自主性比較強。太陽花學運的學生則較為稚嫩，而其衝撞體制的力道又較前二者為猛烈，甚至將為此付出法律代價。他們引述的西方政治理論多半望文生義、半生不熟，老師們在背後下指導棋的情形遠較其他二次學運來得明顯。不論此次學運的是非功過如何，老師輩在其中扮演的角色將受到未來史家的審視。

祝你闔家平安！

淑珍

書簡十——感謝學運期間的支持（二〇一四年五月二十三日）

各位朋友：

度過了學運的驚濤駭浪後，我又被山一般的學生期中報告擋住去路。最近心境終於閒下來，開始溫習從前讀過的儒家經典，學習古人面對憂患的智慧。回信遲了，還請見諒。

感謝那段期間您給我們的安慰與支持。經過這一場風暴，台灣未來的走向變得高度不確定。儘管如此，外子還是會把握有限的時間，繼續努力為國家興利除弊。感謝您的關懷。

祝福您一切平安！

李淑珍敬上

三、桃源何處

太陽花學運落幕了，社會跌跌撞撞，企圖回到常軌。政務仍要繼續推動，只是很多事情已經回不去了，包括我們天真愚騃的樂觀。

與其尋找避秦之地，不如自植遍地桃李，原是我們的夢想。而今逐漸發現，我們一直漂流在海上，找不到一塊可以落腳的地方，可以老實種地，植樹成林。

書簡十一——政府業務外包（二〇一四年五月二十三日）

蘇女士：[11]

您好！謝謝您兩度來信，對國是提出建言。

度過了學運的驚濤駭浪後，我又被山一般的學生期中報告擋住去路。回信遲了，還請見諒。

公家業務「外包」影響青年就業，也導致政府績效不彰，為有識之士所詬病。據我側面了解，公家單位雇用外包人員有其不得已的苦衷，包括：政府財政短絀，必須撙節人事費用；而民主化後民眾對政府的要求提高，許多業務已超出一般公務員的例行工作範疇；再加上正式公務員人數有整體員額管制……，凡此種種因素，都造成外包現象愈來愈普遍，令人無奈。

祝福您一切平安！

李淑珍敬上

書簡十二——薩爾瓦多（二〇一四年七月七日）

俞佑：

接到你的信時，正在緊鑼密鼓趕改考卷。方纔交出大學部成績，暫時鬆一口氣，可以和你說幾句話了。

外子從政這六年來，我對「政治」的看法愈來愈「政治不正確」。但是，這些都不能公開直言——一說出來，就會刀刀見骨、傷及無辜。「政治」之所以會以「虛偽」的面貌出現，往好處看，或許正是為了避免刀光劍影、屍橫遍野的場面吧。

下學期我要重開「西化、現代化與全球化」，你送我的柄谷行人的兩本書，會是我這個暑假的讀物。不過，請容我在家靜靜看書，而不去講座聽課——我的生活有一點失控，希望用減法讓日子變得單純一些。

柄谷行人曾經參加過六〇年代日本學運，而後以文學批評家、思想家身分活躍於言論界。在可見的未來，他的主張還不能大行於世。這究竟是幸還是不幸？——幸運的是，他的理想可以維持理論的純粹性，不必受現實汙染、挑戰；

不幸的是，他可能永遠不會知道自己的想望多麼烏托邦，看不到它實踐之後帶來的利與弊。

五月底我陪外子走訪薩爾瓦多，這是我第一次到中南美洲。那裡的氣候植被類似台灣，一般人民也和善勤奮，讓我們感到親切；但令人難以置信的是：街頭上到處是高度戒備、荷槍實彈的軍人，因為當地暴力犯罪的比率在全球名列前茅，連餐廳也要雇請武裝保全人員，才能保護客人安全。孰令致之？

原來薩國貧富嚴重不均，國內政治經濟被親美家族／獨裁軍人壟斷，導致一九七九—一九九二爆發左右兩派內戰。內戰一打十二年，死了八萬多人，十分慘烈。一九九〇年代兩派在聯合國調停下和解，重建民主憲政，也歷經政黨輪替。

但是，內戰造成的傷痕至今無法復原：由於經濟蕭條，全國六百萬人口，卻有二百萬移民滯留在美討生活；在異鄉奮鬥受挫的移民組成黑幫以求自保，沒想到黑幫最後竟回流到本國，以綁架謀殺為能事，造成經濟莫大損失。原先游擊隊想要以武力打破貧富不均，如今得不償失。戰後左派取得政權，依然必須走依賴外援、獎勵外資的道路，把自己的國家連結到全球化的網絡中，否則只有更國困民窮。

這樣血淋淋的教訓，讓我對各種「革命」的口號都產生保留。但是另一方面，我們對帝國主義與資本主義自我毀滅的趨勢，也不能視若無睹。人類究竟該何去何從？我們都要好好想一想。

炎炎夏日，祝你仍能保有內心的清涼！

李淑珍

書簡十三——不復好為人師（二〇一四年七月十三日）

謝老師：

謝謝您寄來的文章，讓人發空谷足音之想。

在台灣，學哲學與學歷史的老師，總要花很多時間去說服家長，讓他們相信這些學門有研讀的必要。往後，我們可能要花更大的力氣去說服校長或董事長，讓他們相信這些科系有存在的價值。

可是，如果網路時代的學生也覺得我們是自作多情、「想太多」了呢？他們不覺得他們的人生少了哲學、歷史，會有何種欠缺。而說不定，他們也未必是錯的。

太陽花學運之後，我已經不再那麼「好為人師」了。這樣也好，我可以把更多心思放在讀書上，回到當年做學生的心情，不忘初衷。

暑假裡會和宜樺上山下海，到綠島、蘭嶼，還要去爬玉山。希望在山巔水湄，看到台灣的另一種希望。

祝福您暑假愉快，一切平安！

淑珍敬上

書簡十四——桃花源（二〇一四年七月十四日）

李彬：[12]

你好！報告收到了，也改好了。你寫得很用心，但也有一些可以改善之處。隨函附上批改版（最後附有評語），請查收。

你的台灣之行，固然增加了你對這個島嶼的認識，也增加了台灣師生對大陸的了解。你單純善良的本質、好學不倦的精神，讓我們留下了深刻的印象。這樣的雙向交流，彼此都獲益良多。

在家裡孩子小的時候，我和他們讀過一本奚淞的繪本。故事是以〈桃花源記〉為藍本，並不特別，但最後的結尾卻值得玩味。它說：回到人間的老漁夫，帶人要重尋桃花源，卻不復可得。傷心悵惘之餘，他決定：與其惋惜桃花源的消失，不如把桃枝帶回家鄉，自行耕耘。二十年後，果然如其所願，芳草鮮美、落英繽紛的桃花源再現人間。

台灣並非桃花源，但在光怪陸離的媒體亂象之外，的確有不少人很努力地存好心、做好事，點點滴滴匯聚成美好的風景。回到故鄉的你，在自己崗位上孜孜矻矻努力，假以時日，必然也會點點滴滴改變你周遭的世界。

祝福你順利完成學業，身體健康，一切平安！

李淑珍

書簡十五——種子與花（二〇一四年七月十五日）

蘇女士：

您好！感謝您最近陸續兩次來信，並與我分享美好的繪本。《安的種子》具有一種寧靜的力量，仿如夏日清早林梢吹來的一陣微風，讓人頓感清涼。在汲汲營營、擾擾攘攘的現代生活中，能夠淡定安靜地等待花開花落，是一種幸福。

我也看過兩本和種花有關的童書。《桃花源》敘述老漁夫發現桃花源，但帶人重覓時卻遍尋不著；悵惘的他決定在自己的家鄉栽種桃花，二十年後，落英繽紛、芳草鮮美的勝景再現人間。《空花盆》（*The Empty Pot*）則說一個愛花的老皇帝尋找接班人的故事：老皇帝把種子發給國內所有的小朋友，一年後，大家都興高采烈地捧出絢爛的花朵，爭奇鬥豔。可是老皇帝卻把王位傳給了一個種不出花來的苦惱小男孩，稱讚他的誠實——原來，先前發的種子是煮過的，當然種不出來。

——有人說：「我們這一輩子該有的做人做事態度，其實幼稚園老師早就教過了。」從繪本上看，此言不虛。

由於不具有公務員的身分，我一直躊躇著不知該怎麼回應您對時政的意見。我已將您的信轉交給外子參考，他會把您的意見納入政策考量之中。如果您寄信到行政院院長信箱，相關單位會有更直接的答覆。

感謝您對國家公共事務的關心！謹此，敬祝

平安

李淑珍敬上

書簡十六——宜樺的從政生涯（二〇一四年七月十六日）[13]

Dear Shelley,

我剛剛改完研究生論文，回信遲了，十分抱歉。

你將有俄國之旅，真好！過去台灣反共，視俄羅斯為禁忌，但從今年夏天開始，台北和莫斯科之間已有直飛航班。我最近剛看了托爾斯泰小說改編的電影《安娜．卡列尼娜》，由綺拉．奈特莉主演。收到你的來信之前，我正在認真地想是不是該去俄國看看。沒想到你已經準備成行，好巧！

只不過，考慮再三之後，我決定暫時擱下這個計畫。我想再等一年，屆時宜樺卸任，就可以和我一起同行。再者，我也想好好重讀俄國文學，多做些準備，一路上才會有更多收穫。所以，今年我不會去莫斯科和聖彼得堡，你的旅行經驗可以供我參考，很期待聽你分享所見所聞。

宜樺的從政生涯，足夠讓他寫一本厚厚的回憶錄。從懷抱樂觀的使命感開始，最後則以憤世嫉俗的體悟結束；我們現在還在奮鬥，想讓它至少像一齣有笑有淚的通俗劇，而不要淪為徹頭徹尾的悲劇。如果他真的把這本回憶錄寫出來，可以見證台灣民主的青澀、儒家式現代治理實驗的挫折，以及民族主義如何與自由民主原則相互牴觸。怕的是宜樺已經心灰意冷，下野之後也未必願意動筆。

我讀了你關於中國現代藝術家的網站，很喜歡你翻譯石魯的詩。比起他的中文原文，你的英文翻譯還更容易理解。

我最近去台北市立美術館抽象畫家陳正雄的展覽，高齡八十的他，用色大膽明亮，令我印象深刻，想起你以「色彩大師」形容台灣的一批畫家。另一位藝術家梅丁衍則是透過裝置藝術反思台灣歷史和政治，很有挑釁性和叛逆性。他們倆都很有趣，你可以上網找他們的資料。

祝你有一趟愉快的俄國之旅！多多保重！

淑珍

書簡十七——理直氣和，義正詞婉（二〇一四年十一月七日）[14]

Y同學：

你好！謝謝你的來信。我瀏覽了你的文章，也仔細思考了你的問題。

你憂國憂民的情懷，令人動容。你對當前政治及社會狀況的判斷，我也深有同感。但是，究竟要採取何種方式才能改善這種狀況，我的看法和你有些歧異。

我認為，要改變理盲濫情的社會，必須先提升自我的理性。若以激情的方式試圖喚醒對方，可能激發更強烈的反彈，如同火上澆油、治絲益棼，會使理盲濫情的情形愈發嚴重。作家陳之藩主張，與其用「理直氣壯，義正詞嚴」的方式去高聲批判，不如用「理直氣和，義正詞婉」的方式去感動、說服對方。當然，要做到這一點，需要相當程度的人生修養，也需要更高明的修辭技巧。

此外，如果對方行事傾向於「為達目的，不擇手段」，我們就要提醒自己，避免犯下類似錯誤。換句話說，我們要以合情、合理、合法的手段，努力達成我們想要的目標。雖然這麼做可能會花更多時間，甚至會讓事情無法完成；但是，如果我們不能光明磊落、正直守法，又和對手有何差別？因此，即使當兵會影響你在網上寄發文章、影響輿論的計畫，還是不能不如期盡此國民義務。

長期而言，政權的起落與轉換乃是民主政治的常態。但是，如果國民素質惡化到喪失文明資格的地步，那才是一個國家最大的危機。而我認為，這才是大家應該共同努力的地方。

我建議你暫時放下焦慮，安心當兵，在軍中鍛鍊體魄、學習面對困難。退伍以後，不管深造或就業，都不忘繼續充實自己。多讀好書，多做善事，多自我反省。（不管政治立場如何，政論節目和網上論壇徒然擾動人心，多看無益。）

台灣社會是由兩千三百萬人共同組成的。如果我們都能自我提升，善待身邊的人，那麼這個社會不就有希望了嗎？

林肯說：「你可以欺騙所有人於一時，也可以矇騙一小群人於永久，但不能永遠愚弄所有的人。」（You can fool all the people some of the time and some of the people all the time, but you cannot fool all the people all the time.）所以，我們要有耐心，等待這一代人的自我覺醒。

祝福你！

李淑珍

書簡十八——故宮「神品至寶」展（二〇一四年十一月七日）[15]

馮院長大鑒：

感謝您與同仁上下一心、全力推動，使故宮神品至寶得以順利在東京及九州國立博物館陸續展出，為我國與日本之文化交流開啟新頁，創舉空前，國人均與有榮焉。

布展期間雖遭逢意外波瀾，幾使展覽計畫生變，[16] 但您領導故宮及外交部同仁不眠不休溝通折衝，終於克服萬難，維護國格尊嚴，使展覽如期如質展開。此中艱辛，非外人所能想像，在此謹致深深謝意與敬意。

個人有幸應邀擔任「神品至寶九州特展」故宮代表團榮譽團長，參與開幕典禮，備感光榮。欣悉「肉形石」已重回到故宮，相信其他珍品仍會吸引日本友人目光，成功達成文化交流使命。

赴日期間，承您告知故宮未來數項宏大的展出計畫，深深感佩您勇於任事的精神。日昨得知「大英博物館百品特展」將於十二月開展，誠為文化界一大盛事，在此預祝展出順利、成功！謹此，敬頌

時綏

李淑珍敬上

四、告別大海的時刻

不管是不是學者出身，從政這一條路，上台都是偶然，下台也是必然。花園中繁花開落，夜空中流星劃過，上帝都不會多眨一下眼。民主時代政治人物起起落落，選民也看得很淡，在霎時驚嘆之後，很快就有其他更吸睛的頭條標題轉移注意力。

然而，對身歷其境的當事人而言，如何從掌聲、噓聲交雜的舞台轉身離開而不失尊嚴，是一項挑戰；人生中這趟驚險的航程究竟是否為一場徒勞，則幾乎是一個存在主義的課題。

書簡十九——急流勇退（二〇一四年十一月十八日）

Dear Daddy,

驚濤駭浪的航程已到盡頭，風霜滿面的你準備告別大海，繫纜上岸。在家裡，好幾雙溫暖的手臂正大大張開，雀躍著等你回來。

六年多來，你得過喝采、受盡委屈，也開了眼界、長了智慧。雖然形格勢禁、時不我予，但你全力以赴，沒有一天懈怠。我每天親眼目睹，不管白天再怎麼忙、再怎麼累，你從來不給自己藉口提早休息，總要在燈下孜孜矻矻工作到深夜，對第二天要面對的問題深思熟慮，做充分的準備。從研考會、內政部到行政院，這幾年來，你對得起天、對得起地，也對得起國家百姓（儘管他們未必領情）。

再過十一天，台灣政局將要劇變。你一邊把握時間繼續福國利民，一邊思索如何退場離開。別人只看到你談笑用兵，不知道天蠍座可以何等決絕。

雲無心以出岫，鳥倦飛而知還。離開政壇，我們的世界可能更大，也可能更小。只要相親相愛，我們從來不怕粗茶淡飯。

陶淵明才當官八十天，就逃之夭夭了：「歸去來兮，田園將蕪胡不歸？既自以心為形役，奚惆悵而獨悲？……歸去來兮，請息交以絕游。世與我而相違，復駕言兮焉求？悅親戚之情話，樂琴書以消憂。……」。

而你，除了收拾東西、寫《政治學》、練書法、打太極拳，補償小孩欠缺的父愛，還要陪我爬合歡山。可有得忙呢。

五十四歲，春秋鼎盛。在這個時候急流勇退，誰曰不宜？

淑珍

書簡二十——外子辭職（二〇一四年十二月四日）[18]

Dear Shelley,

謝謝你的問候。

其實外子早有辭意，而國民黨在最近的地方選舉中兵敗如山倒，讓他有了一個下台的合理理由。

近兩年來，宜樺受到許多知識份子和網軍的嚴厲攻擊。在我的印象中，他可能是台灣民主化之後最受爭議的閣揆。唉，如果我不是身在幕後、目睹整個過程，也許我也會加入批判大軍的行列，對他大肆批評。但看到他工作如此努力，而人民對政府卻如此苛求，令我非常不忍。因此，當鋪天蓋地的烏雲席捲而來，我全心全意支持他，堅定地和他站在一起。

平心而論，我認為宜樺是台灣近年來最好的閣揆之一，他的許多閣員也有同感。因此，他跌跌撞撞的政治生涯，不僅是他自己的悲劇，也是台灣的悲劇。我希望他能寫一本書來反思這段經歷。

你還記得曾經擔任台北 101 董事長的魏先生嗎？他的家族企業今年捲入了劣質油品案，這件醜聞導致他們的企業王國幾乎崩潰。輿論指責宜樺對食品安全問題處置不當，這是幾天前國民黨輸掉選舉的原因之一。

宜樺辭職以後，我們終於可以自由旅行。也許我們明年可以去美國拜訪你。動蕩的一年即將結束，願你聖誕快樂，新年快樂！

淑珍

書簡二十一——道別（二〇一四年十二月）

（I）

KG：

感謝您的來信。

海闊憑魚躍，天空任鳥飛。這是我們已經準備很久的一天。

宜樺已經盡了他最大的努力，也很慶幸人生有這樣一段經歷，讓他真正了解何謂「政治」。

等休息一陣子之後，他會重新找工作，思考未來的人生路該怎麼走。

感謝您的關懷，也祝福您闔家平安！

淑珍

（II）

YY：

謝謝你的來信。

這一年多以來，我經常在過平常日子時，忽然想起自己是閣揆夫人，心中一驚。前兩天，我又要一再提醒自己：「你已經不是閣揆夫人了」。

這週回校上課，看影片、講佛教、聽演講、請朋友吃飯，十分開心，渾然已忘卻是不是閣揆夫人這個問題了。

雖然冷氣團來襲，但在我心中，雲淡風輕的日子已經展開。

謝謝你的問候，也祝福你一切平安！

淑珍

（III）

乃瑋：

謝謝你的來信。

前一陣子奉元書院開年會，我準備赴會，在出門前一分鐘卻突然卻步，因為不知道如何面對同門學長姊。我一直擔心：宜樺若做不好，會砸毓老師的招牌。

可是，我自己明白，宜樺已經在形格勢禁的情況下做了最大的努力，可以俯仰無愧。儒家理論在現代民主政治之下究竟能實現幾分，他有第一手的體會。他曾答應奉元的學長，下台之後的第一場公開演講會獻給奉元。等到交接事宜完成之後，我會提醒他履行這個諾言。

謝謝你的關懷，也祝你一切平安！

淑珍

（IV）

曾老師：

謝謝您的關懷，也謝謝師尊和諸位師兄師姊的關切。

外子依既定計畫辭職，我可以淡然處之。令我難過的是：即使外子下台，凶狠攻擊依舊如影隨形，要將他趕盡殺絕。我不知道，台灣還有沒有外子立足之地？

這幾天，我動用從思想史學來的儒、釋、道、耶……種種精神資源，幫助自己安頓心神。師尊的教誨給我很大的支持力量：「來者不拒，去者不留」，一切隨順因緣。

您說得對，不聽、不聞、不問，可能是現在最好的對應之道。我會努力。

淑珍

（V）

黃小姐：

接到您的來信，非常感謝您的支持與鼓勵！

每年除夕，外子會在家寫春聯和小條幅，用來當作對來年的期許。這兩年，家裡柱子上貼著的是「自強不息」、「厚德載物」，語出《易經》。今年除夕，也許他會寫「淡泊明志」、「寧靜致遠」？

等這一陣子的忙亂過去之後，外子會好好思考未來人生的道路。不管在哪裡，我們都會在自己的崗位上繼續努力。

與您共勉，並祝一切平安！

李淑珍敬上

（VI）

乃琪姊：

謝謝您的問候。

何以十一月初會有「淡定」之說？因為那時已經想好，不管選舉是輸是贏，宜樺都已經決定離開，只是離開的時機或早或晚罷了。

劉院長和宜樺的離開，情況非常類似。都是內在環境形格勢禁、外在環境積重難返，即使有心做事，也難以有所作為。

不過，塞翁失馬，焉知非福？劉院長回到民間，海闊天空，更能施展。我也期盼宜樺離開政壇之後，有更多時間、空間思考，在體制外為國家社會做事，特別是要把青年一代「贏」回來。

所以，您不用難過。就像您和劉院長一樣，我們只是換一個地方繼續努力。

選前我偷得半日閒，去參觀「城南藝事」。跑了文化總會、台博館南門園區、郵政博物館、南海藝廊、國立二二八紀念館……好些地方，展覽精采極了！謝謝您辛苦策展，讓年輕藝術家有表現的園地。

祝您一切平安！

淑珍敬上

（VII）

各位好友：

大家真誠的關懷，讓我們點滴在心，無限感謝。

謝謝懂得我們的朋友，也謝謝對我們恨鐵不成鋼的人。

走到五十好幾，人生突然出現又一個關口，準備歸零，重頭開始。想起陶淵明的詩：

種豆南山下，草盛豆苗稀。晨興理荒穢，戴月荷鋤歸。
道狹草木長，夕露沾我衣。衣沾不足惜，但使願無違。

六年辛苦，畢竟事與願違。

但是，上台是偶然，下台是必然。如果不曾擁有什麼，那也就沒什麼可失去吧。

一如所有三研社的朋友，在還沒有燃燒為灰燼之前，我們還是會在海角天涯，繼續努力。

祝福大家！

淑珍

書簡二十二——儒家民主（二〇一四年一月十日）

19

徐姑姑：

收到您的來信，十分驚喜。我家兒子已經二十五歲，大學畢業後一年找到工作，現在在一家耳機公司繪製零件，經過長期磨合後已漸漸適應職場規範。女兒年滿二十，就讀台灣師範大學美術系國畫組，忙得不亦樂乎、天昏地暗。他們都很好，謝謝您的關心與問候。

您所說的美國政治情形，我亦略有所知。一般而言，台灣知識份子已脫離唯美國馬首是瞻的狀態；只是很不幸地，台灣政治、社會、媒體的發展，依然與您所詬病的美國現況類似。此中原因何在？台灣本土化風潮興起後，國際新聞已經乏人問津，所以這個畸形的發展應該不是美國影響太大的緣故。也許是網路時代的民主政治，內蘊了一些致命缺陷，導致它有自我毀滅的傾向。

昨天搭客運到新竹竹東去，走到最後，車上只剩下我一個乘客，司機便打開話匣子和我聊天。他談到這個行業的種種甘苦，最後的結論竟是：「台灣人太自由了！……台灣人心胸狹窄、素質太差，不配實行民主！」

種種光怪陸離的亂象，讓我很難以「民主的缺失只能靠更多民主來解決」之類的話來自解。目睹台灣的解嚴歷程，又在這幾年得以近距離觀察政治與社會的互動，我常在想令尊的「儒家民主」主張。也許我們必須加上時間與空間的因素，才能判斷它的必要性與可行性。就長遠來看，「儒家民主」是值得追求的目標；但就眼前來看，台灣還有很長的路要走，更不用說大陸了。

我在懷女兒時，曾到東海大學影印了令尊所收到的友人信函，數量很大。當時發現，令尊曾對這些信件做過分類整理，並在紙袋封面上寫下背景相似的來信者姓名。只是我因研究所需而把它們打散了，現在有些已不確定當時的分類。我使用最多的包括：錢穆（八十多封）、殷海光、唐君毅、牟宗三等人來信。

就目前找得到的資料，徐先生分類過的通訊對象包括：……（下略）

希望這些資訊對您蒐集令尊信札有些幫助。謹此，敬祝

平安

淑珍敬上

書簡二十三——歷史紀錄（二〇一五年二月二十一日）

惠光：

謝謝你關心「歷史紀錄」這件事。

宜樺從政之後，我愈來愈清楚：媒體的報導，幾乎只有四〇%的可信度，其餘皆是捕風捉影、斷章取義。而大眾就根據這些報導，形塑了他們對當今世界的想像。有位學界朋友曾很自信地告訴我：「我們比你還了解你先生！」當場令我目瞪口呆。

無奈的是：了解內情的人，因為事態複雜或尚未成熟，不便在當下透露真相；而等到敏感度降低、可以向外說明時，大眾已因時過境遷，再也沒有探索真相的興趣了。（例如：曾任閣揆的唐飛兩年前發表他執政時期的日記《台北和平之春》，並未引起太多注意。）

宜樺在幾年前，曾想做口述日記，但因為實在太忙，半途而廢。每天政務如千軍萬馬，當事人疲於奔命，很難有閒暇記錄。老蔣能夠每天寫日記，實在有過人的定力。（但我也聽曾在二〇〇〇年之前擔任過公職的人說，以前國民黨的政務官是可以好整以暇的，不必像現今這樣陀螺般打轉。這當然是和近年台灣政治民主化、媒體化有關。）

不過，家裡畢竟是有一個學歷史的人，那些奔騰而過的事情多少會以某種形式留下一些痕跡。等到時過境遷，一切已如明日黃花時，再留給未來的歷史學家玩味思索吧。

敬祝

闔家平安

淑珍

書簡二十四——圍城（二〇一五年三月九日）

G：[20]

感謝您的來函，也感謝貞德姊費心為拙著撰寫書評。您說出版時間緊迫，不知回應截稿的時限為何？

昨天和巷口雜貨店老闆娘聊天。她也是恆春人，喜歡回家鄉過年，因為那裡熱鬧、有人情味。三十多年的老鄰居了，她在這兩年突然改口叫我「江夫人」，令我很不自在。她告訴我：她是平民，喜歡過平淡、平凡的生活，不求名利；一家人平常過日，平平安安就好。

——我第一次發現：中國文化中以「平」字開頭的詞語，蘊含了百姓對生活的最重要期許。

相形之下，知識份子「以天下為己任」，似乎是庸人自擾、自作多情，甚至「各苦蒼生數十年」。而在教育普及、人人都讀大學的時代，大家都是知識份子，都在「以天下為己任」，那場面就更熱鬧了。

只是，大多數人不知道，從政這件事，一如圍城，外面的人想殺進去，裡面的人卻想衝出來。這種情形，在君主專制時代是如此，在台式民主政治之下更是如此。

我們在這六年半裡，看清了學者的天真和局限。學者相信自己站在道德的制高點上，希望這個世界在自己手上立竿見影地改善，視異己不是頭腦糊塗、就是動機可疑……。包括我們自己，和那些對外子口誅筆伐的人，不都是常常犯這些錯誤嗎？未來一年內，我們會在海外反省、思考、寫作。回來以後，希望有機會相約再敘。

我有兩篇舊稿，一篇談台灣農民意識，另一篇談土木工程界的自然觀，尚未正式發表，您看看是否適合。如果適合，我再將資料更新，做些修改。目前正在寫錢穆與二十世紀中國歷史教育，已完成上篇（即一九四九年以前），亦隨函附上，請您指教。謹此，敬祝

平安

淑珍敬上

書簡二十五——壓抑（二〇一五年三月二十日）[21]

Grace, Jo,[22]

恭喜 Jo 順利升等！照片上你們兩個都容光煥發，神采奕奕。Grace 很幸運，有一位一流的攝影師丈夫隨行，拍出的照片總是很精采。

外子辭職之後，我是不是變快樂了？我不確定。過去六年裡，我學會壓抑自己的敏感個性，在公共場合隱藏真實感受（尤其是被傷害的感覺），逐漸變得遲鈍。因此，即使現在終於解脫了，喜悅的感覺也似乎變淡了。不過，安靜、平和、私密的生活得來不易，我確實很珍惜。

公公的告別式將在三月二十七日舉行。接下來我和宜樺會一起赴美進修訪問，前半年去耶魯大學，後半年去史丹佛大學。遠離政治風暴之後，希望可以創造更多的內在空間，寫下一些東西。等明年春天回來以後，我們再聊。

多多保重！

淑珍

注釋

1 立群為前台大校長、國防部長孫震先生之公子，後來出任行政院發言人。

2 相反地，二〇一六年蔡英文當選總統之後，「完全執政」、權力集中，五院以及獨立機關（中央選舉委員會、國家通訊傳播委員會）全面綠化，許多媒體也被收編，中天電視台則因批評政府而被吊銷執照，失去民主制衡功能。

3 此歌原為丹麥民謠「豐收歌」。

4 《總統》（*The Presidents*）是美國公共電視製作的一系列紀錄片，介紹美國歷任總統。

5 二〇一四年三月十八日，反對「兩岸服務貿易協議」的學生衝進立法院，占領國會二十三天（至四月十日）。三月二十三日，抗議群眾又攻入行政院，為警方驅離。民眾與警方對峙期間，雙方都有人受傷。時任閣揆的外子被控下令鎮壓、「殺人未遂」，他的著作被支持太陽花運動的台大學生焚燒。

6 魏楚陽研究政治哲學，曾任外子的研究助理，後來任教於中正大學。太陽花學運爆發後，有學生問他：江在學界時談自由主義，如今「換了位子，是不是就換了腦袋？」楚陽引古英文「person」的拉丁字源——也就是古希臘戲劇角色的面具——向學生解釋：人在不同的舞台上，有著不同的角色要扮演，這是人的處境，也是人必須面對的不得不然。

然而此說卻被人簡化為他說江「戴面具做事」，被某些媒體大做文章。

7 此信寫於太陽花學運爆發十天之後。

8 在學生依然占領立法院期間，筆者發通函給部分學生、朋友，被其中一位朋友公開於網路上，一度引起軒然大波。此信即為該函件之原始文字。

9 從選舉結果來看，二〇一四年底九合一選舉國民黨大敗，二〇一六年政黨輪替、民進黨蔡英文當選總統，反服貿陣營贏得了民心。

不過，民進黨完全執政八年，太陽花當年訴求的「兩岸協議監督條例」迄今都未通過；而當年被綠營及學生口誅筆伐的「ECFA」（兩岸經濟合作架構協議），因為台灣獲益較多，八年來蔡政府也不敢廢除。蔡政府執政以來，兩岸貿易依存度在二〇二〇年高達四三・九%，超過馬政府時期；直到中美展開各方面角力，兩岸貿易依存度在二〇二二年才降到三八・八%。

10 朝野黨團協商制度源起於一九九〇年代。其時台灣開始民主化，國會經常上演立委肢體衝突，政黨彼此杯葛，導致法案通過率僅兩成。一九九九年黨團協商正式法制化，擁有三席以上立委的政黨即可組「黨團」；有爭議性的法案通過院會一讀、進入委員會後，往往透過朝野黨團協商決定法案議程，乃至決定結果，再送往院會二讀。

馬政府時期，國民黨籍立委在立院過半，但小黨在朝野協商過程中與大黨平起平坐、獲得比席次更高的影響力，故國民黨並未在立院擁有立法優勢。

11 蘇女士是一位醫師，與筆者素昧平生。她關心時政，時常來函提供建言。

12 李彬（化名）是一位陸生。來台求學期間，目睹太陽花學運，大受衝擊。

13 原信為英文。

14 Y同學與筆者素昧平生，某日突然來信，自謂可以為藍營在網路上帶風向，要求筆者協助他延後服兵役。

15 二〇一四年，在馮明珠院長領導下，國立故宮博物院在東京及九州舉行盛大的「神品至寶」展，展出文物包括肉形石及翠玉白菜。筆者被指派為榮譽團長，前往日本九州參與開幕儀式。

16 由於原先東京博物館所印海報沒有把國立故宮博物院的「國立」二字印出，引發爭議，展覽險些停擺。

17 這封信是筆者送給外子的生日禮物。十一天之後，執政的國民黨在九合一選舉中大敗（二〇一四年十一月二十九日），外子在當天宣布辭去閣揆之職。

18 原信為英文。

19 「徐姑姑」是新儒家徐復觀先生的長女徐均琴女士。徐先生相信去蕪存菁的儒家思想，可以與自由民主相輔相成。筆者的博士論文即以《徐復觀在台灣》為題，對此有所探討。

20 G是任職中研院的歷史學者。

21 原信為英文。

22 Grace與Jo是我的高中好友。

卷二

遠行與回歸

第四章——在天之涯：療癒之旅

二〇一五

台北自晚清開始成為台灣的政治經濟中心，而其最重要的政治、金融、文教機關，大多散布於舊府城四周。有將近三十五年的時間，外子讀書和工作的地方，都離不開台北舊城區一帶。讀高中、大學、碩士班，以及博士班畢業後回國任教，乃至步入政壇後換過的三個辦公地點，都是在這個區域附近。由於我們的老公寓也位於台北城南，許多年來，他過著「離家三公里」的日子，不須舟車勞頓、長途通勤。

直到有一天，上帝覺得這樣很不公平。於是外子的命運改變了：他工作的地點，離家一萬兩千公里；漸次由美國東岸而西岸，由香港而嘉義、台北，花了三年半的時間，才回到家。[1]該如何定位他這三年的羈旅時光呢？中國古代官員得罪當道，往往遭到貶謫流放。不過，外子既然在二〇一四年底辭卸閣揆一職，形同失業，已無官可貶；是反對人士趕盡殺絕的氛圍，讓他不得不選擇自我放逐。

他五十四歲辭去公職，還不到退休年齡，必須再找一份工作養家餬口。什麼工作適合卸任閣揆擔任，並能為社會所接受？古羅馬共和時期的辛辛納圖斯（Cincinnatus）的事蹟給了我們一些啟示。辛辛納圖斯原為羅馬民選執政官，後來退隱務農。在國家遭到外患時，他臨危受命，復出擔任獨裁官，領軍保衛羅馬，十五天內退敵致勝。事成後他立刻解甲歸田，繼續務農，不戀棧權位。外子原為一介書生，因憤慨陳水扁亂政而奮袂而起；如今階段性任務完成，亦當兩袖清風，重歸學者本分。[2]

不過，他回台灣學界的道路遍布荊棘，困難重重。他已在二〇一二年台大借調期滿時辭去教職；如今某台大校友發起「反對江宜樺先生回台大政治學系任教」連署，有上千人響應，台大也因此不敢邀請他回母校任教。甚至有時走在路上，也會遇到面露敵意的陌生人。

還好，除了敵意，社會各界也對他紛紛送暖。有的寫信安慰，有的邀他郊外散心，不認識的民眾在路上對他豎起拇指稱讚，還有陌生山友在山徑上致贈半瓶花生。在他決定與我聯袂出國擔任訪問學者時，眾多貴人出手相助：他們各盡所能，幫忙連絡美國的大學、協助尋找暫居的住所、預先支付稿費、幫助我們照顧留在台灣的家人……

這三年半的羈旅時光，提供了必要的距離，讓外子遠離喧囂的台灣社會，靜靜療傷止痛，讓是非毀譽歸諸歷史。對我而言，則是回到不受政治干擾的人生，看到更廣大的世界，重新好好生活。與其說是貶謫，不如說是壯遊；與其說是流放，不如說是解放。

一、新英格蘭之春

離家遠行一年，通信對象以家人為主，書寫內容也從寫意小品變為萬言書。我以大量照片捕捉異國的春花秋月，以文字遙寄思念。豐富美麗的四季變化具有強大的療癒力量，每一個驚喜的發現，都有助於轉移負面情緒，開啟正向思考。

書簡一——去父母之邦（二〇一五年四月二日）[3]

Dear Shelley,

陪伴孩子申請大學，是一件既耗神又費力的大工程，我很清楚，我自己就經歷過兩次。不急，你慢慢來。駐波士頓台北經濟文化辦事處經濟文化辦事處的同仁會幫助我們在波士頓安頓，你不用擔心。等你有空，我們再約見面也不遲。

因為兒女在台灣有工作、要上學，他們沒有和我們同行。對他們、對我們夫妻來說，都非常煎熬。我們也擔心婆婆的身體狀況。宜樺在三月初曾獨自來到波士頓，但剛抵達一週，就因為公公去世而立即返台奔喪。公公葬禮結束後兩天，我們就遠赴美國。現在，如果婆婆的身體有壞消息再次傳來，我們可能隨時要返回台灣。[4]

既然顧慮重重，為什麼我們會決定在這個時候離開台灣？部分原因是，在為公眾服務了六年半之後，我和宜樺已經筋疲力盡、萬箭穿心。故事很多，此處無法詳談。總而言之，過去我很多關於歷史和自由民主的假定，現在不能再視為理所當然。至少在一段期間內，我們必須和台灣的公共領域保持一定距離。

感謝你的盛情邀請。我想，復活節午餐你還是與家人共享，當天我會去哈佛紀念教堂參加禮拜。宜樺本週末將留在家裡寫論文，準備到柏克萊開會。下週他會陪我去耶魯大學報到。

祝 Johnny 能找到一所他真正喜歡的大學，也祝你們全家復活節愉快！

淑珍

書簡二——初抵哈佛（二〇一五年四月四日）

哥哥、妹妹：[5]

你們還好嗎？爸爸媽媽很惦念你們。

爸媽在美國時間三月三十一日凌晨抵達波士頓機場，再搭車前往哈佛大學所在地——美國劍橋市。深夜中從車窗看出去，半輪明月非常皎潔，大樓的通風口冒出蒸騰白煙，如同巨龍吞雲吐霧，更襯托了寒夜的凜冽。由於班機誤點，接機的波士頓代表處處長等人枯等多時，半夜兩點多才能回家，讓我們很過意不去。

此地經歷嚴冬，積雪曾高達二．五公尺。現在街道兩旁雖有殘雪，但光禿禿的枝枒上花苞蠢蠢欲動，已經聞到春天的氣息。每個人談起，都有劫後餘生的慶幸。

這幾天風和日麗，天空湛藍，雲朵雪白，陽光非常耀眼。我還是維持每天早晨運動的習慣，到美麗的哈佛校園快走兼探索。主校區有兩塊小徑縱橫的草地，上面矗立著幾十株高大的榆樹。樹梢還不見綠意，但在藍天之下，粗獷樹幹和纖細枝條交織的線條，已經讓人賞之不盡。

不知為何，才早上七點，已經有人帶著旅行團在懷德納（Widner）圖書館、約翰．哈佛（John Harvard）雕像前解說了。觀光客縮著脖子在寒風中聽講，忙著在尖塔高聳的教堂前拍照，而學校師生見怪不怪，拿著咖啡快速地從小徑上匆匆走過。

爸爸帶我去學校的書店逛，滿室靜謐，許多人就在書店提供的桌椅上讀書、寫作，求知若渴的精神，喚醒我多年潛藏的感動。台灣充斥著反智的喧囂，不太容許從容思考。希望我們這一趟來，能夠好好沉潛。不過，我也發現，坐在哈佛廣場商店門口的乞討者比以前多了許多，和名校的菁英氣息形成強烈對比。貧富差距之大，令人觸目驚心。

到目前為止，我們已經去聽了一場演講（談大陸的外交政策）、和費正清中國研究中心的主任歐立德（Mark C. Elliott）見了一面（他請的瑪格麗特雞尾酒把我醉倒了），我還自己去聽了一場管風琴演奏會。想到這趟出國所付出的高昂代價（機票、房租、留你們看家、留兩個姑姑照顧阿嬤），就覺得一定要充分利用此地資源，不可虛度，才不枉費這趟旅行（光是房租，就將近一天三千台幣啊）。

不過，這一星期大部分時間，爸爸是在忙安頓事宜。今天他帶我到銀行開戶、到購物中心辦手機、買濾水器。因為沒有買車，我們搭地鐵、公車去，走了很遠的路。下週一他還要租車開到新港（New Haven），陪我去耶魯大學報到。接洽租車、住旅館，又花了很多時間。他從日理萬機、以天下為己任的閣揆，變成處理各種瑣事的小祕書，讓我看了有些難過。

有一天我們正要趕著赴約，他突然駐足停下來看一個建築的說明牌，令我納悶。我說：「不做官以後，你變得比較遲鈍了。」他欣然微笑：「遲鈍一點好。」

還好，這兩天他總算有一些時間可以讀書了。他要在四月下旬趕出一篇英文論文，五月初到加州柏克萊大學開會。而我在還沒有寫自己的論文之前，還有兩篇文章／書籍要幫忙審查。

最後，希望妹妹的牙齒不痛了，哥哥減少外食。兩人都要維持生活正常作息，建立運動習慣。

祝你們一切平安！

媽媽

爸媽出國期間兄妹家務分配表

負擔輕重	家務種類	哥哥負責	妹妹負責
輕	掃一樓庭院、門口澆花、清洗馬路鳥糞（每天）		
輕	拿報紙、檢查信箱（每天）		V
輕	清洗馬桶（每天）	V	
輕	整理報紙（每天）		V
輕	整理舊報紙回收（每月）		V
輕	餵貓、清貓砂（每天）		
中	抄水表、瓦斯表（每月）		
中	清掃家裡室內地板（每週1～2次）	V	
中	買早餐、買日用品		V
中	處理信件（每天）	V	
中	換燈管		V
中	叫修家中器具（水電行、鎖匠）	V	
中	折衣服	V	
中	洗衣、晒衣		V
重	倒垃圾		V
重	買菜、炒菜	V	
重	掃陽台、澆花（前後陽台、哥哥房間外）（夏天：前陽台每天1次、後陽台每3天1次；冬天：前陽台每3天1次，後陽台每週1次）		

（媽媽製作 2015/3/16）

書簡三——老學生重返校園（二〇一五年四月十八日）

大、二：[6]

本來希望每週都寫一封信回家，結果整天無事忙，第二封竟然拖了許久。我每天早上六、七點起來，都會到外面去快走。這半個月下來，往來穿梭，已經走遍哈佛校園四周社區，不會迷路了。我發現：環境最優美的住宅區，竟然就在我們住的歐文街（Irving Street）附近。

住宅區優美與否，與房子大小無關，而是屋主竟有餘裕讓出空間，容得下百年喬木矗立庭中道旁，林木樓閣參差掩映。只不過，每一株老幹細枝婆娑交織，都像是一則謎；在綠葉尚未萌出之前，看不太出來究竟是什麼樹。光憑樹幹，我認得的只有櫻樹、梧桐、橡樹、白樺、榆樹、槐樹……，寥寥可數。不過，再過二十天，謎底應可揭曉。

目前開花的樹，由白色木蘭拔得頭籌。灌木中則以黃色連翹居首。但是最讓人可以清晰聽到春天走近的腳步聲的，是一日綠似一日的草地，突然從土中冒出的金黃色西洋水仙，和一簇簇含羞低頭的白、紫小花。

大地生氣復甦，天際風景亦有可觀。學校磚石校舍大多四至五層，木造民宅連閣樓也多只有三層，留了很大的空間給雲彩揮灑。晴朗的時候，天空湛藍如洗，陽光輝耀到令人睜不開眼睛。傍晚夕照襯著黑色的樹影，照例輝煌奪目；可是過往行人，只有我大驚小怪、貪戀不捨。晚上的星光，沒有給我特別的印象，不過滿月時月輪華美，住在這裡三十年的朋友說：「美國的月亮真的比較大、比較圓——不是因為崇洋，而是因為緯度的關係。」

天氣暖和，人們的活力倍增。這個星期經過哈佛校園，遇到好幾次學生示威，要求哈佛董事會不要投資石化工業，以免加速地球暖化。也許因為今年波士頓冷得不尋常，讓人們對氣候變遷格外有感，所以老老少少參加示威的不少。不過，遊行的氣氛比較像嘉年華，喊口號、唱歌，手拉手包圍行政大樓，喊完以後就作鳥獸散，沒讓警察傷什麼腦筋。

昨天下午，前警政署長王卓鈞一家遠道從紐約長島開車來看宜樺，還請我們吃海鮮，盛情可感。我們陪他們逛校園時，巧遇學生示威。王署長覺得很有趣，因為他終於可以用看熱鬧的心情來看學生運動了。我笑說：「台灣國安單位來美國情蒐……」

到目前為止，我已經在哈佛聽了七場演講。北大國際關係學院院長王緝思講中國與國際秩序；哈佛甘迺迪學院奈伊教授（Joseph Nye）講美國霸權不會被中國取代；史丹佛大學維根教授（Karen Witgen）講三張地圖所反映的日本人世界觀；八十多歲的奧森牧師（Clark Olson）談他的人生與基督信仰；還有哲學家辛格（Peter Singer）講如何更有效率地從事慈善利他事業（effective altruism）。

這幾場演講的聽眾大多是研究生，學生聰明而且認真，這不稀奇。我訝異的是：校園中頭髮花白的老教授依然活躍講堂，某些人還是鎮校之寶，學生也很服氣。這和台灣目前由年輕網軍掌控發言權的情形大相逕庭。

我印象最深刻的是辛格那場，那是大學生社團辦的。偌大的演講廳坐了四五百人，走道都坐滿了，鬧哄哄又充滿活力。演講內容倒沒有特別突出，但是學生如痴如醉，把這位大約六十來歲的教授當作今之聖人。有這麼多年輕人對利他議題如此熱血，充滿理想主義，讓我對哈佛學生刮目相看。

已經深夜一點，今天先寫到這裡，明後天待續。

淑珍

二、重讀美利堅

一九八〇年代末，外子和我曾分別在耶魯大學和布朗大學攻讀博士。如今重履斯土，一切似曾相識，既陌生又熟悉。

雖然巨柱基礎已逐漸動搖，但外觀上美國依然強大而體面。求學時期課業繁重，我們並沒有太多閒暇四處遊覽。這一次來，放慢腳步，我們看到：這個國度強悍而美麗，名義上以基督宗教、民主法治為移民社會的黏著劑，實質上還是資本主義、社會達爾文主義占上風，自由競爭、適者生存，沒有太多空間留給自怨自艾的人。少數族裔——包括華人——放下各自的歷史來此打拚，有的格外優秀，躋身主流社會；更多則咬牙掙扎，不讓自己淪落天涯。

書簡四——復活節、耶魯、嘉納藝術博物館（二〇一五年四月二十日）

大姊、二姊、哥哥、妹妹：

這一回到美國，我決定花一些時間去了解基督教。雖然我是儒家，但是若要比較中西文化，就有必要對這一西方文化的基石做較深入的研究。

因此，兩週前的復活節（三月五日），我們不但參加了禮拜，還在一個上午趕了兩場！先是搭地鐵進波士頓，參加三一堂（Trinity Church）早晨八點的禮拜；結束後回到劍橋，參加哈佛大學的紀念教堂（Memorial Church）十一點的禮拜。

對基督徒而言，復活節比耶誕節還重要，因為每個人都像耶穌一樣有生日，但是世上唯有耶穌死而復活（他允諾會讓信徒也能復活）。所以，即使平常不上教堂的人，在這一天也會去做禮拜，教堂前大排長龍（見上次所附照片）。為了迎接這一年一度的人潮，兩個教堂都舉行了好幾梯次禮拜，晚來的人就沒有好位子了。兩個教堂的牧師看著罕見的盛況，都不勝感慨：「等了一年，你們終於來了！」

三一堂屬於聖公會（英國國教），接近羅馬天主教，教堂內部金碧輝煌，儀式比較繁瑣。我們雖然是異教徒，但也很喜歡美好的管風琴音樂、唱詩班合唱，和點綴祭壇的百合芳香。每人手上都有一張節目單，印有禱告詞，我們跟著行禮如儀，沒有問題。即使是唱詩歌，因為旋律簡單，我們也拿著歌本有模有樣地唱。最後再依序去前面領聖體（拿餅沾一下葡萄酒），完成禮拜。

哈佛大學的紀念教堂是為紀念二十世紀在各種戰爭中死難的校友而設，不屬於特定教派。它的建築以白色為主，內部簡單樸素大方，沒有華麗的裝飾。目前的牧師是哈佛一位黑人神學教授，口才便給，他吸引了很多黑人學生來參加。不過整體而言，白髮皤皤的中老年白人還是占了禮拜者的大多數。不分種族，他們都盛裝前來，顯示對教堂的尊重。

禮拜才剛開始不久，在聖樂聲中，捐獻盤就開始傳遞，多寡不拘，我也跟著隨喜。整個儀式中我最喜歡的部分是：大家站起來跟自己身邊的人握手或擁抱，互道「復活節快樂」，一時之間，人人相互友善微笑，教堂充滿喜悅。（不過，一坐下來，又各自目不斜視、不相往來了。）

兩位牧師的講道，都將「復活」看成一種比喻。卡崔娜颶風侵襲紐奥良城之後，那裡的傳道人面對教堂、家園被毀，還是努力正面思考，去想自己在哪些方面受到上帝的眷顧，而衷心說出「上帝真好！」——就是這種信念，可以讓人「復活」。又如：一位印第安女士在睡夢中看到自己在講一種聽不懂的語言，醒來後進一步去研究，竟然讓一種已經滅絕的語言重新活起來，這也是「復活」。而平日言行，對人要不吝讚美，批評人則要謹慎且具有建設性，這也是給予人「復活」的力量。——你看，這些勵志教誨已經沒有太多宗教神祕色彩了。（不過，美國中西部「聖經帶」的教會是否像新英格蘭地區這樣理性，我沒有把握。）

上週日我自己再去了一次紀念教堂，聽一位八十多歲的老牧師奧森談他的信仰與人生。他因為心臟問題，年輕時幾度性命垂危，輟學在家，覺得好像被關在一個箱子裡。後來能夠上大學，他用盡一切力氣去打破「箱子」（人生框架）：跑到蘇聯旅行、娶蘇聯女子；當一個不拘傳統的牧師；後來又進入企業界當顧問，用宗教經驗輔導生意人。

他寒暄時打破形式，一般人說：「你好嗎？」「我很好。」接下來他會問：「你好在哪裡？」再步步進逼，讓人不得不檢視自己的靈魂。年紀大了以後，他已經從「見山不是山，見水不是水」再回到「見山又是山」，可以和他生命中的

「箱子」和平相處了。……老先生談到激動處，幾度哽咽，令聽者動容。

我想，基督教信仰依然是美國社會所以維繫不墜的基本價值。不過，它也可能像小布希總統那樣，形成對其他文化的排他性。另一方面，無神論者的聲音也不可忽視。我們在三一堂做完禮拜出來，就看到一輛改裝車在教堂四周打轉，上面寫著：「聖經說：每個人生來都帶有撒旦的精神，可是它沒有教我們怎麼把撒旦的精神驅趕出去。」

不管如何，波士頓是一個很富裕的城市，哈佛更是一個非常菁英的地方，在這裡所見所聞未必代表典型的美國文化。——我會提醒自己注意這一點。

事實上，即使在波士頓、在哈佛，無家可歸的人依然可見：在哈佛廣場店家門口乞討，躺在教堂門口睡袋中過夜，領聖體時渾身散發臭味，在地鐵站大聲憤怒咆哮……

* * *

我已去過耶魯兩次，第一次宜樺租車載我去，一趟開了兩個半小時。第二次我搭灰狗巴士自己去，一趟就要四個小時。當地人聽到我搭巴士而未搭火車，都有一點傻眼；他們沒有辦法想像，前閣揆夫人為了省錢，而寧可花那麼多時間！其實灰狗巴士有廁所、有個別插座、有無線網路，設備不錯；而且可以走地方道路，看眾生相，也很有趣。

我在耶魯訪問的單位是東亞研究委員會。它的主席石靜遠（Jing Tsu）大約四十歲，九歲自台移民美國，媽媽在購物中心擺小攤子賣東西，她就在購物中心跑來跑去，學得一口道地英文。後來一路念柏克萊大學、哈佛大學，聰明奮發，能做學問也能做行政，一路提攜她的孫康宜教授稱讚她是天才，認為她該去當耶魯校長！

孫教授已經七十一歲，當過多年東亞語文系主任，現在繼續扛重任。她的父親是白色恐怖的受難者，早年生活十分艱辛。她從東海大學畢業後出國留學，學習領域由西方文學轉到中國文學，在美國漢學界嶄露頭角。年輕時的她風華絕代、美麗無比，現在自稱是東亞系的「駐系老奶奶」，做事還是一絲不苟。我去了兩次，都受她熱情招待。她的先生張欽次（暱稱CC）已經退休，過去是紐約地鐵的總工程師，現在負責照顧太太和孫女。他一直很關心宜樺申請耶魯的情形。我們十分感謝他們夫妻倆。

第二次去時，孫教授對我的《安身立命》大為稱許（她是虔誠基督徒，對晚輩非常慷慨），並突發奇想，要我次日到她的課堂上報告梁啟超十分鐘。我手邊沒有任何資料，也沒有帶電腦，只好臨時透過手機查資料，又到史特靈（Sterling）圖書館寫英文草稿。史特靈圖書館建於一九三〇年代，像座哥德式大教堂，莊嚴肅穆，美得令人屏息，我忍不住拚命拍照，好不容易才定下心來寫作。還好，臨陣磨槍，不辱使命。

宜樺去耶魯時，和他的指導老師史密斯（Steven Smith）教授見了面。在名為伊麗莎白的俱樂部中，兩人聊得很愉快，卻完全沒有談宜樺申請受拒的來龍去脈。這件事就這樣過去了。[7]

＊　＊　＊

昨天我的布朗同學何雪麗（Shelley Hawks）來，帶我去參觀兩間美術館，宜樺留在家趕論文。

伊莎貝拉嘉納藝術博物館（Isabella Stewart Gardner Museum）的創始者是一個美麗、富有、放蕩的女子，生於十九世紀，從紐約嫁到波士頓，被當地社交圈排斥。因此她經常到歐洲、亞洲旅行，蒐集大量藝術品，用自己繼承的財富，在沼澤地中建立了私人博物館，炫耀她的文化品味，但也不自覺地流露出她的缺乏安全感。

這座博物館最著名的是一個文藝復興式中庭花園，庭中種了很多讓我眼熟的熱帶植物（鐵線蕨、筆筒樹……），周圍被一層層尖拱迴廊圍繞，十分美麗。不過，說到收藏文物，我就不敢恭維。雖然展品本身頗有價值，但是嘉納女士堅持要依照她自己的方式分類展覽，並在遺囑中規定不得變更，後人只得依樣畫葫蘆，結果就是擁擠不堪的大雜燴。波士頓美術館（Boston Museum of Fine Arts）就清爽多了，不過因為時間不足，這一次只看了日本版畫家北齋的作品，下一次再去仔細欣賞。

哥哥身體不舒服，阿嬤病情嚴重，都令我們掛心。感謝你們顧家，請好好照顧自己！

二姊：以前你送三個孩子到美國參加夏令營，現在你自己想不想來上夏日學校呢？一定會很有趣！

請多保重！

淑珍／媽媽

書簡五——女性學者的職涯與家庭（二〇一五年四月二十一日）

孫教授：

非常感謝您的評論和讚美。雖然我們只見過兩次面，但透過與您交談、閱讀您的回憶錄和信件，我從您身上學到了很多東西。許多學者——包括我自己——在日常生活中容易憤世嫉俗，因為他們在學術界受的訓練是批判性思考。而您儘管在學術和行政工作中自律嚴謹、一絲不苟，但對他人總是寬容大度，是我的好榜樣。我非常感謝您的好意，相信您的學生、同事和朋友也有類似感受。

我不算是一個很成功的母親。兒子現在二十五歲了，雖然他完全能夠生活自理，但他總是沒有安全感，缺乏自信。這或許是因為：無論他如何提升自己，他的能力和人們的期望總是有一些差距。教育他，也教育我自己，一輩子都要學習。

女性學者必須努力在事業和家庭生活之間找到平衡。我能在三十七歲時完成博士學位，一方面是因為自己「冥頑不靈」、不肯放棄，另一方面也要歸功於婚姻生活幸福，得到丈夫和家人的全力支援。

宜樺和我今天去波士頓看馬拉松比賽。跑者在冷雨中努力了三到六個小時，他們真是英雄！我們很高興能親眼目睹這場盛會。

宜樺向您和 CC 問好。

敬祝一切平安！

淑珍敬上

書簡六——波士頓馬拉松、波士頓美術館、華人處境（二〇一五年四月二十六日）

大姊、二姊、哥哥、妹妹：

每週大事，照例是由氣象與樹況報導開始。

已經是四月底，由窗子望出去陽光燦爛、天空湛藍，但一推門出去還是空氣冰寒（今天較暖，最高攝氏十五度，最低六度）。一週前好友張涵捷、傅芬妮借我們兩輛腳踏車，我迫不及待地要去探索步行所不及的地方。花了一個小時找到水源地小湖清水塘（Fresh Pond），結果被陽光所騙，一路凍得兩手僵冷、鼻涕直流。別人已經穿短袖，而我每天早上出去運動，戴帽子、口罩、太陽眼鏡，全副武裝，成了劍橋怪咖。

二十五年前在新英格蘭住的時候，也許因為打工、念書壓力太大了，從沒有注意到楓樹會開花，而且還因樹種不同，有暗紅色、黃綠色兩種。不只楓樹會開花，柳樹也會開花——黃綠色的柔荑花序，在春風中隨柳枝款擺，柔媚動人極了（這才知道何謂「楊柳依依」）。更不用說，白、粉兩色的木蘭、櫻花，迎著凜冽的風努力盛開，下一波要加入的是白色的梨花，也都是整樹地開。到目前為止，我看過最美的一株花樹是立在拉德克利夫學院（Radcliffe College）的木蘭，白瓣層層疊疊，在藍天下爛漫無匹。（拉德克利夫學院為美國第一所女子學院，後來併入哈佛。）從台灣來之前，我已經享受過亞熱帶的春天；到此未經寒冬蹂躪，卻平白得以再度領略春天的美好，不免有一些無功受祿的心虛。

可是整體而言，氣溫還是太低，花樹依然零星，不像我印象中布朗大學春花那般撒潑放恣。尤其是郊區，沒有城市地氣來得暖，綠葉還是怯怯地出不來。清水塘周邊除了松樹蒼勁，都還是一片枯林。或者，按此地喬木界的規矩，花沒全開全落之前，不許葉子冒出來？

昨天早上快走到查爾斯河畔（Charles River），河水黝藍如大海，襯得河畔鵝黃水仙明媚耀眼，賞心悅目。兩隻大雁在那裡漫步覓食，一點也不怕人。這個春天，我已經在哈佛校區附近看到了松鼠、野兔、知更鳥，還有通體殷紅、啼聲悅耳的「北方紅衣大主教」（Northern Cardinal）。（請自行上網去查這是什麼東東！）儘管風光怡人，但說到自然環境的優美，美國劍橋還是不如英國劍橋。

*　*　*

查爾斯河畔有很多學生宿舍，是各自獨立的住宿型學院。學院前的大道種滿高大梧桐，綠葉長出時想必另有一番風景。事實上，要欣賞此地建築之美，現在正是時候；一旦夏日大樹亭亭如華蓋（那些樹通常都是樓房的兩倍高），不管校區或社區的屋宇，都會覆滿綠蔭，把二、三層樓房都遮掩一半——至少富人居住的地方是如此。

前兩天我去哈佛東亞系聽一場演講，看著教室的環境：那裡除了掛著「文明新舊能相益」、「心理東西本自同」的楹聯，還有十幅太極圖、西銘圖、小學圖、大學圖等宋明理學作品，比台大文學院的教室更有中國古典氣息。更讓我不解的是：教室裡一塵不染，天花板沒有汙漬，牆上沒有斑駁，角落沒有蜘蛛網，一切都完美如新。而且，我所到過的許多哈佛建築內部，都是如此。——這要花多少時間、人力、財力、物力去維持？哈佛學生所繳一年七萬美金的學費，大概有許多是被用在學校軟硬體的維護上。

可是，是哪些人、在什麼時候，去做這些清潔維修工作呢？我早上去運動時，常可見清潔隊員在八點左右就來收集垃圾。會不會是有工人／工讀生在夜裡或清晨去教室裡默默打掃，好讓師生在白天裡有鮮潔完美的舞台可以揮灑？

我們所住寓所幾條街外，就是與劍橋市為鄰的另一個城鎮薩默維爾（Somerville）。今天早上我步行到那裡去，很快就發現了差別。那裡有座滿大的希臘正教教堂，可見有不少東歐移民人口。社區的房子沒有大樹環抱，也就少了優雅雍容。此外，當地馬路因為嚴冬積雪的破壞而坑坑窪窪、體無完膚，而緊鄰相交的劍橋社區道路卻光滑如砥。

其實，劍橋也有怎麼修也修不好的橋梁、永遠被圍籬環繞的市中心公共綠地。波士頓的道路也不平整。即使是號稱美國第一條開通的波士頓地下鐵（「T」），因為歷史超過百年，不只車站老舊，而且車廂外鐵鏽斑斑；此外，由於並未規定車上不得飲食，車廂內垃圾不少。如果哥哥到此一遊，一定會大吃一驚。

結論是：哈佛比周邊幾個市政府有錢。

＊　＊　＊

四月二十日是麻州特有節日「愛國者日」（紀念一七七五年美國獨立戰爭第一場戰役），波士頓馬拉松就是為此而舉辦，今年第一一九屆。它不只讓波士頓人舉城瘋狂，而且是國際有名的賽事，豈可不去瞧瞧？可是，四月十九日陽光燦爛，四月二十一日也風和日麗，偏偏夾在中間的四月二十日卻又溼又冷，氣溫在攝氏五度到十度之間！宜樺本來要打退堂鼓，後來想一想，盛況難逢，還是一身包得嚴嚴密密跟我去了。

從進入地鐵站開始，就人潮洶湧、人人興奮。為避免壅塞，最接近終點線科普利廣場（Copley Square）那一站暫時關閉，我們得到下一站海因斯會議中心（Hynes Convention Center）下車往回走。出了地鐵站，地面道路禁止車輛通行，成了行人的大廣場。可是要靠近馬拉松路線街道、為選手加油可不容易：因為二〇一三年波士頓馬拉松發生過爆炸慘案，如今安全檢查密不通風，不但天上一直有直升機盤旋監視，街上也設了許多關卡，每一個帶著包包的觀眾都被攔下，讓警察、國民軍伸長脖子仔細搜檢一番。（天哪，據估計有五十萬觀眾去看呢。）

好不容易通過關卡，接下來的考驗是找不到位置可以站立。馬路邊已經塞爆，早已被更熱情的觀眾捷足先登，何況他們人高馬大，我們只能從人群隙縫中窺到選手跑過。現場熱烈興奮，男女老少、各色人種搖著牛鈴歡呼、鼓掌，還有人拿著好笑的激勵標語，上面寫著：「跑快一點！我站了一天，腳都瘦了！」街道上放著許多盆黃色西洋水仙，貼著「強哉波士頓」（Boston Strong）的標籤，誓言波士頓決不會被恐怖攻擊打倒。大大小小的美國國旗更是處處可見，展現民眾強烈自發的愛國心。

令我嘖嘖稱奇的是那些選手。今年參賽者有三萬多名，年齡分布從十八歲到八十歲以上，分為菁英組（職業選手）、一般組、殘障組、輪椅組和手搖輪椅組。志在參加、自我挑戰的意味，比起競賽爭勝來得重要。過去有一對霍伊特家父子（Dick & Rick Hoyt）參加過三十二屆波士頓馬拉松，父親推著腦性痲痹的兒子跑的動人情景，是這個比賽的最經典畫面。但今年父親已經七十五歲，跑不動了，轉而擔任比賽的「Grand Marshal」（大禮官）。

今年冬天波士頓如此寒冷，在地跑者難以找到場地練習。比賽當天更是又溼又冷，觀眾都穿著大衣，而跑者僅身著寸縷，在冷雨中堅持三至六小時，跑完全程二六．二英里（約四十二公里）的人竟然超過兩萬六千位！讓人不能不為她／他們的堅毅精神喝采！為了反恐，主辦單位不許參賽者帶大袋子裝衣物；比賽結束時，選手只身披鋁箔雨衣、手拿一袋簡單口糧，在地鐵上凍得直打哆嗦，令人好生不忍。

過了一週，我們又進城去，這次是去波士頓美術館。在這麼短的時間再度去，是因為館區正舉行「花藝盛放」（Art in Bloom）特展，動員了大量民間花藝社團和義工，透過插花來詮釋重要畫作，精采可以想見。館區很大，明亮軒敞，從古代到當代，歐美亞非作品無所不包，可以和紐約大都會美術館媲美。奇妙的是，展品任你拍照（只要不用閃光燈就好），甚至雕塑也任你觸摸！非常親民。在一個館可以看到如此眾多文明與藝術形式的匯聚，給人很大的振奮、解放的力量。我們二話不說，馬上就辦了會員證。

這段期間，他們也特別展出日本藝術與文化（或許是為了配合日本首相安倍晉三訪問波士頓？），包括葛飾北齋的版畫、反省三一一災難的攝影、紙藝玩具、日本庭園……，無不精美。然而，也許是我來不及仔細看完全館，傳統中國文物的部分，最被突出的竟然是春宮畫！美國人對日本文化的喜愛、對中國文化的偏見，從中微妙反映出來。我心裡很不舒服，和宜樺說：「應該請故宮來這裡展出『神品至寶』。」

＊　＊　＊

雖然信上總是「風花雪月」（妹妹語），我在這個月也沒閒著。這一年是在使用「借來的地方，借來的時間」，有很多讀書、寫作計畫要完成，我的急迫感很強烈。

最近看了兩本書：大陸作家張贊波的《大路：高速中國裡的低速人生》（八旗文化出版）和美國作家佛里曼、曼德鮑的《我們曾經輝煌：美國在新世界生存的關鍵》（天下文化出版），都很受啟發。前者生動地記錄中國大陸為求高速發展而四處開路，過程蠻橫腐敗，犧牲歷史文化、自然生態與底層人民個人福祉，而後者卻深感中國崛起之威脅，大力針砭美國政治及教育沉痾，疾呼美國人要重視基礎建設、繼續開放移民、鼓吹為國犧牲精神。換言之，現在的中國人羨慕美國民主自由，美國人則羨慕中國的經濟成長與效率，二者正好相反！

我想，國家發展的軌道未必有同一套模式。即使都走上了西式現代化的道路，也因為所處階段不同，有不同的看世界的觀點。譬如說：美國在十九世紀內戰之後走向工業化，亦曾經歷過內政腐敗、社會動盪的階段，一如今日之中國大陸。用發展成熟的今日美國政治社會文化標準，衡量步履顛躓的中國大陸，未必公平。

不過，美國當年克服困境，是靠中央與地方合作、公部門與私部門協力；相對而言，今日中共一黨獨大，習近平一味鎮壓民間社會和異議知識份子，他能不能夠憑藉少數黨內菁英統治建立強大而穩定的國家，還有待時間考驗。也許一位曾駐中國的瑞典大使說得對：共黨的維穩鐵腕並非顯示它的強大，而是暴露它的脆弱；中國的公民社會雖然力量微弱，但它不會滅絕。

當今中國知識份子的處境十分苦悶。我到耶魯時結識一位大陸來的教授／詩人，他在香港、美國拿了兩個博士學位，找到美國一所小學院的穩定教職，子女在美國表現優異，夫妻感情也很好，看似一切圓滿。可是，為了生活，他必須勉強自己看晦澀的西方文學理論，寫一些矯揉造作的學術論文，教書像是對牛彈琴，讓他覺得人生沒有意義。他在情感上很想回中國去，但理智不允許，難過到幾乎要出家。

另一位很有才華的詩人／教授，在美奮鬥多年，也已有很穩定的工作。他最近生了一位女兒，卻不肯向好友透露女兒的母親是誰，甚至不肯說自己究竟有沒有結婚（「這是隱私」），讓自己的感情處於荒涼流放狀態。在耶魯課堂上，我聽到他朗誦的詩：

摔碎酒杯，往窗外縱身一跳，卻忘了自己是在高樓第幾層，這——不是自由。

在海邊默默流淚，提醒自己孤獨的處境，這——不是自由。

在人群中懵懂無知，用張開的雨傘抵抗催淚彈，這——不是自由。……

* * *

宜樺閉關十天，密集撰寫英文論文〈Taiwan's National Identity and Cross-strait Relations〉（台灣國家認同與兩岸關係），準備參加五月初在加州柏克萊大學舉行的學術會議，四月十九日終於寫完。與此大約同時，透過哈佛大學東亞系教授王德威、歐立德的幫忙，他也正式取得哈佛費正清中國研究中心（Fairbank Center）的訪問學人資格，不再只是王教授的研究夥伴，在哈佛行走會更名正言順，讓他鬆了一口氣。

四月二十三日，駐波士頓台北經濟文化辦事處（TECO）假費正清中心之名舉辦了一場關於推動台灣加入TPP的研討會，邀請宜樺參加。在那裡遇見從全美各地趕來的親藍僑領，互動很熱絡，這是他來此第二次公開露面。四月二十七日應TECO之邀會見波士頓僑界，四月二十九日中國大陸同學會邀請他去演講「台灣民主經驗對中國的意義」，我也會跟去。

我估計：來美一年期間，我們——尤其是我——能直接結交的美國朋友不會太多，但是會有許多機會認識台灣僑界以及大陸留美學者。至於台灣留學生和訪問學人，受到太陽花學運的影響，到目前為止他們並未和宜樺有所連繫，我們亦不以為意。因為，這一年出來，我們的心態就是「歸零」。

有一天，宜樺去哈佛行政大樓領取證件，遇到兩個台灣來的遊客。他們喊住他：「這位先生，我們見過面嗎？」宜樺微笑搖頭：「沒有。」他們拚命思索：「你看來好面熟，好像在電視上見過你……」宜樺笑而不語，揮揮手離開。

回來後他講給我聽，我笑：「他們看電視不夠認真！」

這一個月，宜樺經常買菜炒菜，我則負責洗碗掃地。學校附近超市內的東方食品種類不多，蔬菜水果買來買去就是那幾樣，又一時無法備齊八角、太白粉、咖哩……之類配料，激發不出烹飪的想像力，吃的也就很簡單，兩道菜就打發一餐。這麼一來，宜樺的小腹迅速縮減，穿起牛仔褲很有精神。因為沒訂報紙（改為聽廣播）、沒有固定上班上課，有時候連日期都有點模糊。「山中無甲子，寒盡不知年」，當閣揆的日子已非常遙遠。

我們還是每天上網瀏覽台灣新聞，對漫天的無理喧囂感到深沉的悲哀。民主化的台灣，離心力太強，拉扯得國家快要散掉。未來究竟是何了局，我不敢也不忍多想。幸而隔著太平洋再加上北美大陸，空間與心理的距離感都拉長了，這對於我們具有一定的療效。

中南部缺水的情況，是否有所紓解？核三廠的火警，恐怕讓二姊夫壓力大增。請大家多多保重！

淑珍／媽媽

三、挑戰與偶遇

兒子正值職場訓練的關鍵階段，他調適困難，我們卻遠在天邊，不能即時給他支持安慰，令他倍感焦慮。感謝眾多在台親友助他度過難關，我也透過信件與手機通訊軟體，提醒他要培養自己內在的力量，勇敢面對人生的挑戰。

這段期間，我當遠距母親，也當全職學人。海內外關於新清史的討論沸沸揚揚，我在哈佛巧遇方家，於是不揣冒昧，也提出個人淺見。

書簡七——爸媽出國，自立自強（二〇一五年五月二日）

哥哥：

你的信寫得很長，也寫得很好，媽媽覺得你的文筆進步很多，值得肯定！

關於你的問題，媽媽答覆如下：

（1）

爸爸媽媽這次出遠門，一去就是一年，是很痛苦的決定。因為家裡不只有你們兄妹，還有生病的阿嬤，都讓我們掛心。可是爸爸在台灣受到許多人的排擠、攻擊，難以找到適當工作，他必須要先離開台灣一段時間，看看外面的世界，給自己重新充電的機會，一年以後再回到台灣。情非得已，請你諒解。

媽媽常常告訴你，所有事情都有正面和負面，我們不能只看正面，也不能只看負面。爸媽遠行一年，對你除了負面影響之外，還會不會有一些正面的好處？你可以想一想，下一次再告訴我。

（2）

爸媽不在，大姑姑、大姨、二姨、妹妹、於純姊姊、陳老師，還有一些親戚朋友，都在直接、間接地照顧你。她們自己的生活都非常忙碌，壓力也很大，但仍撥出時間照顧你、聽你抱怨，媽媽很感謝她們。你覺得她們語氣不像以前那麼和善，那是因為你抱怨的問題經常重複，別人安慰的話語也說了又說；你抱怨的次數太多了，她們和善地勸導安慰你的話都沒有用，所以大家漸漸就失去耐性了。

以後每當你又有煩惱時，不妨回去看看你的臉書上別人是如何回應你，自己也想一想該如何紓解壓力，身體力行，不必一再提同樣的問題。

（3）

你是高功能自閉症人士，比典型自閉症患者的情況要好很多，我們都為你感到慶幸。身障者與一般人必須互相學習；一般人要學習如何接納身障者，而身障者若希望在社會上正常生活，也要努力適應一般人的社會。譬如在工作上，如果希望能獲得一般人的薪水，就必須有同樣的工作效率；如果希望老闆把你當身障者來包容，那老闆付給你的薪水也可能只有一般人的十分之一。你聽過兩句話：「一分耕耘，一分收穫」、「天下沒有白吃的午餐」嗎？

國家、社會上的資源有限，在大家比較富裕的時候，可以有多餘的人力、物力來照顧身障者。但當國家慢慢變窮時，就沒有那麼多資源可以照顧身障者（包括津貼補助、介紹工作、職場銜接）。台灣的整體國力正在下降，以後會愈來愈沒辦法有充足的資源來照顧弱勢（包括學校裡的特教老師、重建處提供的服務，都是如此）。同樣地，爸媽與其他長輩正在慢慢變老，等到退休以後，在體力或財力上都會愈來愈沒有能力照顧你。所以，你要趁現在趕快健全自己的心態，培養獨立的能力，找到一份工作養活自己，及早自立自強，以免以後父母突然過世，你會措手不及。

何況，依賴他人，難免要看人家的臉色；如果你不喜歡別人對你凶巴巴，那就要讓自己更堅強一點。扮演弱者的角色，希望博取別人的同情，剛開始可能會有效果，時間長了，反而會引起別人的反感。

另一方面，別人對你的關懷（不管是用溫柔或比較嚴肅的方式表達），你都要深深感謝。因為，大家都很忙碌、壓力都很大，任何人願意撥冗來聽你講話，或是幫你解決問題，都不是理所當然，你要把它視為額外的恩典，向她們道謝。

在這一段待業期間，建議你建立運動習慣，多多練習技能，尋找工作機會，有空時多看些書，希望你還是能過得快樂而充實！下一次寫信，希望你可以把你和桃園天使心團體出遊的經過寫下來，談談一些趣事。

祝你一切平安！

媽媽

書簡八——哥哥遊記（二〇一五年五月九日）

哥哥：

你的遊記寫得真好！觀察仔細，內容豐富，文筆流暢，把這趟旅遊的過程生動地記錄下來，讓讀者也如同身歷其境，一同分享你的喜悅。

只要多多觀察四周的人、地、事、物，你會發現世界很大，值得我們去探索、學習、思考。希望以後能常常看到你寫的有趣的文章！

祝你身體健康，一切平安！

ps. 要記得運動喔！

媽媽

書簡九——新清史（二〇一五年五月十六日）8

歐立德教授：

很抱歉，我們五月十三日聚會的照片沒有拍好，但總是聊勝於無。

雖然我不是清史專家，但我想就先師毓老生平，談一談我對新清史的想法。毓老師是滿洲皇族，而其母親和妻子都是蒙古人，證明滿族和蒙古菁英的確有戰略聯盟，如「新清史」學者所言。但另一方面，毓老師曾為溥儀伴讀，在宮中接受儒家經典教育；太師母督促他背誦十三經全文，而師母則精於《昭明文選》。二戰之後毓老師來到台灣，六十多年致力傳承的也是「夏學」（中國古代經典）。由此可見，滿族——包括皇室——的確漢化極深。

話又說回來，毓老師從沒忘記他是個滿人。他經常嘲笑推翻滿清的中華民國，說漢人治國無方；晚年他更罄其所有，在中國東北修復永陵、成立滿族博物館暨滿學研究院。他在台灣的漢人學生尊重老師的雙重文化認同，對他非常敬愛。

因此我認為，關於清史定位的兩種看法，看似矛盾，實則相輔相成。在滿人建國初期，皇帝渴望將其帝國擴展到內亞，而不甘於僅是當中國本土的君主。然而，清朝後期滿族軍事實力衰落，他們變得愈來愈依賴儒家價值來證明其統治的合法性。他們的「滿族認同」與「華人認同」平行共存，其「華人認同」甚至可能高於「滿族認同」，一如毓老師生平所體現。

新清史的爭論最後總會塵埃落定，不必把中國社科院的政治批評看得太嚴重。胡適和錢穆在一九五〇年代都飽受中共攻擊，但他們的作品至今仍吸引著許多追隨者。我想，新清史爭論的背後，其實是中、西方歷史學家在爭奪話語權；但學術的價值必須由學術標準決定，而不是由政治權力決定。你和同儕拓寬、加深了世人對清代的了解，還是功不可沒。

祝一切安好！

李淑珍

書簡十——工作與學習（二〇一五年五月十八日）

哥哥：

謝謝你的來信。你的信寫得很不錯，把你的焦慮表達得很清楚。你在這一段待業時間，很認真地學習專業技能，自我充實，難能可貴！相信你從中也獲得了相當的樂趣，學到一些重要的東西。

你信中的問題可以分為兩部分：第一，專業技能不懂的部分，該去問誰？第二，你擔心重回職場的工作壓力，留戀現在的學習生活。

對於第一個問題，媽媽的答覆是：離開學校之後，我們要終身學習，但是不一定有固定的老師可以請教。因此我們要學會使用圖書館，學會從書本裡找答案；或是把你的問題陳述清楚，上網向人請教。你可以試著找一些網路資源，從那裡去找答案。這有一點難，也有一點像偵探在找線索嘗試破案，但其實自我摸索也是學習很重要的一部分。你不妨試看看！

關於第二個問題，我想：每個人一生都有不同階段，而每個階段都有不同的功課要完成。學校階段的確是人生很可貴的部分，在家長、師長的呵護下，你可以專心學習，不必太煩惱現實生活的壓力。但是，每個人求學告一段落，就要畢業，進入社會工作，一方面自力更生、養活自己與家人，另一方面也對人群貢獻所長、回饋社會。媽媽念書時間較長，念到三十七歲才拿到博士學位，但終究也要畢業，出社會工作。雖然工作壓力比較大，但是也從中獲得成就感，認識新朋友，對社會有所貢獻，也才能分擔家裡的經濟，撫養你和妹妹，並奉養婆婆、阿公、阿嬤。

總而言之，我們年幼時可以依賴長輩，但是長大成人之後就要獨立，並進而照顧長輩和晚輩。這是每一個人都要學習的事情，不只你如此。當然，工作之餘還是可以繼續學習，但是以工作為主，學習為輔，這和學校階段以學習為主是不同的。

你到這家公司去，我想主管會比較能夠體恤身障人士，你不必為此擔憂。不過，不管在哪個公司，總是要記得要敬業樂群，符合職場規範，盡自己所能對公司有所貢獻，老闆才會珍惜這樣的員工。如果心不在焉，上班的目的只是等下班、等領薪水，那麼就不容易保住工作。

你還有將近半個月的時間可以調整自己的作息和心態，希望六月上班時，你也能夠樂在工作！下週爸媽回台北三天，我們會替你加油打氣！

祝福你一切平安！

媽媽

四、常春藤的美麗與哀愁

一流的高等教育，是美國國力的強大後盾。優美的校園，完善的圖書設備，求知若渴的氛圍，泉湧不竭的創造力，加上少男少女的青春活力，使常春藤大學成為滾滾紅塵中的烏托邦。

然而名校學費高昂，令人咋舌；整體社會的貧富不均、種族衝突、高度競爭，也反映在烏托邦中。師生的高度理想性與批判性（有時是不食人間煙火），更讓大學校園與現實世界不時關係緊繃，令夾在中間的校方左右為難。

書簡十一——春光無限、哈佛師生群相、新港與耶魯（二〇一五年五月十五—二十二日）

大姊、二姊、哥哥、妹妹：

距離上次寫長信至今已經超過三週。這三週內，花樹盛開如急管繁絃，如火如荼。但一株樹只有一週左右好光景，一陣熱鬧過去，很快就落紅紛飛、萎謝一地。我在校園內外東逛西逛，來不及仔細觀察花樹如何從含苞到盛放，只能狼吞虎嚥拚命照相，每天一出門就是四五十張，這輩子可能沒有這麼瘋狂過！小學時我最愛的一本圖書是《中國詩詞裡的花》，可是中國詩詞裡的花多半是溫帶花木，「芳草鮮美，落英繽紛」的情境，到北美以後才領略到。

我認識的櫻花種類不多，只知道緋寒櫻如煙似霧，八重櫻一團喜氣，垂櫻則如柳條珊珊。粉色木蘭花如碗大，花瓣有深淺厚薄不同，落下時橐然有聲，在草地上鋪成一片花毯。與粉色木蘭同時綻放的是梨花（不是長果子的那種），開起來可是大陣仗！別的花樹多是三兩成群，只有梨樹則是沿街長長一排迤邐站開，滿樹雪白，層層相連，花期也比較長。

再下來，則是茱萸（dogwood）和「crabapple」。茱萸花會愈開愈大、愈開愈美，一朵四瓣、呈十字形（有人認為像是十字架），滿樹彩蝶翩翩。至於「crabapple」，我原先只道是酸蘋果花，一查Google，竟然就是聞名已久的西府海棠！奇妙的是，這些花樹往往不是粉紅，就是粉白，色調輕盈柔和，很少大紅、鮮黃等熱帶濃豔色彩。我不知這是園藝人擇、還是自然天擇的結果？

這一陣子來報到的是一批紫家軍：紫藤、紫荊、紫丁香（其實也有白藤、白荊、白丁香）。它們香氣濃郁，讓有色無香的北美春天終於有了嗅覺刺激。傍晚走出去，在花香中間間帶小孩散步的行人，好像行走在夢中。丁香之後，是杜鵑、牡丹、栗花、槐花……

雖然有這麼多花，但若是沒有群樹打破沉默，爭先恐後迅速換裝、一身綠光煥發，這樣的春天也還是寂寞。我們住的歐文街再往北走，是美國藝術與科學院（American Academy of Arts and Science），它的後院有一片對外開放的樹林。每天早上到那裡運動，看著那裡的大樹從蕭索到繁茂，心底泛起微笑。

只是，大樹長出新葉，不一定就能驗明正身，我不認識的樹還是比認識的多，光是楓樹、榆樹、橡樹、樺樹都各有好幾種。相同的是：襯著藍天白雲，沐浴在陽光中的每一棵大樹張開華蓋，樹幹雄壯威武，枝葉嫵媚婀娜。尤其是荷蘭榆樹，身形高大、姿態瀟灑，仰望讓人無限敬畏。哈佛園（Harvard Yard）橡樹成林，樹下草如碧絲、綠意豐美，被學校圍了起來，不許人踐踏；但是在靠邊的地方，校方還是貼心地放了幾把彩色椅子讓學生、遊人坐下，感受樹影婆娑的幸福。

大樹重光之後，街景發生很大變化。繁華落盡的櫻花、白木蘭，換成一身綠葉，無事人一般，隱身成為不被人注意的背景，好像前一陣子的勝景與它無關，一個月來已漸熟悉的社區又變得陌生了。

每天看花目不暇給，問題來了。熬過半年苦寒，不分喬木、灌木、地被植物……，不論美麗與否，幾乎所有植物都在趕進度，迫不及待要趕緊傳宗接代。因此花粉爆量、來勢洶洶，形成近年少見的海嘯級災難。而今年春天異樣晴好，雨水稀少，花粉更是漫天飛揚，造成許多人嚴重過敏。我流眼淚、眼睛癢、鼻塞、流鼻水，甚至因為揉眼睛造成感染，不時分泌濃稠液體、有如膠水，睡一夜醒來眼瞼都被黏住、難以睜開。「淚眼問花花不語，亂紅飛過秋千去」，說不定也與花粉熱有關？

* * *

哈佛學生在五月上旬考完期末，大一到大三學生多已離校，剩下大四學生留在校園，等待五月底的畢業典禮。暑假之後，除了觀光客，校園師生大概都走光了。所以，我趁著學期結束前，對哈佛師生做了一些觀察。

據說哈佛東亞系有一位名師普鳴（Michael Puett）很受學生歡迎，我們夫妻倆特地去他與別人合開的兩門課觀摩教學，正好趕上最後一週的課。在名為「智慧的追求」（The Quest for Wisdom）的通識課中，一組學生以戲劇表演形式做期末報告。他們將一個猶太浩劫倖存者的回憶改編成劇本，有正敘有倒敘，有獨白有對話；雖然沒有布景道具，但是幾個象徵性面具很傳神地表達了主角的內心世界，有些類似古希臘劇場。其他學生雖未上場，但也分享他們針對此課主題（生命的轉捩點）的期末計畫：短篇小說、散文、詩、繪畫、音樂、媒體，乃至打電話給諸親好友表達關懷……。老師則是面帶驚喜之色，不斷以誇張語氣鼓勵學生：好極了！太棒了！真精采！了不起！……

另一門名為「閱讀的藝術」（The Art of Reading）的通識課，兩位老師帶領二十多位學生做總結討論。這門課帶領學生閱讀各種不同形式的讀本，學習理解與詮釋。普鳴教授談到莊子「得魚忘筌，得意忘言」，另一位英文系老師則談到網路時代中圖書館的意義。老師不斷丟問題給學生，而學生也踴躍發言。基本上，上課方式和研究所的討論課相似。和我在布朗大學上課經驗相比，二十多年後的哈佛，上課方式依然重視傳統的閱讀和思辨。台灣所鼓吹的「翻轉教室」，在此似乎並未風行。只不過，課堂指定讀物不再影印，而改為掃描之後放在電腦上閱讀，所以幾乎每個學生上課都帶著筆記型或平板電腦。

奇妙的是，期末考在即，哈佛竟然全校動員，在五月初盛大舉行為期四天的藝術節（Arts First），至少有上百場活動，大考大玩！為了與社區同樂，許多節目免費，邀請親子共同參加，金髮、黑髮、褐髮小朋友在校園跑來跑去，熱鬧滾滾。宜樺在這段期間到加州柏克萊大學開會，而我則拿著節目單在校園到處穿梭，足足看了至少十場表演：人類學博物館裡的世界音樂、紀念教堂中的韓德爾神劇、哈佛園綠地上的無伴奏合唱、羅威爾學院內的俄羅斯鐘樂和《1812年序曲》、拉德克利夫學院草地上的印第安舞蹈，廣場大帳篷的爵士樂、世界舞蹈和電影……。除了印第安舞蹈，其他的演出都是學校社團師生親自上陣，而且幾乎都有職業水準，不是玩家家酒。

藝術節節目充分反映了哈佛校園的多元性、國際性。哈佛大學內有研究各地域文化的系所、中心，世界各國領袖及學者紛至沓來，或講學或進修；平常在街上走，擦肩而過的人往往講的是英語之外的語言，學生、遊客都是如此。而在藝術節的舞蹈中，巴西、印度、伊朗、中國、埃及……學生各顯神通，和美國踢踺舞、現代舞分庭抗禮。當然，盎格魯撒克遜的白人傳統仍是主流、是框架（例如神劇中的巴洛克管絃樂團和合唱團），但哈佛已經盡可能展現包容。

近距離看哈佛學生展現才藝，我不得不說：上帝真的很不公平。哈佛學生不但在課業、課外活動上才華洋溢，而且不管是金髮、褐髮或黑髮，八〇％是面貌姣好、身材勻稱、血色鮮麗的帥哥美女（平均而言，哈佛學生相貌比耶魯學生出眾，奇怪！）。但是仔細想想，除了得天獨厚的天賦，在別人看不見的地方不眠不休的努力，恐怕才是他們在舞台上表現亮眼的主因。

藝術節最後一場活動，放映一位才三十歲的哈佛校友自編自導的電影《Whiplash》（進擊的鼓手）。看了這部電影，我才知道：爵士樂乍聽自在即興，其實要求之嚴格不下於古典音樂。在一位指揮的嚴苛要求之下，主角瘋狂練鼓到手指流血，用冰水減輕疼痛後繼續再練，出車禍頭破血流也要爭取演出機會。為求完美而把生命逼到極限，可以想像他們承載多少來自外界及自我期許的壓力。片中指揮痛罵：「英語中害人最深的兩個字就是『Good job!』因為老師們動輒用這兩個字讚美學生，學生容易自滿，所以美國爵士樂死了！」這個指揮的教育哲學和普嗚教授可謂南轅北轍，呵呵。

儘管外表光鮮亮麗，許多哈佛人有不足為外人道的自卑或恐懼。這段期間，哈佛的就業輔導處也展出若干校友的心路歷程：靠獎學金讀書的清寒學生，怕繳得起學費的富家子弟瞧不起他；讀醫科的黑人女性，必須面對病人只把她當護士的窘境；身為同性戀的白人男生，等到畢業之後才敢出櫃；一位亞裔女孩寧可混日子讓考試得C，也不願意拚命讀書後只得到B，證明自己才智不如人；另一位亞裔校友則必須捍衛自己的寫作興趣，對抗家庭對她的經濟成就期待。整體來說，正因為他／她們是天之驕子、人中龍鳳，習於掌聲、追求成功，所以他們最大的弱點是患得患失、害怕失敗。可偏偏「失敗」正是人生中無法避免、也不可或缺的成分。看到許多哈佛校友從事的是金融、投資之類行業，我有一點失望——這實在不太有想像力。也許他們要趕快賺大錢，才能還清助學貸款！

上週哈佛的研究生院院長孟曉黎（大陸復旦大學出身的統計學者）請宜樺和我吃飯，兩位美國教授、一位中國助理作陪。坐我旁邊的吉爾（Margot Gills）教授是高級行政主管，年約六十，一身桃紅，金髮一絲不苟，親切溫暖，有大家閨秀風範。很難想像，她也是考古學家，曾在東非工作多年，挖掘早期人類遺址。負責招生的她說：「今年新英格蘭嚴寒，讓有些學生對哈佛卻步，轉而申請史丹佛。」宜樺笑說：「可是加州苦旱，你只要和學生說來哈佛可以每天淋浴，他們就會回心轉意了。」她聞言大笑。

我問她：「哈佛現在遭遇的主要挑戰是什麼？」她說：第一，生科醫學研究非常燒錢，聯邦補助又在減少，使學校財務吃緊。第二，部分師生因全球暖化而要求哈佛撤出石化產業投資，背後又有強烈政治動機，令校方頭痛。此外，目前在美國各大學出現「人文教育危機」，選修歷史、文學、哲學的學生銳減，哈佛也不例外。哈佛歷史將近三百八十年，私人興學可以辦出這麼悠久、博大的規模，是靠多少人繼繼繩繩的努力？下個月孟院長要率團到台灣、日本、韓國，一來是招生，二來是學術交流，三來是募款。不過，以台灣目前情況而言，我想在招生、募款上，哈佛可能都不會有太多突破。

哈佛校園裡的階層化情形，恐怕很嚴重，大概是呈現「學生＞教授＞職員＞工友」的情形（其實台灣也是如此）。大學部學生是天之驕子，最受呵護，而教授居次。一位法國人告訴我們：他的前妻在哈佛任教，學校提供最好的學生、最好的設備，但是薪水普通；教師為了哈佛這塊招牌，還是心甘情願、趨之若鶩。他笑說：「在哈佛，薪水最高的不是校長，而是球隊教練！」

職員部分，懷德納圖書館館員貼的一張海報令我印象深刻：「Harvard works because WE do!」（因為我們工作，哈佛才能運作！）顯然是在提醒哈佛師生注意他們的存在。一位在哈佛燕京圖書館工作的台灣朋友，是宜樺的大學同學。她說：因圖書電子化的關係，圖書館這些年來遇缺不補，留下來的人工作量愈來愈重；燕京一年新書費用五十萬美元，負責中文編目的只有她一個人，讓她工作永遠做不完。二十多年來就是上班下班，校園裡多采多姿的學術或藝術活動，都與她無關。（話又說回來，校園裡像我這樣有閒晃來晃去的人，大概不多。）

穿著哈佛招牌的猩紅色（crimson）運動衣、棒球帽的校工，是校園中最被忽視的一群。他們做清潔、園藝工作，也是在藝術節搭舞台、搬桌椅的人。觀察他們的長相，似乎是西班牙裔居多，也就是從中南美洲來的第一代移民（也可能是來自東南歐的移民）。相較於亞裔往往透過讀書、才藝翻身（哈佛音樂社團裡的亞洲面孔特別多），西裔子弟在美國居於劣勢，但是非裔人士卻連當哈佛校工的機會都很少。前兩週有職工抗議校方苛刻待遇，集結示威，不知後情如何。

＊ ＊ ＊

階級因素和種族因素交纏在一起，十分難解。最近美國連續爆發多起白人警官濫殺黑人的案件，就包含了複雜的政治、經濟、社會、文化問題。哈佛大學周邊居民多為白人，所以矛盾還不太明顯。耶魯大學所在地——康州新港（New Haven），黑白、貧富的對立就非常尖銳。

人口將近十三萬人的小城新港，曾經有過輝煌的歷史。據說那裡是美國潛水艇、蒸汽船、軋棉機、自動左輪手槍、公共電話的發祥地，最早有都市計畫和公共植樹的城市，那裡的人甚至發明了棒棒糖和漢堡（？），到今天還號稱擁有世界上最好吃的披薩！十九世紀時，它以軋棉工廠和武器工廠（號稱「北美兵工廠」）著稱，經濟盛極一時。既然如此，為何後來它會被譏為一個第三世界一般的城市？

二十世紀兩次世界大戰期間，美國南方黑人及波多黎各人大批湧入東北方工業區謀生，可是東北工業卻在戰後開始蕭條。雪上加霜的是，和許多美國城市一樣，白人逃離黑人愈來愈多的市區、寧可住到種族較為單一的郊區。加上二十世紀七〇年代曾有黑豹黨大規模示威，新港經濟一蹶不振，犯罪率日益攀升，今日被視為全美第十八大危險城市（另一說是第四大）。

新港每下愈況，可是耶魯大學無法搬離，必須日日面對嚴重的種族對立。

五月初我再到新港去，市中心有廣大美麗的綠地，榆樹環繞，三座教堂並肩矗立，美景可人；可是走近去看，草地上有流浪者睡覺，垃圾也隨處可見。我投宿在市中心的鄧肯旅館（Hotel Duncan）（建於十九世紀末的老旅館，電梯有鐵柵拉門），附近是耶魯的老校區（Old Campus），三合院宿舍院落環繞著橡樹林，風景優美。學期剛結束，有的學生忙著搬家，有的閒閒丟飛盤。暮色籠罩下的哥德式鐘樓、殖民式樣宿舍，氣氛寧靜美好。我待在耶魯的時間不多，帶了待審書稿進史特靈圖書館，在莊嚴的參考室裡專心閱讀，一分一秒都無比珍貴。近十點半時出來，月色很美，街頭崗哨有警察佇立警戒。因為：這個區域，幾乎每週都有搶案發生。我這才意識到：耶魯校園中的知性靜謐，是以很大的代價構築出來的。

這個晚上宜樺從舊金山飛紐約，再搭共乘計程車到新港和我會合。這一次，除了參加東亞系的期末聯誼，也舊地重遊，去看多年前我們住過的地方。宜樺念的政治系已遷建，新樓寬敞明亮；舊地址正大興土木，將興建兩座住宿型學院，耶魯人對學校的擴張都樂觀其成。不過，我們當年住在距離校園較遠的曼斯菲爾街（Mansfield Street）研究生家眷宿舍，二十五年後去看，則幾乎完全沒有改變，還是那麼寒酸（或許因為研究生大多需要獎學金，對學校財源沒什麼貢獻，學校不願投資改善他們的宿舍）；附近搖搖欲墜的工廠也依然沒有拆，每扇窗戶的玻璃都被敲破。當年住在這裡時，夏日晚上經常聽到槍聲，天色漸暗就不敢出門。「世界一流的大學，坐落在第三世界的城市」，是個無可奈何的事實。雖然耶魯大學參與新港的都市重建、提供對在地學生的獎學金、雇用大批新港居民，都收效不大。以白人為主、亞裔為輔的耶魯師生，和以黑人為主的在地居民，形成平行甚至對峙的兩個世界。

這次來，又承蒙張欽次、孫康宜夫婦招待我們在聯邦同盟（Union League）餐廳吃飯（華盛頓待過的地方）。孫教授說：某一年耶魯請哈佛校長桑默斯（Lawrence Summers）來演講，桑默斯說：「我是新港出生的。噓，別告訴他們。……哈佛的校訓是Veritas（真理），耶魯的校訓是Lux et veritas（光明與真理），也就是說，哈佛是活在黑暗中。噓，別說出去。……」把所有耶魯人笑翻了。

她也提到：耶魯校方容許教授在校務會議中和校長據理力爭，也寧可提倡多元文化，不只是專注西方經典，因而把一筆巨額捐款拒於門外。哈佛對此訕笑不已，但也因為耶魯這樣的理想主義，所以許多教授願意在這裡待下來。

耶魯、哈佛長期競爭，是老對手。但現在史丹佛急起直追，在矽谷地區吸引龐大捐款，使耶魯、哈佛倍感壓力。但是據說西岸文化氣氛不如東岸老牌名校，下半年再去觀察。

信已經寫得太長，就此打住。同家再和大家分享其他故事。

淑珍

五、遙望故鄉

人在異國，故鄉常在念中。國家大事令人感到無力，但不管人在哪裡，人生仍有許多有意義的事情值得奮鬥。僑界朋友愛屋及烏，將懷鄉之情轉移為對我們的關照，令我們愧不敢當，生怕辜負他們的厚愛。我們要繼續努力，即使前途黯淡，也要點亮小小燭光，不讓黑暗吞噬人心的善良與光明。

書簡十二——人生的下一步（二〇一五年五月十五日）

文揚：

收到你的信好幾天了，因為手邊正在趕一份審查報告，回信遲了，還請原諒！

你強忍腿傷，自願加入朝聖行列，跟隨大甲媽祖遶境多天，一路與同行者交流生命經驗，並進行靈魂深處的探索，令人不捨又讚嘆。和大多社教系／史地系同學相比，你的堅毅氣質和勇者氣概與眾不同。雖然種種挑戰在生命中留下深深刻痕，但你一步一腳印的生命實踐歷程，總是讓我忍不住喝采。我相信，只要用心，不管走的是什麼樣的路，最後都會殊途同歸，對生命甘苦得失有類似的體會。我也很期待明年春天回到台灣的時候，能夠聽你暢談新的探索與體悟！

你對運動有濃厚的興趣，我在想，或許可以考慮報考相關研究所，充實自己，將來正式轉入運動專業。我查了一下網站，與體院合併之後的北市大，除了隸屬理學院下的體育系有碩士班，另有隸屬體育學院的休閒管理、運動科學、運動健康科學、競技運動訓練、運動教育等研究所。體育系學生太重術科，學科比較弱；而你既有運動天賦，又有史地學術訓練，如果你趁現在養傷時期開始準備，明年去參加考試，我想會很有希望。以當今台灣社會對體育活動的熱情，將來畢業後的出路也應該相當寬廣。——這是外行人的一些不成熟想法，供你參考。

此刻的我正坐在哈佛大學懷德納圖書館的閱覽室裡。如果你去過台大校史館的話（以前那是台大總圖書館閱覽室），你就可以想像它長得是什麼樣子：圓拱形屋頂，希臘式列柱，三、四層樓高的挑高空間，一排排長桌，每一盞檯燈下都有一個專心看書或打電腦的學生。現在是五月中，大學生已經考完期末，留在這裡用功的可能大多是研究生。除了敲打鍵盤、移動桌椅的聲音，偌大的空間一片寂靜。儘管外頭草地上綠草如茵，陽光把亭亭玉立的大樹照耀得綠光煥發，遊客紛紛站在圖書館階梯上留影，一片熱鬧；可是一旦走進這個閱讀空間，心就不由得沉靜下來，很快就進入思考模式，專心悠遊書海。

雖然我這半年名義上是到耶魯大學訪問研究，但因為外子待在哈佛，我也就跟著住在這裡，參加各種學術與藝術活動，感受春暖花開的喜悅，生活過得平靜而充實。精神生活充實，物質生活就相對簡單。兩樣菜就打發一頓，煮一鍋肉要吃上一個禮拜。不過眼界大開，對很多事物有新的想法，回去以後再和你分享。

祝福你早日康復，身心平安！

李淑珍

書簡十三——偏鄉經營（二〇一五年五月二十四日）

宗漢：

恭喜你的教育替代役即將結束，人生要進入新的階段。

我童年時期在屏東新埤鄉住過四年半，但沒有去過牡丹鄉。如果不是因為服役，你大概也不會到這麼偏遠的地方待這麼久。也許對你而言，這段期間頗為苦悶；但日後回想起來，它會成為你思考台灣城鄉差距、教育落差、社區營造、原住民文化等問題的重要根據。我想，十幾二十年後，你會想回到那裡去看看的。

如何讓一個位置偏僻、自然及人文特色不明顯的地方建立品牌，吸引觀光人潮，的確是一個很大的難題。而如果農業、製造業、服務業都不振的話，除了觀光，牡丹鄉還有什麼其他的產業之路可以走，更是棘手的問題。我住過的新埤，保留了客家文化、保安林、農業景觀，還有知名作家陳冠學寫的《田園之秋》可以連結，但是它也沒有發展出明顯的觀光業。換個角度看，恆春觀光人潮洶湧，但也未必是小鎮之福。

待不下去的人奔往城市，待得下去的人繼承祖業，各自有辛苦和掙扎。身為教師的我們能做的，是讓學生有更多的能力，可以選擇他們想要的生活方式。

我目前是耶魯大學訪問學人，下學期轉往史丹佛大學訪問。因為外子待在哈佛，我多半時間也住在麻州劍橋，有機會觀察哈佛大學。所見所聞，和台灣迥然不同，在此附上最近所寫家書一篇，供你參考。

祝福你身體健康，一切平安！

李淑珍

書簡十四——青春民主（二〇一五年六月五日）[9]

親愛的孫教授與CC：

感謝您提供余英時先生的訊息，宜樺會打電話和他約時間。

這次去香港，我們沒有時間參觀任何博物館，倒是參觀了三所大學，還和四位前任、現任校長見面！參觀香港中文大學新亞書院時，院方送了一本關於錢穆先生的書，正是我目前研究的主題，讓我收穫滿滿。

CC，很抱歉，在可見的未來，宜樺不會出來競選總統或任何公職。因為，他從事公職六年半下來，我對台灣政治已經徹底失望。如果上網查看關於江宜樺的資訊，你會發現：九九%的網站，不是把他說成曲學阿世、欺世盜名的學者，就是作惡多端、顢頇無能的政客。我深知自己的丈夫如何兢兢業業、盡忠職守，這些讕言令我悲憤痛心。

我想，馬政府所遭遇的排山倒海的反對勢力，不僅是民進黨、立法院，還有被媒體操縱的一般大眾。在一個為「新公民崛起」而自豪的社會中，既有的政治、道德和知識體制都受到嚴苛的檢視，乃至嚴厲的嘲笑和攻擊。連教師、醫生、宗教領袖等人的權威都要打倒，對官員、警察和軍人等公務人員更是嗤之以鼻。在這種情況下，沒有人能在公職上取得有意義的成就。

諷刺的是，台灣人民一方面譴責上述「國家機器」享受權力，不知何故，他們也要求政府提供廉價、全面的服務，包括完整的福利制度、充足的水電供應、全面的醫療保險，加上全世界最低的稅率（一二—一三%）！在經濟上，許多台灣人希望富裕繁榮，但不想和中國做生意。在政治上，他們想宣布台灣獨立，但不想入伍當兵。他們厭惡全球化，希望美國派遣軍隊來保護他們不受中國威脅。

這種「既要馬兒跑，又要馬兒不吃草」和「占公家便宜」的心態，部分與中國文化有關，但更因為台灣還是一個年輕的民主國家。民主化的台灣就像一個青少年，渴望享受成年後的所有自由，卻不想履行自己的責任或付出必要的代價。台灣的青春民主需要時間，才能成熟長大。身為一個歷史學家，我可以耐心等待；但是，身為前閣揆的妻子，我不忍心看到外子繼續受苦。如果他還想要為國服務，他會留在民間，不是進入公共部門重作馮婦。

我們將在八月下旬轉往史丹佛大學。兩年前我們去過蓋蒂博物館，大開眼界。如果我們有機會去洛杉磯，我們可能會再度造訪。

敬祝一切平安！

淑珍敬上

書簡十五——感謝（二〇一五年六月二十七日）

馬委員：[10]

我陸續把您的文章看完了。您的記憶力很好，許多往事都能巨細靡遺地呈現筆下；您的文筆也很生動，把許多人、事細節描寫得活靈活現，讓我看得津津有味。雖然您以輕鬆的筆調講這些故事，但全部看過之後，感覺到有一股憂傷，那是多年奮鬥過程中留下的傷痕吧？……

您送我們的水果、龍蝦、麵包、粽子……，供應了我們這個星期的口糧。每一種都很好吃，非常感謝！本週日起我們要出遠門，您可不要再送補給來了。您送我們的雞湯和藜麥，讓我們搬家前都不一定吃得完呢！

再一次謝謝您！祝您健康愉快，一切平安！

李淑珍敬上

六、紐約仲夏

暑假裡女兒來訪，我們陪她重遊紐約。這個大都會活力四射，人才薈萃，具有強大的包容力；但二〇〇一年九一一事件帶來的陰霾，至今未能完全消散。

除了遊歷參觀，我們也拜謁了幾位長輩。小舅張溫梁先生夫婦多年來照顧我們不遺餘力，史學家余英時先生與外子暢談自由民主與兩岸關係，[11] 作家王鼎鈞先生一一解答我的歷史／人生大哉問。這趟旅行有如朝聖，帶給我們無窮的啟發。

書簡十六——妹妹遊紐約／拜謁鼎公（二〇一五年七月）

大姊、二姊：

謝謝大姊的協助，妹妹已於六月二十九日順利抵美。週來行程緊湊，沒有空檔讓她調時差，她也幾乎立即適應。

我們住小舅家，受到舅舅、舅媽熱情款待。舅媽把一樓的衛浴用品都換新了，給我們五星級的招待。二十七年前初到美國，小舅不但送我們一輛舊車，還在他家附近停車場教我們開車。（他誇我當年比宜樺學得好！）如何用美國食材煮出香噴噴的牛肉麵，也是這位師傅教出來的。綠草如茵的小舅家，當年給窮學生的我們無限溫暖，現在也繼續讓我們賓至如歸。

借宿小舅家，重頭戲是到紐約玩。除了第一天小舅夫婦開車全程陪伴我們，另外兩天則是搭巴士進城，單程只要半小時，十分方便。只是我有些煩惱：第一週就陪妹妹走訪全美第一大城，看哥倫比亞大學、聖約翰大教堂、中央公園、時代廣場、大都會博物館、現代藝術博物館（MOMA）、《歌劇魅影》（Phantom of the Opera）……，全世界數一數二的奇景都讓她一下看光了，接下來到小巧玲瓏的波士頓，該何以為繼？

第一站是妹妹讀過半年的哈林區小學 PS36，立刻勾起她的童年回憶。那個小學的遊樂場有高高的鐵絲網圍住，「像監獄一樣」，放學時分外面總會停一輛賣五顏六色冰淇淋的小卡車，專門做小孩子的生意。有一座教堂高塔矗立在街底，妹妹堅持要在同樣角度再拍一張照片，以和兒時留影對照。不管是在中央公園或是在博物館，她總是挽著爸爸的手臂大步前行，父女形影不離，把好奇心重、不時駐足細看的媽媽遠遠甩在後面。

來到美國，她立志要嘗試各種美國食物，包括各種高油脂的甜點、漢堡、皮塔餅（pita）、皮塔三明治（gyro）……，昨天還到超市挑了一個大大的蘋果派慶生。雖然正在矯正牙齒，咀嚼食物比較困難，但是她不減興致。亞洲超市中各種稀奇古怪的東西，讓她躍躍欲試，打算在廚房大玩創意。看到哥倫比亞大學賣的壽司、法拉盛餐廳的湯包，她嘟起嘴很委屈：「我才從台灣來，就要我吃東方食物……」

看大都會博物館、現代藝術博物館，對她而言是在印證西洋美術史課堂所學。看到莫內《睡蓮》，她興奮得手足無措：「怎麼辦，怎麼辦？我好緊張！……」不過，在美琪劇院（Majestic Theater）看《歌劇魅影》，給她的滿足感可能更大。她在台灣已經把那齣戲看得滾瓜爛熟，所以評論起來頭頭是道：「魅影被克莉絲汀親了以後，應該愣住十秒，才決定要把勞爾放走。這次的演員怎麼被親以後馬上就去燒繩子，好像只是行禮如儀？」她問我：「你還有哪裡看不懂？我講給你聽……」

大姊還記得二十五年前到紐約、和我一起看《歌劇魅影》的往事嗎？那時我們手頭拮据，只買得起一張五十元的票；加上我不熟悉劇情，又聽不懂歌詞，拿著望遠鏡遙遙望向舞台，只見人影幢幢，一片霧煞煞，只有優美音樂讓人難忘。那個晚上最慘的是宜樺，他負責照顧一歲多的BB，想找地方停車，卻一位難求。他只好在曼哈頓來來回回地開，車上一捲李叔同的音樂錄音帶放了一遍又一遍，成為他的夢魘。……

這一次，我們買的是一張一百三十美元的票（好貴！），中間偏後排，不必用望遠鏡也看得清楚。耳熟能詳的旋律依舊優美動人、盪氣迴腸，而布景迅速變換、魅影神出鬼沒也令人歎為觀止。這齣戲已經演過千百次，熟極而流，少有瑕疵；魅影氣勢強大、唱功了得，鎮得住全場。可惜的是，女主角嗓子有些沙啞，似乎使用過度；而她最後那一吻看來十分勉強，不像是對魅影有愛懼交織的複雜情愫，讓全劇少了惆悵的餘韻。不過，座無虛席的觀眾還是看得非常滿意，結束時全體站起熱烈鼓掌。[12]

最近看《紐約時報》網路版，發現目前紐約最夯的音樂劇是《Hamilton》，演美國開國元勛漢彌爾頓的故事。它不但有革命、政爭、性醜聞、決鬥等各種熱鬧元素，而且以黑人和西裔演員擔綱演出（包括一個黑人華盛頓！），以嘻哈饒舌音樂又唱又跳，評論者將之視為成功結合歷史與政治的好戲，讓現代美國人重新與古人發生共鳴，連一個外州的九十歲老奶奶都遠道來看。可惜我知之太晚，只有期諸將來。

＊　＊　＊

從戲院出來不遠，就是時代廣場。對我而言，那裡沒什麼好看；但不知為何而來的洶湧人潮，本身卻構成一個奇觀，讓「看人」成了在那裡的主要樂趣。擦身而過的，有盛裝發傳單的百老匯演員，有在街上陪人合照的卡通人物，還有身上塗著美國國旗的上空森巴女郎。戴V怪客面具的演員一遍遍排演抗議場面，基督徒面無表情舉牌宣告「耶穌愛你」，還有人笑容可掬地提供擊掌（high five）、擁抱（free hugs）。即使到了夜晚，巨型霓虹燈也把那裡照耀得光如白晝。要說光怪陸離、五光十色，大概沒有其他地方比得上紐約；但這樣的場景，其實和一般市井小民的生活相去甚遠。

今年八月紐約市長說要嚴格取締時代廣場的上空女郎、卡通人物，因為有居民抱怨生活品質下降。但是《紐約時報》說：找不到好工作的新移民才會幹這一行，不讓他們陪人合照，他們可能會轉而去做更不堪的事（如販毒、賣淫），那有什麼好處？再說，這樣的拚命三郎／娘正是在為他們的美國夢而奮鬥掙扎，取締他們猶如否定美國文化的本質；所以，中產階級市民要對他們寬容以待，不要排斥他們。——好像很有道理！

七月的紐約中央公園綠意盎然，生氣蓬勃，和十四年前我們離開時一樣。公園景致優美，在大都會中經營出一片林泉幽境。兩旁林蔭大道上博物館、豪華公寓林立。小舅有個朋友花五百萬美元買了一戶出租，光是每月的大樓管理費就要八千美元，可是房客仍趨之若鶩（有的大公司會為員工代付房租）。小舅覺得這些年來曼哈頓治安改善，河濱許多角落也美化許多，Eddy 住這邊時十分喜愛。但我也看到紐約外環道路龜裂失修、橋梁鐵鏽斑斑，似乎透露政府財政的窘境。至於無家可歸的流浪漢，生活在大都會邊緣，觀光客往往視而不見。

小舅帶我們去看在世貿中心遺址蓋起的六棟大樓，高度遠不及昔日雙塔，但是頂端依然直入雲霄。夜裡樓頂雲霧繚繞，附近河岸在照片中燈光詭異，看來鬼氣森森。因為九一一的陰影，小舅夫妻已經很久沒有來這裡。當年 George 大學剛畢業，在世貿中心上班才三個月，就遇到恐怖攻擊。他一早到南塔上班，看到窗外北塔被撞，第一個反應竟是趕快下樓去買拍立得相機，拍下這個世紀奇景；結果鏡頭中留下許多人企圖跳樓逃生的畫面，慘不忍睹。不久塔樓逐漸坍塌，煙塵蔽天，George 全身被粉塵覆滿，跑到附近熟識的店家去躲避。紐澤西家裡著急等待音訊，鄰居群集慰問，連李安也自遠方來電，電話中不禁淚下。所幸 George 終於平安歸來，但許多人沒有這麼幸運。在小舅家附近購物中心外面的停車場上，有些通勤族再也沒有回來開走愛車，車子被追悼者覆滿鮮花……

＊　＊　＊

二〇〇一年宜樺在哥倫比亞大學當客座教授，我們一家在紐約住了半年，十分喜愛這個城市的開闊包容。我們離開後才一、兩個月，旋即發生九一一慘劇。十四年後，就硬體而言，紐約已經看不出明顯傷痕；但是就心態而言，美國已經發生很大變化。簡單來說，就是風聲鶴唳、草木皆兵，不再那麼樂觀自信，對外人懷抱高度戒心。我申請擔任訪問學者的J-1簽證，就被填寫各種複雜煩瑣的網上表格弄得頭昏腦脹。登機前的安全檢查要脫鞋子、兩手高舉做投降狀，連日日進出機場的空服人員也不例外。我不小心忘了把隨身行李中的水瓶清空，立刻被斥回，重新排隊，再來一遍X光檢查。

有個旅美法國人說，我們的電話全被錄音、電子郵件也都被監看，我將信將疑。也有生意人說，美國情治單位對他的每一筆匯款進出都瞭如指掌，讓他驚嚇不已。

一位小舅的好朋友Jerry從事船運，對美國的變化感受尤深。有人拿著小包裹跑到他的公司，說是急件，要求他們代為運到邁阿密；儘管員工以不合規定予以拒絕，但那人仍糾纏不休。身為老闆的他只好出面處理，很快就識破了對方的用意：明明以FedEx快遞就可以處理的包裹，何以要透過船運公司？顯然此人是美國國土安全部（DHS）所派，測試船運公司是否會貪圖小利而違規。他挑明了講，對方唯唯而退。不料過了一個月，又來了一個人，面孔不同，台詞還是一樣。同樣一套手法甚至持續三年！

除此之外，報關填寫的表格大增，進出口一樣貨品要回答七、八十個問題，員工整天忙著處理這些文書工作，其他事情都不必做了。更令他啼笑皆非的是，公司對面球場舉行大型賽事，DHS要求他們義務派人注意是否有可疑車輛進出。「這和船運有什麼關係？」「你們都是運輸業呀！」他氣不過，索性關門大吉：「我不做了總可以吧！」能不能向上申訴、對外爆料呢？他搖頭：「國土安全部不容挑戰！」

Jerry收山不做的另一個原因，是因為美國船運業已日薄西山。由於碼頭工會勢力太大，工人做事態度消極，貨櫃卸貨效率極低，遠比不上上海、新加坡、鹿特丹。

＊　＊　＊

此次紐約之行的另一個重大收穫，是不揣冒昧，去法拉盛拜訪素昧平生的王鼎鈞先生。鼎公已高齡九十，聽力不好，但是頭腦依然清晰無比。對我提出的種種關於政治、文化的大哉問，時而垂目沉思，如同先知智者；時而莞爾而笑，露出小男孩般頑皮的表情。

鼎公勉勵宜樺：群眾的心理喜新厭舊、忘恩負義，從政就是要為這樣的人服務。因此，在民主時代從政是自我犧牲，要悲天憫人、大慈大悲。耶穌最後不也是上了十字架？而如果不上十字架，他也成不了神。

我問他兩蔣的功過如何？他認為兩蔣早年是英雄人物，以非常手段達到目的。但是英雄必須轉型為聖賢，否則就是禽獸。兩蔣在晚年都有所轉變，很不簡單。

曾經遭到白色恐怖迫害的他，如何看待台灣民主化之後的亂象？他說：要用老祖母看孫子的心態來看待：小孩子吵吵鬧鬧沒有關係，他們總會長大。

在一個小時的訪談中，鼎公字字珠璣，令人驚嘆。妹妹幫我拍照、錄影、做筆記，讓我充分滿足一個粉絲對偶像的崇拜。

淑珍

書簡十七——感謝（二〇一五年八月三日）

鼎公鈞鑒：

今年七月三十日與外子到法拉盛向您請益，一償多年夙願。感謝尊夫人代為轉達提問，更感謝您睿智深刻的回應，讓我們受益良多，衷心銘感！

拜訪您那天十分匆忙，離開前竟然沒有全體合照。幸好小女采蘋留下幾張照片，在此轉寄給您。她也留下了您當天談話時的幾段錄影，讓我可以時時回味（她很清楚您在我心目中的地位）。

離開紐約後，陪著小女四處旅遊，東奔西跑，一直不能定下心來寫信給您。現在小女已返回台灣，我也終於能夠再度安靜地坐在書桌前，向您表達深深謝意。

要感謝的不只如此。家裡沒有訂《世界日報》，前兩天竟然在網路上看到您為《安身立命》寫的書評，讓我既驚喜又慚愧。

為什麼驚喜？因為您本是我在出版《安身立命》時心中設定的第一位讀者（我曾向隱地先生要您的地址，想把書寄給您）。書中所寫的時代和當時的人的所思所感，究竟能不能成立？只有從那個時代走出來、悲智雙運的人才能印可。

那又為什麼慚愧？

第一，《安身立命》寫得生硬冗長，不論是文字風格或是人生境界，都和您相去太遠。您的書耐人咀嚼，每一次閱讀都深受感動。至於《安身立命》，讀者若有耐性看完一遍，已是萬幸。

第二，該書寫作、出版歷時十年，書中文稿多成於外子擔任閣揆之前。經過這幾年的激烈政治衝擊，我們身心俱疲，當年「知其不可而為之」的熱情已經冷卻許多。華人文化究竟何去何從？我現在對這個問題的答案已不復當年那麼自信。

在這個充滿疑惑的時刻，謝謝您在木蘭餐廳的那一席話。不論是「在民主時代從政是自我犧牲」，或是「要用老祖母對孫子的包容心態看待民主時代亂象」，都讓我心有戚戚，十分受用。

這一年外子和我暫離台灣，從大選前的紛紛擾擾脫身。新英格蘭的明媚春光、寧靜夏日，對我們有很大的療癒作用。

八月底我們將轉往西岸，到史丹佛大學胡佛研究所進修，自我充實，繼續思考華人文化安身立命的問題。未來如果有新的作品出版（尤其是文學方面的著作），再呈請您斧正、指教。

再次感謝您的金玉良言，並請代向尊夫人問好。謹此，恭請

暑安

李淑珍敬上

書簡十八——黃鐘毀棄，瓦缶雷鳴（二〇一五年八月七日）

鼎公鈞鑒：

收到您的回信，發現您竟然為《安身立命》寫了四篇書評，令我受寵若驚，愧不敢當！

您有長期的宗教體驗與反思，對林語堂、李叔同的看法——林語堂最終並未進入基督，李叔同把個人生死看得太重——我都有同感。但我也反省，我們是不是把「基督徒」、「高僧」的標準懸得太高，對同是凡人的他們過於苛求了呢？或者，他們既是廣義的修行者，就得提高自我要求，朝著「超凡入聖」的目標前進？但是用這個標準要求，和藝術文學所鼓勵的個別性、自由社會所容許的多樣

性，似乎是相抵觸的。

您談到：「佛教接受儒家的制約，才可以利用儒家，但是，要顯得佛家和儒家圓融，你得先模糊兩者的界限，所以基督教堅決拒絕。」我到美國來以後，進教堂聽過一兩場牧師講道。在我這個儒家的耳朵聽來，他們對二十一世紀信眾所說的道理，已經很少神學色彩；他們談愛人、克己，都和儒家沒有扞格。而且，某些教會的開放包容性（例如紐約聖約翰大教堂在最顯著的地方展示達賴喇嘛的智慧），讓我印象深刻。

就像中國在明清之後儒釋道逐漸混融，如今在世俗化、全球化的時代，會不會也出現宗教界限模糊的情形？雖然這對信仰純正的教徒來說難以接受，但對促進世界和平而言，或許也是一件好事（特別是在基督教和伊斯蘭教之間）。

您回憶當年現代畫論戰時所見所聞，闡發那場論戰的正面意義，讓我看得興味盎然。只是，以藝術的微光發掘人的幽暗意識，不惜讓人生社會陷於深淵中，這代價是不是太大了？[13]

——和上面談宗教的立場對照，您可以發現，我內心很矛盾：我不知道該擁抱自由社會的「百家爭鳴、百花齊放」，還是該惋惜它帶來的「黃鐘毀棄，瓦缶雷鳴」？

您提及「她的徐老師」，其實我從未見過徐復觀先生。我開始對徐先生的書感興趣時，他已經過世了。十來年前，我曾把讀書心得寫成一篇想像的對話，隨函附上，供您參考。

小女又傳來幾張照片，很高興裡面有張有大合照！謹此，敬祝

闔家健康、平安

晚李淑珍敬上

附錄：二〇一五年八月九日王鼎鈞先生回函

教授您好！

來信拜讀。「他的徐老師」一語是我的誤讀，已寫信到報社要求把這幾個字刪除。您和徐先生的「對話」別出新裁，有「為往聖繼絕學」的氣勢，要靜下心來細細品味。

「安身立命」應該是有層次，若是「為生民立命」，那就得同時「為天地立心」，應是最高層次，所以有您說的苛求。

這就又說到當年的現代畫家，他們引什麼人一句話：「畫家最高的道德就是把畫畫好。」這也算是發願為繪畫立命，為畫家立命，至於是否「不惜讓人生社會陷於深淵中」，他們自稱「對看畫的人從畫中拿去什麼」，他們不負責任。也就是他們不管生民立命。立命只到這個層次，我想恐怕有負您的一片苦心。

目前主張「宗教聯合」的人很多，認為宗教對抗的時代已經過去。「聯合」

不是「融合」，聯合難，融合更難。各宗教講「人道」，可以找出普世的公分母，他們講的「神道」，仍難洗部落時代的遺留。（佛教也許例外？）宗教怎能脫離「神」？

「黃鐘毀棄，瓦缶雷鳴」這句成語並非民主時代才產生，它是人類社會古老的遺憾之一，聖人說「君子聚之則為淵，放之則成川」，黃鐘並未毀棄，只是移出廟堂。民主時代「百花齊放」，社會多元，君子的出路更廣，選項更多，窮達均可兼善天下，我的老闆余紀忠先生一直受陳誠壓抑，政治上沒有出路，但他不必到江畔披髮行吟，他在冠蓋京華辦了一張民營報紙，[14] 若論「安身立命」，陳誠哪裡比得上他？

您的《安身立命》非常樂觀地指出方向，並描繪前人行過的路線，難得一見的益世之作，幸虧您慷慨贈予，我才有緣讀到。再說一遍謝謝！

王鼎鈞敬上

又，您別再稱「晚」了，在這本書裡，您是先知先覺。拜託了！

書簡十九——安身立命（二〇一五年八月十一日）

鼎公鈞鑒：

來函敬悉。您智慧如海，關於立命立心、人道神道、君子窮達等問題的指點，都讓我有醍醐灌頂之感。非常感謝！

前日我在波士頓僑教中心演講林語堂的改宗經驗，三十多位聽眾中，有宗教信仰的人占不到五分之一。大家聽得興味盎然，但是覺得林語堂作繭自縛；他的經驗刺激人思考生死問題，而答案依然無解。

這兩天讀到一篇美國考古學家／自然文學作家艾斯利（Loren Eiseley）的文章〈隱藏的教師〉。他感嘆人類自以為可以上天下地、明察秋毫，而實際上同一隻蜘蛛差不多，都是陷在一張網上，不自知有多層次的世界與我們同時並存、交錯而過。——事實上，連我們身上奔流的白血球，都自顧自地活在一張生物化學的網絡中，而不受我們的意識與智能的控制。

他認為，追根究柢，人類只是萬古黑暗中一個夢想家（Dreamer）的創造與想像的一部分，只是有幸參贊天地化育而已。這個夢想家是誰？通篇沒有提到一個「神」字，只用「自然」稱之。

讀到自然史的作品，再回望自己研究的人類歷史（特別是中國、台灣現代史），常感到渺小、可笑。我想，不論是儒家或是現代西方文明，都歌頌人的「自我意識」。殊不知，這可能正是現代的我們難以勘破生死的癥結點。如果我們如這篇文章所說，維持對宇宙自然的敬畏，不要把人看得「那麼」偉大（雖然不是不偉大），不要把自己看得「那麼」重要（雖然不是不重要），也許就比較容易通過生死關了。

請您不要再稱我為「教授」、「先知先覺」。我只是一個困惑很多的人，雖然活在太平時代，依然覺得此身雖在堪驚。謹此，敬祝

闔家安康

淑珍拜上

書簡二十——哥哥（二〇一五年八月十七日）

妹：

哥哥又替你添麻煩了，媽媽如果在台北，一定也是氣瘋了。你必須扮演「小妹如母」的角色替他收拾善後，辛苦了！

這幾天劍橋很熱。陽光白花花的非常刺眼，而大樹則是綠得發亮（雖然有些已經開始無聲無息地落葉）。在歐文街隔壁的特羅布里奇街（Trowbridge Street）上有一家幼稚園的遊樂場，裡面有一棵巨大的英國橡樹，枝枒像大傘一樣地撐開。樹下有木頭做的遊樂設施：眺望台、溜滑梯、沙坑……。不過，暑假期間，孩子通通不見了。小房子上掛的彩虹布條無精打采，期待兒童趕快回來，在園中吱吱喳喳蹦蹦跳跳。

不知為什麼，在這樣的夏天看到空蕩蕩的遊樂場，讓我心中一驚，彷彿似曾相識。走過兩三次之後，我想起來了。

二十多年前，在爸爸畢業、我們準備搬回台灣之前，我也曾經帶哥哥——那時我們叫他BB——在普羅維登斯（Providence）的小公園玩過。也是耀眼的太陽，也是濃蔭匝地的遊樂場，四歲多的哥哥胖嘟嘟的，戴著白色的圓盤帽，一個人孤寂地溜滑梯、盪鞦韆，沒有一個小朋友和他玩。

那個時候，他的中、英辭彙都不超過二十個，無法清楚表達自己的想法。若遇到不如意的事，別人猜不出他的意思，他就倒地大哭大鬧。在離開美國之前，除了爸媽疼愛，他沒有任何一個玩伴。那個夏天，我看著他在小公園爬上爬下孤零零的身影，有說不出的心酸。回到台灣後，BB要如何適應環境？我憂心忡忡。

回到台灣後發生的事情，你可能已經聽爸媽說過多次。我必須說，雖然哥哥還是常常讓大家抓狂，但是他的現況已經比小學、國中好很多。爸媽和你在很多方面都得天獨厚，若和哥哥相比，我們在成長過程中遇到的不如意事真是微不足道。

哥哥小的時候，爸爸教他洗澡，大概教了三、四十次。教他學會洗碗，大概花了半年。現在我們要教他對家庭、職場負起更多責任，這也需要花費很長時間。一直到現在，我都還是覺得自己對他的耐性不足。我們已經習慣把他當作普通人，忘了他一路走來是多麼艱辛。他不敢自己去主動思考，因為他的意見或做法都會被人否定；如果我們像他這樣無時無刻不活在別人的指摘中，我們也會毫無自信。

媽媽很感謝你的擔待，感謝大姨的支援，謝謝你們在這段時間幫爸媽照顧哥哥，我也會努力在每天的通話中繼續教導他做人做事的道理。

祝你一切平安！

媽

七、加州秋日

二〇一五年八月底，我們告別麻州劍橋，來到北加州。美國東西兩岸的自然景觀與人文風情大相逕庭，就連僑胞社群的性格也有所不同。但不論東西，不分藍綠，我們遇到的僑胞無不憂國憂民，關心台灣的局勢與兩岸的未來。

史丹佛大學（及其附近的矽谷）與哈佛、耶魯一樣，都是培育美國未來領袖的地方，是美國知識界的「核心區」。我們從台北舊城區來，那是台灣的核心區，但在這裡看來卻如邊陲。兩地隔著太平洋互相影響，但誰主誰從，清楚明白，令人感到小國的悲哀。

書簡二十一——無光害小鎮（二〇一五年九月四日）

大姊、二姊、哥哥、妹妹：

我們搬到加州已近十天。[15] 現在住的洛思阿圖斯小鎮（Los Altos，「樹木之城」），有濃黑的夜色、如水的月光，和燦爛的星空。晚間萬籟俱寂，惟聞草蟲唧唧。後院游泳池邊亮著幾盞腳燈，人在庭中小立，滿月從兩株四層樓高的松樹後升起，照見地面人影橫斜。門前是一條幹道，卻和其他次要街道一樣沒有路燈，日落之後一片漆黑，開車經過要非常小心，出來遛狗的人要帶手電筒。理論上應該是非常熱鬧繁華的地方，晚上竟然沒有光害，真是神祕無比。

九月初的黃昏，接近八點才天黑，比波士頓要晚許多。夜裡溫度降到華氏六十度左右，已有秋涼。不過，早上六點多天光大亮，烏鴉在松樹梢阿阿啼叫，陽光斜照入屋，氣溫就開始迅速回升，中午可以熱到華氏八十多度。日夜溫差如此之大，也許和加州有些沙漠特色有關？可是我明明記得這裡是夏乾冬雨的地中海型氣候啊。

早晨去慢跑，所經之路無不綠樹掩映，但是為了適應這裡乾旱的環境，減少水分揮發，樹種大多異於東岸。即使同樣名為橡樹，可是這裡的葉子細小、橡實尖瘦，實在看不出怎麼會是新英格蘭闊葉橡樹的遠親。更奇怪的是，這裡有很多寒帶、溫帶才有的針葉樹（如松杉柏之屬），卻也有很多具有熱帶風情的棕櫚、蒲葵。再加上我們熟悉的檸檬桉、紅白夾竹桃、紅白紫薇……，共同構成這裡的特殊植物相。我發現了很多嘴喙細長、鼓翼如風的蜂鳥，在花叢中迅速移動覓食，嬌小可愛。

不過，人煙較多的社區才有辦法維持綠意盎然。鎮外快速道路兩邊草地熬不過乾熱，早已昏死過去，大片的山一片焦黃。雖然灌木叢依然硬撐強忍，等待冬天雨水，但有的喬木已在連續四年大旱中樹葉落盡、整棵枯萎。過去的經驗，使我產生「美國都像新英格蘭那樣蓊蓊鬱鬱」、「加州都像舊金山那樣溼溼涼涼」的錯覺；因為這樣先入為主、以偏概全的觀念，讓我來到這裡同時受到「自然衝擊」（natural shock）與「文化衝擊」（cultural shock），對這裡的風土還不太習慣。

還好，除了要求減少洗車澆花、以價制量，自來水公司並未減壓或是隔日供水，一般居民的生活尚未嚴重受到乾旱影響。但是有位經營胡桃園的台灣老闆說，今年的灌溉水費已較往年多了一百萬美元。（住處後院的游泳池總是一汪碧藍，那是靠著過濾設施和化學藥品來維持清澄，而非真的經常換水。）

小鎮房子多半是低矮素樸的木頭平房，庭院沒有小舅家草地那麼寬闊，屋內面積也不如小舅家那麼大。以美國的標準，實在稱不上豪宅，何以這裡的平均房價是一戶兩百萬美元？可能是因為，它位於矽谷精華區（Google、Facebook的總部都在附近），卻保留了幾十年前的農村風味，鬧中取靜，讓富人可以過有隱私的生活；而居民教育程度高、學區良好，也增加了這個地段的價值。高科技主管喜歡寧靜簡單的生活環境，很值得玩味。

我們住麻州劍橋半年，宜樺並無收入，每月三千美元的房租已經用罄我的台北月薪（在台灣的教授薪水，只相當於麻州一般大學畢業生四萬美元年薪）。加上此地生活費和台北安家費，家計入不敷出、寅吃卯糧。來史丹佛以後，胡佛研究所並不支薪，但是宜樺另外一個隸屬單位——行為科學高等研究中心（Center for Advanced Study in Behavior Science，簡稱CASBS）——則支付薪水，所以經濟狀況有所改善。

即使如此，在這個全美生活費最昂貴的地區，我們的收入也遠遠不足以租賃鄉下豪宅（據說有人租一棟房子的代價是一個月一萬五千美元）。我們之所以能夠在這裡落腳，要感謝房東C女士的熱情慷慨。她把手邊空屋便宜租給我們，只收取象徵性費用兩千美元（也許還不夠付水電費）；她不但重新粉刷了房子、更新了家具、裝滿了冰箱，還把她的老賓士車（二〇〇五年份）借給宜樺（以象徵性的一百美元完成買賣），方便我們買菜上學。

C女士的先生經營光電產業有成，她自己也靠房地產致富，兩人都樂善好施，成為此地大大小小活動的金主。她不但當過中華民國僑務委員、曾在國慶大會中代表全球僑胞致詞，還是美國共和黨黨代表，家裡有和歷任共和黨總統的合照，灣區僑社人人對她敬畏三分。宜樺擔任內政部長時曾頒給她一張表揚狀，這次她特別翻箱倒櫃找出來，放在壁爐上。她看到我——不化妝、不開車、不應酬，還每天煮飯！——頗為不屑：「你很弱！」她下了這樣的結論。

淑珍

書簡二十二——史丹佛（二〇一五年九月二十八—二十九日）

大姊、二姊、哥哥、妹妹：

八月二十五日到北加州，一個月以來，這裡沒有下過一滴雨。太陽自早上七點多從松樹後升起，就耀眼到無法逼視，一早出門運動就要戴上墨鏡。中午時分，烈日下晴空萬里，連滿天藍空都刺眼得難以仰望。一直到傍晚日落，西向開車仍是一個挑戰——陽光依舊強烈眩目，連墨鏡都擋不住。可是一到夜裡，洛思阿圖斯濃黑到伸手不見五指，和白天的明亮判若兩個世界。

白天的熱和夜裡的涼，又是一個明顯對比。這個月的酷熱，據說是反常的。白天可以高溫到華氏九十度。宜樺在半山上的木屋研究室，既無冷氣也無電扇，熱到像三溫暖，一過了中午大家就紛紛下山避難。因為日夜溫差大，所以胡佛研究所的台灣職員 Celeste 教我們一個妙招：趁夜裡寒意重時大開窗門，把冷空氣蓄積在家裡；白天日出前趕快關窗，不讓外頭熱氣湧入。這麼一來，果然白天在家工作時有如開冷氣，不覺得悶熱。

夏日之雲是罕有之物。一旦有雲，則美不勝收：有時棲在遙遠的山頭，如薄毛毯一般覆蓋草木。有時風流雲散，如薄紗、如羽翼，在藍天的畫布上迤邐數里。不過，即使有雲，也不下雨。那些荒郊野外的草木，只能靠夜裡的幾滴露水稍微沾潤。

為了防止地震損害，此地房子多半是木造（包括辦公室、史丹佛大學教室），樓層很矮，留給天文現象巨大的揮灑空間。傍晚晚霞絢爛明豔，夜裡星空熠熠，獵戶座就掛在後院天空上方。極目仔細凝視夜空，似有無窮無盡星光在亙遠處閃爍。我應該趕快趁雨季來到之前買一個望遠鏡，好好看看這裡的星空。

昨晚中秋，雲層意外地厚，月亮遲遲不升。八點半過後，終於以新月狀態出現松樹梢頭。並非超級大，也不是血紅色，只是老老實實的月蝕，花了大約一小時慢慢復圓。走到門外，一輪明月照著寧靜黑暗的社區，沒有柚皮帽，沒有烤肉香，沒有人語響，沒有電視新聞吵吵鬧鬧，當然，也沒有颱風。夫妻兩人立在夜色中，安靜過了今年中秋。

＊　＊　＊

我們來到這裡，遇到了一些波折，所幸都能化險為夷。在加州吃的第一頓飯，就讓宜樺上吐下瀉到全身虛脫。開著C女士借我們的老賓士車，第一天在買菜回家的路上就爆了胎，讓C女士忙了半天找人來修。他花了很多時間去設定兩個研究室的電腦系統，上週他的Win 8電腦在登錄史丹佛的帳號時整個當機，連胡佛的IT助理都束手無策，還好有一位電機博士朋友幫忙解決。這兩天銀行又要關掉他的帳戶，令他非常納悶，小舅猜想可能銀行以為他是中共官員之故。——看他整天忙著處理這些頭痛問題，我很擔心他會沒有時間看書寫作。

生活安頓下來以後，兩人幾乎每天都到史丹佛去。宜樺去CASBS（行為科學研究中心），我則到史丹佛的圖書館。

史丹佛成立迄今一百二十四年，只比我所任教的台北市立大學早四年。嚴格說來，歷史不長，但是憑其雄厚財力和校友之科技創新能力，已經讓哈佛、耶魯等老牌名校如臨大敵。史丹佛的校園建築不是哥德式或是英國殖民式，而是帶著西班牙風格：磚紅瓦頂、黃褐色砂岩牆面、粗短有力的石柱、一重又一重的半圓形拱廊，有許多柳暗花明的小庭院。主要的植被，則是樹冠如雲的加州橡樹、粗獷的棕櫚樹、高聳的杉樹、遒勁的蒼松，和葉片如銀綠小刀的尤加利樹。夏日最顯著的花，則是紫紅色的紫薇花樹。（對我而言，這個組合有點怪異。）在驕陽之下，校園光影對比分明。

九月二十一日開學之後，俊俏的少男少女騎著腳踏車、踩著滑板在樹影之間穿梭，理所當然地享受著這個人間天堂。我到史丹佛校園書店去走走，赫然發現販售紀念T恤的部門占了全店最大的面積，不禁大吃一驚。要看書，得上二樓尋尋覓覓；而在琳琅滿目的電腦、健康、寵物、園藝、工程、經濟、童書……之外，歷史類書籍只屈就於一個小書架。這和哈佛大學的官方書店Coop太不一樣了！

哈佛官方書店，一進門就書香撲鼻，像個莊嚴的圖書館，許多讀者凝神沉浸書海。第一位哈佛畢業的黑人女生照片，做成大大的海報垂掛在迴旋樓梯旁。一樓最顯眼的位置，成排擺放的一邊是時代齊全、地域完整的各種歷史，另一邊放的則是和歷史相關的各種傳記。哈佛雖然也販售紀念品、賺觀光客的錢，但把這個部門放在不起眼的後棟樓層。

在美國東岸，讀歷史的人走路有風，現任哈佛的女校長就是歷史學者。哈佛法學院副院長安守廉（William Alford）教授告訴我：「在我的心目中，歷史是一門高貴的學科，其地位僅次於文學。」在史丹佛，讀文史的人似乎沒有這種殊榮。

史丹佛地大，校園最外圈是大片尤加利樹、柳葉石楠（Toyon）……組成的枯草樹林，入口處則是一座橄欖球場。校隊運動員的放大照片和學校校徽（狀如$，S代表Stanford，中間則是此地一棵千年紅木圖像），一路高高懸掛在校園外的皇家大道（El Camino Real）路燈上。兩所學校用以招攬學生的招牌，實在太不一樣了！

今年三月底抵達劍橋時，第二學期只剩一個月，所以我沒有固定聽課。來到這裡，可以趕上完整的第一學期；雖然手邊有自己的研究計畫，但為了想更了解美國社會與文化，我開始旁聽一些課。在一門名為「Re-Imagining American Borders」（重新想像美國邊界）的課中，大量談及美國種族、階級、性別的不平等問題，引起我的興趣。

以教育來說，雖然美國的高等教育令舉世豔羨，但是他們自己看來卻問題重重。大約四十年前，在雷根總統新自由主義思維之下，大量縮減政府對於公立大學（如加州大學系統）的投資，因為他覺得「納稅人不該為知識好奇心付錢」。這麼一來，公立大學品質下降，開課數目減少，有的學生甚至因選不到課而必須讀五、六年才能畢業。從此以後，本來就聲譽卓著的私立大學更是奇貨可居；不管學費如何逐年高漲（史丹佛今年學費和生活費合計約六萬五千美元），不管錄取率如何逐年縮小，想要出人頭地的學生還是搶破頭。

由於私校申請入學標準嚴苛，所以孩子從小學五年級就開始準備「履歷競賽」。各科成績必須樣樣出色不說，還要有運動、音樂、領導等各方面長才，加上各種打工和義工服務經驗，德智體群美五育俱全才行。我們認識的一些華人朋友的小孩，讀哈佛好像探囊取物，他們從小培養兩項樂器專長、參加青少年管絃樂團，同時加入田徑與網球校隊、暑假去海外當義工……，還要把成績顧好，個個幾乎都像超人。在東岸，這似乎是靠家長督促、小孩自律來達陣；而在西岸，則是補習班大行其道。一個在舊金山辦事處的外交人員說，儘管他的女兒非常優秀，但是今年只申請到柏克萊，沒有辦法進入東岸名校，讓她非常沮喪。這位父親感嘆：「大家都說台灣升學壓力大，其實這裡的升學競爭更激烈。」

為這樣劇烈競爭付出的代價，無論是個人、家庭、社會都很可觀。首先，孩子壓力沉重：有些看似完美無缺的孩子，進入大學之後希望繼續保持優勢，結果受不了壓力而自殺（美國亞裔女孩受大學教育比例高於白人，而其自殺率之高則僅次於美國原住民）。其次，私校學費昂貴，中產家庭學生既付不出全額學費，又拿不到助學金，四年下來負債累累，畢業後工作許久，都還不完助學貸款。第三，據一位前耶魯大學教授說，通過這樣嚴苛的入學標準進入名校的學生，往往如同「優秀的綿羊」（excellent sheep），自私自利，不敢冒險，難以成為領袖。第四，各個私校為了討好十七、八歲的學生，競相把資源投注在明顯可見的硬體之上，大蓋美侖美奐的宿舍大樓、運動中心，而不把資源用來支持教學優良的教師、聘請終身職教授（tenured professor），以致於目前全美國大學兼任教授的比例竟然高達四分之三！

學校裡面的課程，前幾年有激烈的「文化戰爭」（Cultural Wars），為了獨尊白人優越地位抑或尊重各種族裔而吵翻了天，如今看來是後者占了上風。現在文科教授的煩惱，則是學生愈來愈趨實用導向，為學一技之長、找穩定工作而讀大學，而不是為發現自我、探索多元價值而上大學。英文系、歷史系等傳統大系選修學生大減，而電腦、科技、生醫、工程等科系則廣受歡迎。這也是為什麼重理工的史丹佛會威脅到重人文社會的哈佛、耶魯的原因。

在我旁聽的課堂上的史丹佛學生，文科和理工學生各半，各種族裔都有，人人眉清目秀、能言善道。可是，我看到一篇校園報紙的專欄文章，一個大四學生說：他認識的史丹佛人都很不快樂，因為覺得這裡不如想像中那麼好。

上週五我去歐洲研究中心聽一場演講。史丹佛像哈佛一樣財雄勢大，排在中午的演講，事先登記的聽眾一律有免費漢堡午餐供應。講員拉斯穆森（Anders Fogh Rasmussen）是前北約組織（NATO）祕書長，也擔任過丹麥總理。題目是「We Need American Global Leadership」（我們需要美國來領導世界）。他不是在阿諛美國人，而是在呼籲美國人秉持理想，像一戰、二戰時期那樣，負起更大的國際責任，支持各地自由民主的盟邦或團體。

有個史丹佛教授站起來反駁：美國國內問題很多，自身難保；在民主制度下，民意愈來愈不贊成對外出兵；何況現在中國崛起，國際事務並不是美國可以說了算。但是滿臉風霜的拉斯穆森認為：中國本身問題更多，其經濟、軍事、文化實力，規模雖大而不厚實，還是遠不及美國；美國插手管事固然會遭人抨擊，但袖手旁觀會付出更大代價，例如目前的難民危機即是如此。聽眾提出的其他問題，無論是關於俄國、中東、北非，他都言之有物，的確是世界級的領袖。

聽演講時，坐我旁邊的女孩扭來扭去、坐立難安。我想：這些網路世代成長的環境這麼富裕太平，進入名校為的只是要出人頭地，或替移民出身的家族揚眉吐氣。一旦登上成功者的階梯、成為美國的社會棟梁，他／她們會有心理準備要去承擔「世界領袖」這麼艱巨的責任嗎？演講結束後，有人排隊等著登記連絡地址，一個女生目中無人，搶先插隊。後面的老先生氣得說：「標準的史丹佛學生！（Typical Stanford student!）這樣的學生以後怎麼在外交界生存？」

——想想台灣的學生，只要小確幸就好，沒有人會以「成為世界級領袖」自期或被期待，不知是幸還是不幸？而我們這個小國的未來，很可能就是在這種情形下，被大國的政治領袖所決定。

＊　＊　＊

宜樺隸屬的CASBS位於校園後方山坡上，居高臨下，視野很開闊；只是，乾涸的湖、泥藍的海灣和月世界一般的枯山，並不怎麼悅目。還好，CASBS本身的庭園小巧玲瓏，種著一些沙漠植物，頗有幽趣。除了固定的行政人員，它的研究員多為放下本職、來此短期訪問充電的學者，學科領域大不相同。為了鼓勵大家打成一片、交換意見、思考未來長遠計畫，CASBS提供免費午餐、健身房、瑜珈課、打坐課、鼓勵大家組織小團體（例如品酒會、賞鯨團）……，有點像個學術人的渡假村。

就像美國許多學術機構一樣，它的經費主要來自私人捐款。早期CASBS出過一些著名學者，這幾年則似乎成效不彰，讓金主產生質疑。新的CASBS主任奉命整頓，除了要求大家每週來此至少三天、要有研究成果，還特別聘了一位做社群媒體的員工，打算利用新媒體大力宣傳。——凡此種種，都為我們前所未聞。我覺得在此會玩物喪志，但宜樺覺得它的某些強制性很斯巴達。

嚴格來說，宜樺也非直接隸屬於CASBS，他的薪水是由另一個機構博古睿研究所（Berggruen Institute）所支付。這個私人智庫的老闆尼古拉斯·博古睿（Nicolas Berggruen）是一個從事創投業、博物館經營、慈善事業……的德裔富商，繼承家業，事業版圖廣及歐亞美，可以在維基百科上看到詳細資料。他在事業有成之餘，關心公共治理議題，成立了一些智庫，找各國學者、政治人物來幫忙他思考，博古睿研究所就是其中之一。宜樺參與的研究群，即是隸屬於博古睿研究所，由加拿大籍、牛津畢業、現任北京清華教授的貝淡寧（Daniel Bell）主持，成員以華裔為主，主要思考的議題是華人社會「和諧」價值如何和西方自由民主磨合。

半個月前，B老闆撥冗前來參加一個研討會，順便請大家吃飯，眷屬也應邀參加，所以我可以就近觀察。他今年五十四歲（大我四天），身材不高，長得有點像老去的布萊德彼特（Brad Pitt），穿著發皺的襯衫，肩上隨便搭一件黑毛衣。英語不是他的母語，說得不是特別流利。或許因為旅行時差，他坐在椅子上不時前後晃動身體，好像要讓自己保持清醒。

我在 YouTube 上看過他和一位學者共同發表新書的影片，他在鏡頭前很不自在，不時垂下眼睛。很難想像，這位先生身價二十億美元，大概是我所親眼見過最有錢的人了。令人稱奇的是，他不但沒有結婚，甚至沒有買下任何一個寓所，而隨處以旅館為家，維基百科上稱他為「沒有家的億萬富豪」（homeless billionaire）。

吃飯前後，有專業攝影師穿梭拍照，也許是要幫他留下紀錄。出席餐會的學者彼此之間十分平等，但是在他面前都顯得很拘謹；發言時若被他打斷，就不敢再說下去。有趣的是，他以高科技產業為例，堅信實業界愈來愈沒有「hierarchy」（階層組織）的存在，卻沒有意識到餐會現場就有「hierarchy」！

大家輪流報告研究主題，一位中國女教授說到大陸造假成風，而她企圖合理化這種造假之風。我說：「這件事情很嚴重，台灣人不願意和大陸統一，這是其中一個重要因素。」雖然不是博古睿的研究員，但我還是談了在胡佛的研究計畫，亦即討論一九四九年以後中華民國的三種建國藍圖，包括：戒嚴時期的威權政治與黨國資本主義、解嚴後的自由民主與資本主義，以及徐復觀等新儒家所提出的儒家式社會民主。B老闆頻頻回頭看我，說：「很有趣！事實上，這是最有趣的一個（主題）！」（Very interesting! Actually, it is the most interesting one!）因為他們也想尋找治理模型。

不過，在經濟領域一帆風順的資本家，能不能把這些經驗帶到政治領域去？我比較悲觀。政治所涉及的複雜人事和不可預測性，實非模型所能逆料。更何況，民主政治的自由原則和資本主義的效率原則抵觸；而前者的平等原則，又和後者的等級制度衝突。所以，B老闆興沖沖投入公共治理研究，希望影響實際政局（特別是影響中國大陸），只怕會敗興而歸。

今天就寫到這裡。以後如果有空，再談我們的布拉格之行，和我對美國華人僑社的觀察。

淑珍

書簡二十三——齊柏林、蔣介石日記、新儒家美學（二〇一五年十一月二十一日）[16]

Dear Shelley,

謝謝你的來信。回覆晚了，十分抱歉。

你的論文〈美感之外〉讓我讀得津津有味。你的藝術史訓練——特別是中國山水畫理論——為齊柏林的作品提供了新的詮釋視角，與傳統的環保主義不同。你敏銳地指出了他的作品中許多既對比又互補的元素，以及其整體結構中不斷變化的各種對照。你指出山是他的影片中的主角，別有見地；比較齊柏林的《看見台灣》和亞祖—貝彤（Yann Arthus-Bertrand）的《從空中看地球》，也很有意義。

你的論述如行雲流水，形式與內容相互共鳴，有如東方的太極，而非西式的體操。然而，由於西方學術往往偏向機械性而非有機性，你或許可以考慮以更有條理的方式提出你的觀察／論點好讓西方讀者接受。將文章分成幾個部分，並為每個部分添加一些標題，可以幫助讀者更容易掌握你的觀點。

你在這篇文章中提到了幾位台灣前輩畫家，除了同樣是在描繪台灣的自然風光，齊柏林和他們有相似的審美理念嗎？他採取了哪些不同的切入角度？你可能需要更多論述來闡釋他們之間的關連性。

我最近開始到胡佛檔案館閱讀蔣介石的日記。應蔣家人的要求，胡佛檔案館不允許研究人員拍攝或影印這些日記，只能用紙筆抄寫，加上要辨認他的筆跡，整個過程非常耗時。隨著耶誕節假期即將來臨，我待在美國西岸的時間也接近尾聲（二〇一六年一月十五日返台），儘管每天到檔案館從早看到晚，也只能閱讀蔣介石大量日記的一小部分，很後悔沒有及早開始這項計畫。

蔣的日記中充滿了發人深省的材料，我特別感興趣的：他如何將新儒家的自律與基督教信仰相結合？如何從軍人角度處理政治？又如何以民族主義來合理化他的軍事和政治行動？宜樺的從政經歷，使我更容易理解蔣介石的主要關懷。閱讀了這些史料，我那本《徐復觀在台灣》的博士論文需要做相應的修改。

因為全部時間都在閱讀蔣介石的日記，我還沒有認真思考關於新儒家美學的文章要寫什麼。概括地說，大概會處理以下問題：

(1) 道家、佛教和儒家美學的對比。

(2) 音樂、文學、繪畫美學的比較。

(3)「為人生而藝術」和「為藝術而藝術」的觀念之間的緊張關係。

(4) 新儒家對現代主義藝術的批判。

如果你能為我推薦一些閱讀材料，我將不勝感激！

學期接近尾聲，你一定很忙。多多保重！

祝一切平安！

淑珍

書簡二十四——諸神的戰爭（二〇一五年十二月二十二日）

宜敬：

對不起，白天忙於讀蔣日記，晚上忙於陪宜樺赴僑宴；這幾天兒子來探親，又忙著陪他出遊。回信遲了，還請見諒！

你問我們在美近一年有何感想？隨函附上這一年所寫家書，供你參考。來史丹佛以後較少寫信，應該趁離開前趕快記錄心得。

這一年台灣風風雨雨，美國與世界何嘗不然？同樣面臨大選，台灣選出的總統至多只會毀了台灣，美國選出的總統卻可能毀滅世界。《紐約時報》的年度回顧影像，令人震驚悲戚；但是太多的震驚悲戚堆疊起來，卻又令人漸趨健忘麻木。或許這是大腦幾百萬年間逐漸演化出的自然保護機制，好讓人在經歷重重憂患後仍可以淡忘過去，對未來依然懷抱天真的希望。

我明年一月中要收拾行囊回台灣，也許會在飛機上看到《間諜橋》。這個故事讓我聯想到史諾登（Edward Snowden）揭發CIA祕密監聽，引發個人隱私、網路自由與國家安全衝突的爭議。我也聯想到許多年前看過的《情色風暴

1997》（*The People vs. Larry Flynt*），那部電影極力為《好色客》（*Hustler*）的言論自由辯護。

如同韋伯（Max Weber）所言，這是一個「諸神的戰爭」的時代。「倫理道德」、「社會善良風俗」、「國家安全」，難道不重要？但它們與「個人自由」、「法律主治」等價值發生衝突時，又要如何取捨？理論上民主政治要求每個公民都具有理性思辨並自做抉擇的能力，但這是何等高難度的事。

昨天帶兒子去蒙特瑞灣水族館（Monterey Bay Aquarium），看到大群迴游的沙丁魚，在鯊魚、鮪魚的追趕下左躲右閃，銀浪不斷匯集翻騰，千變萬化又不離其宗。大魚有「個人自由」才能盡情發展潛力，小魚則要依靠團體才能自保。把一切看在眼裡的上帝，是要保障大魚的自由，還是要保護小魚的安全？

這兩天灣區天降大雨，一〇一公路籠罩在深重的雨霧中，車行路上，彷彿回到基隆。乾涸半年的草木張臂迎接甘霖，希望今年的聖嬰能為此地解渴。明年春假再回此地探望，應該是日暖風和、百花齊放的好時節吧。

新的年度，祝福你們闔家健康，一切平安！

淑珍

八、父母心

我們都是很平凡的父母，平時嘮嘮叨叨，愛子心切，恨鐵不成鋼；但這一年，我們不得不放手，讓兒女在跌跌撞撞中成長。

孩子永遠不會是父母的復刻品。我以「睜一隻眼，閉一隻眼」的態度教育子女，睜眼表達關愛，閉眼以示尊重。有人覺得這樣太嚴苛，有人又覺得太縱容，而我們只能自盡其心，感謝指教。

書簡二十五——哥哥在加州（二〇一五年十二月三十日）

大姊、二姊、江家二小、張家諸少：

哥哥到加州探親，旋風式玩了八天（十二月十八—二十六日），已經平安返回台北。就像暑假妹妹離開波士頓時一樣，我看著孩子曾睡過的床，從一團混亂變為空空如也，心裡覺得感傷。不過，半年前分離時落淚不捨，如今心情比較平靜，因為我的旅美行程也即將結束，半個多月後即可返台和孩子團聚。倒是接下來會長期和宜樺天各一方，我已開始惆悵不安。

家書和日記都停了很久，因為白天忙於到胡佛研究所的檔案館看蔣介石日記，晚上回家看新聞、赴僑宴、回應友人學生信件，每每身不由己。史丹佛正在放寒假，這兩週我被迫停工，有些閒暇。在離開美國之前，補上一些紀錄，為這趟壯遊留下文字痕跡。

（一）秋冬即景

加州時序已經進入雨季，大地有了不同的面貌。下的多半是輕聲細語的綿綿細雨，半個小時點到為止；但也有一兩天出現狂風暴雨，大聲咆哮，吹倒庭院中的棚架，也讓習慣風和日麗的加州駕駛人慌了手腳。點點滴滴的雨水緩緩滲透土壤，終於讓乾渴大半年的大地逐漸恢復生機。聊備一格的路邊淺溝，居然出現了一些積水，讓我嘖嘖稱奇。到目前為止，十二月雨量已經符合正常標準，塞拉山（Sierra Mountains）降雪更是超標；但加州人不敢高興得太早，要到明年四月統計累積雨量之後，才知是否真正解旱。

北加州也有秋天，但是似乎與春夏冬三季並存，十分詭異。十一月下雨之後，史丹佛東亞圖書館前櫟樹林地上，草芽自層層落葉中悄然萌發；到了十二月初，滿地「燕草如碧絲」，很少人捨得踩上去（我這輩子從沒拍攝過那麼多草葉特寫！）。近郊「盤子」步道（Dish Walk）的灰敗山頭，也開始有了綠意，有了尊嚴。空氣清新沁人，綠地芳草鮮美，仿如新英格蘭的早春；可是另一方面，黃連木由綠變橙，銀杏鮮黃亮眼，香楓也殷紅滿樹，風一吹來，紅葉黃葉大把大把揮霍，秋色繽紛鐵證如山，讓知覺頗為錯亂。

哥哥十二月底抵達時，該落的葉子已經全數掃盡，但是針葉的紅松、海岸紅木、世界爺（sequoia）、蒙特瑞柏（Monterey cypress），闊葉的加州胡椒木、棕櫚、尤加利、海岸櫟樹（coast live oak）……，則沒事人一般茂盛長青，和夏天沒有兩樣。早上望出落地窗外，雖然陽光燦爛，但是草地上卻點染了薄霜：細小冰晶鑲在草葉、花瓣邊緣，精雕細琢，閃閃發光；大樹根系保溼保暖、樹下圍有一圈綠意，而在大樹保護範圍之外的草地，則覆上一片銀白，讓我為剛冒出來的嫩草心疼不已。面對這樣不留情的乾旱、酷暑、嚴寒，加州植物必須有極為強韌的生命力。

（二）哥哥在加州

哥哥首次獨自搭機出國，平安來回，讓他的人生經驗又有了新的突破，我們覺得很欣慰。

這趟旅行背後，有一些周折。安排哥哥繼妹妹之後來美探親，是我們原定的規畫，但是因為他的工作的關係，難以確定時間。九月中得知哥哥因職場適應困難而離職，令我難過失眠，一度想取消他來美行程。十月以後他到重建處接受訓練，放棄需要設計創意的電腦繪圖，改做重複性高的文書處理，比較能夠勝任，學習漸上軌道。他在視訊通話時說：「我已經很久沒有出國旅遊了，我想到美國看看他們怎麼過聖誕節。」基於公平原則，我和宜樺商量，終於確定這趟旅行。

為了減少搭機時出狀況，原想讓他隨宜樺十一月下旬港台之行時同來，或是隨我在一月中返台時一同回去，但他自己選定了日期，既不跟爸爸來，也不跟媽媽走。這麼一來，一堆後勤的問題待處理，宜樺就有得忙了。宜樺請從前的祕書嘉倩幫忙解決簽證、機票問題，也連絡華航工作人員協助哥哥在桃園機場出關、舊金山機場入關。他交代上機前後的所有流程，為哥哥撰寫了一份巨細靡遺的來美行程注意事項，又不斷透過 Line 對兒子耳提面命。十二月十八日哥哥抵達美國，那是舊金山機場一年中最忙碌的一天，所幸華航飛機沒有誤點。哥哥神情疲憊地隨華航人員走進入境大廳，看到爸媽時天真地笑了起來，我們心中一塊大石終於落地。

他來的這一週，下雨的日子比放晴的時候多；宜樺看旅遊資料做功課，絞盡腦汁配合天氣，安排或遠或近、或室內或戶外的行程，每天開二至四小時車來回附近景點，希望讓兒子不虛此行。有趣的是，哥哥習慣把在加州所見所聞和台灣經驗聯想在一起。在他眼中，我們所住的洛思阿圖斯社區花木扶疏，像是《玩具總動員》裡安弟的家；史丹佛大學校園寬闊，彷彿東海大學；聖荷西的聖誕公園，很像新北聖誕城；蒙特瑞灣的水族館，猶如車城海生館；高速公路上雨霧深濃，彷彿回到基隆；水鳥翩翩的灣區自然保留地，可比二重疏洪道；海岸紅木繆爾森林（Muir Woods）像是陽明山；背山面海的優雅小城索薩利托（Sausalito）有馬祖芹壁村風味；艾奇伍德（Edgewood）櫟樹草原自然保留區，彷彿新北的泰山地區；熱鬧滾滾的舊金山三十九號碼頭，則讓他想起淡水。至於聖荷西的科技博物館（The Tech）和舊金山的科學探索館（Exploratorium）有如台北科教館，自不待言。

當然，也有些他從未在台灣體驗過的節目。例如：到一位林伯伯家參加六十人的大派對，主人和朋友上場玩樂團，資深美女又唱又跳，歡樂終宵。又如：在金碧輝煌的史丹佛紀念教堂參加耶誕親子彌撒，小女孩上台唸《聖經》耶穌誕生故事，台下眾人齊唱耶誕頌歌，氣氛莊嚴又熱鬧。還有，我們在舊金山碼頭看到一大群雄壯海獅，躺在木板平台上晒太陽，互相搶位推擠嚎叫。此外，索薩利托碼頭上壯觀的遊艇停泊景象，蒙特瑞灣水族館美麗的迴游魚群，都是台灣所罕見。但哥哥對這些似乎無動於衷，反應淡定。（妹妹恐怕會說：「浪費！」）

我問哥哥最喜歡哪些地方？他說：「聖荷西、舊金山，還有史丹佛購物中心（他在那裡選購了一件黑襯衫）」，都是熱鬧的都會區。所以嚴格說來，這八天所走過的大部分地方是爸媽想去的景點，而他只是盡責地陪我們玩而已。這也難怪，他每天傍晚都因為時差而非常疲累，只想回家；到林伯伯和三姨婆家拜訪時，都先討一張床，小睡補眠。天氣嚴寒，也讓他吃不消：在攝氏十度以下的戶外，即使他穿上六層衣服、站起來猶如一座巨塔，還是頻呼：「好冷喔！」加上言語不通，只能霧裡看花，所以他看來總是無精打采，不像妹妹那樣興奮好奇。不過，一路上拍攝的大量照片，足可供他日後慢慢回味。他在史丹佛教堂參加禮拜時，媽媽要他一起讓座給遲到的兒童，他雖然疲倦，但也十分配合，免去小朋友久站之苦，會為別人著想。

一如往昔，每晚睡前哥哥要找媽媽做心理諮商，談他在重建處職訓過程遭遇的各種疑難雜症。而我的建議重點，則是要他凡事往好處去想。

「為什麼許先生不准我中午吃泡麵？」

「他是為你好，擔心你長期吃垃圾食物，營養不足。」

「喔，因為爸爸媽媽不在，所以他很關心我的健康。……」

「元旦以後第二階段訓練開始，要八點上班，我覺得很害怕……」

「你可以通過第一階段，媽媽覺得你很努力，一定可以通過第二階段的挑戰。以前你在國高中的時候，不是都是八點以前就要到校嗎？再想想大姨，每天也是五六點起床，趕搭校車到八里，已經十幾年了。」

「為什麼有人說『老闆永遠是對的』？這句話讓我很不舒服。」

「老闆並不是永遠是對的，但是老闆希望員工做事又快又好，如果做得不合他的要求，他可以把你解雇。所以你要把老闆當作一個非常嚴格的老師，跟他學習，培養敬業精神。《工夫熊貓》裡的師父在訓練熊貓的時候，不是也是很凶嗎？」

「為什麼在職場的人講話都很不客氣，不像家人和老師那樣包容我？」

「那是正常的。公司有業績壓力，員工如果不做好，老闆賺不了錢，也就不能付員工薪水，所以講話會比較直接。家庭和學校沒有那麼大的競爭壓力，家人和老師很關心你，對你特別包容，你要好好珍惜。」

哥哥習慣了大學時代自由自在的生活步調，喜歡自己在外小旅行，要他適應朝九晚五、有業績壓力的職場生活，他一直很抗拒。他從前服務的兩家公司，儘管老闆充滿善意，最後他還是因適應不良而去職。現在重建處的許先生，從專業技能、工作態度到生活習慣，多管齊下，費了九牛二虎之力，希望能協助他調適，我們十分感謝。這件事如果由父母去做，家庭氣氛會非常火爆（我過去嘗試過）。孟子說：「古者易子而教之。父子之間不責善。責善則離，離則不祥莫大焉。」現在由許先生主導，我們從旁配合，希望能夠發揮效果。

（三）自閉兒與資優生

十二月上旬，由於一位朋友力邀，我到此地一個家長團體演講，以「自閉兒與資優生」為題，講自己的育兒經驗。以一個半公眾人物的身分，對一群陌生人交淺言深、分享自己非常在意的事情，可能成為別人茶餘飯後的談資，甚至媒體渲染的題材，讓我惴惴不安。但是，向媽媽們講中國現代史、台灣文化史那樣硬邦邦的題材，又不恰當。我只好硬著頭皮嘗試，當作為二個小孩的成長過程留下紀錄，也和眾人分享教養甘苦。

哥哥的部分以前曾在台北天使心基金會講過，妹妹的部分則是初次準備，請她寄了許多作品來充實內容。我問她資優生有什麼特殊想法？她沒好氣地說：「到大學以前，我都不算資優生。……你自己就是資優生，問我幹什麼？」不過，她還是接受我的「訪問」，談了自己的成長歷程。

演講在一個鋼琴老師家客廳舉行，用克難方式在牆面上放映簡報。來了大約二十位華人媽媽，大多是此地企業家或學者的妻子；除了主辦者，事前沒有人知道我的身分。看到宜樺照片出現在簡報上之後，大家露出驚訝眼神，但都沒有說破，只有場中兩位陸籍女士對此一無所覺。大家對妹妹的部分，都很讚嘆她的天分與努力，沒有異議；而對哥哥的部分，意見紛紜而強烈，讓我差點講不下去。

一位大陸女士說：「你這個媽媽也太嚴苛了，為什麼對孩子要求那麼多？他到底有哪些地方不對？……到爛泥地裡撈魚，從樓上丟球砸到人？這些事我也會做啊，這有什麼大不了的，哪裡礙著你啦？……聽你講管教孩子，我愈聽愈難受，我爸媽以前就是這樣管我……」說著竟哭起來，讓我目瞪口呆。

我嘗試辯解：「因為哥哥正好位於普通人與特殊兒的臨界點，不知道的人會用正常人的標準要求他；他就學時期的特教哲學也是『回歸主流』。身為父母，我們希望在有生之年培養他獨立謀生的能力，減少其他家人的負擔……」

一位台灣媽媽質疑：「你為什麼要讓他去上高中、大學？就順著他的本性，讓他發展自己的興趣專長，譬如修車，不是很好嗎？」我回答：「要建立一個職業生涯，必須要有多方的能力。如果不培養人際技巧，和人溝通協調，光是有那些興趣，沒有辦法發展成一個職涯……」我的辯解似乎沒有說服她們。另一位太太乾脆說：「你女兒當道家、不學你們當儒家，是對的。儒家就是會抹煞個性。儒家毀掉一切（kills everything）……」

正當七嘴八舌之際，一位年長的太太大喝一聲：「媽媽做的是對的！我們是活在社會中，不能遺世獨立。孩子總會長大、年老，如果不讓他學習進入社會，當他在人生最後的時刻，是誰來照顧他？誰會給他最後的擁抱？」大家突然安靜下來，沉默不語。

我維持鎮定，結束演講。演講後共享各家拿手好菜，笑語盈盈，我知道大家還是善意的，只是心裡有揮之不去的苦澀。

哥哥此次來訪，我們對他鼓勵有加。但他最後還是問我：「我在美國表現好不好？我乖不乖？」讓我忍不住心酸。另一方面，重建處許先生給我們的簡訊叮嚀，要哥哥回去後剪頭髮、刮鬍子、上班不可穿運動鞋。他似乎覺得我們工作太忙，沒有盡到父母的責任。

要站在自閉症孩子的那一邊，對抗社會規範？還是要站在社會這一邊，要求孩子乖乖就範？這些年來，我們顯然選擇了後者。二十六歲的哥哥已經不太畫圖，似乎失去了他特殊的空間能力；但是他愈來愈能思考、寫作、對話，也有了基本的人際網絡，此中得失難說。只希望在未來的日子裡，他能夠恢復快樂的能力，穩健地走人生的道路。

感謝大家在這十個月之間伸出援手，協助關照哥哥妹妹，讓他們在爸媽出國期間，慢慢學會獨立。歲末年初，還有一些故事要和大家分享，請待下回分解。

淑珍

附錄：

哥哥來美行程注意事項（宜樺撰於二〇一五年十二月）

1. 隨身行李（背包）必須帶新台幣（四千元左右）、最新護照、電子機票、旅行許可、免兵役證明、筆電（先充滿電）、手機、相機（如果不用就不要帶）、薄外套、原子筆、爸爸傳給你的填好的入境申報單（先在家裡印出一份）。瓶裝水只裝一些就好，到機場櫃檯報到後、進安全檢查門之前必須喝完或倒掉，通關之後空瓶可以拿到飲水機加水，另外飛機上也會提供瓶裝水。可以帶零食，但不可以帶水果及肉類。

2. 除了身上穿的之外，大行李箱之中要帶五套內衣褲、五雙襪子、兩件長袖衛生衣、一件睡褲、一套冬天長袖衣褲、一件毛衣、一件冬天厚外套、手套。記得帶個人正在吃的藥品、手機及筆電（及相機）充電器。其他要帶什麼，自己決定。不必帶牙刷、毛巾、刮鬍刀等盥洗用具。大行李裝好後捆上一條行李用顏色條加強固定，要記得大行李長什麼樣子。

3. 十八日晚上大約八點三十分出發，打電話給計程車行（電話號碼：xxxxxxxx）說要坐車到桃園機場，約好後拿大小行李下來，到巷口等車上車。坐上計程車，跟司機講要到桃園機場第二航廈搭乘華航。車子大約在一個鐘頭內可以抵達機場，下車時給計程車錢，大約一千元左右，下車時記得拿大小行李。

4. 進入機場後，先查電腦螢幕確定哪一號櫃檯辦理 CI-004 的登機，再過去那個櫃檯前面附近，然後用手機打電話給華航的機場經理，他的手機號碼是 xxxx-xxx-xxx。然後華航公司會有人過來，陪你辦理報到、託運大行李、通過移民關口、安全檢查、到登機口等待。如果電話沒人接，你就直接到櫃檯找華航服務人員，告訴他們你的姓名，說你需要登機協助，你的爸爸已經事前跟他們連繫過了。華航櫃檯人員給你的運送行李收據要收好（可能會貼在登機證 Boarding Pass 上）。華航陪同人員帶你到機門口後可能會離開，你可以坐在座椅區等待，或上廁所，但不要跑太遠，要注意何時廣播開始登機，大約是晚上十一點左右，登機時跟人家一起排隊，排人比較多的那一行（經濟艙旅客），登機時會檢查護照及登機證，你要依照登機證上所寫的座位找位子坐好。坐好後，背包放座位下方，繫好安全帶。

5. 登機之後，記得把手機關機，因為飛機在起飛及降落時，不可以使用手機。飛行途中，手機即使打開，也無法上網。飛機起飛後約一個半小時提供晚餐，降落前大約三小時再提供第二餐。吃飯前後可以看電影節目，晚餐後空姐會提供入境申報單，你跟她拿一張，照著爸爸先前傳給你的申報單填寫，填好後收好。吃完第一頓之後，最好睡幾個小時覺，否則不好調時差。睡覺前可以吃一顆爸爸給你的安眠藥，上過廁所後蓋好毯子關燈入睡。如果中間肚子餓，可以向空姐索取免費的泡麵或點心。降落前記得檢查所有東西，別遺忘在飛機上。

6. 飛機飛行時間共約十二小時，大約加州時間十八日傍晚六點四十分降落。你可以在降落前，先將手錶往後調十六個鐘頭（可以等吃過第二頓、飛機降落前，機長廣播當地氣候及時間時，根據機長所說的時間調整）。飛機降落並開啟機門後，你拿好背包跟著其他旅客下飛機。出了機門，會有一位華航地勤人員在門口等你，你跟他講你的名字，然後他會陪你去通關、安全檢查、領取行李，再跟爸爸會合。

7. 通關時，你給移民官看新護照、旅行許可，他可能會問一、兩個問題，譬如："What do you come to the States for?" (I come to visit my parents.) "How long are you going to stay?" (About two weeks.) "Where are you going?" (I will go to San Francisco.) "What is your occupation?" (I am in job training now.) "What do your parent do in the country?" (They are visiting scholars at Stanford University.) 然後要你按指紋（先右手拇指，再另外四指，按在櫃檯上小螢幕），也會叫你兩眼對準紅外線瞳孔掃描器（長得有點像 Webcam），然後在護照上蓋章還給你。

8. 通關後是領行李，領行李前可以先上廁所，因為領完出來後，我們就要開車上路，可能半個多鐘頭才會到家。

9. 如果在機場有問題，可以請華航人員直接打電話給爸爸，我的手機號碼是xxx-xxx-xxxx，打通後再拿給你跟我講話。

10. 萬一飛機誤點也不用著急，我們在接待區會從螢幕上知道你的飛機何時抵達。我們會一直等到你出來，再一起開車回家。

注釋

1 三年半期間，第一年我向台北市立大學申請出國訪問，陪伴他在美國東、西岸待了一年；第二年起他孑然一身，單獨待在海外。這段期間，他當然曾多次返家，在香港教書時更幾乎每週回台北探望家人。但是，恢復「『幾乎』每天回家」的日子，要等他返台任教之後。

2 一位資深文官前輩曾慨乎言之：「許多民進黨人一輩子以政治為業，除了政治之外少有其他專長，所以往往無所不用其極，拚命守住政權，否則別無其他退路。相對而言，國民黨喜歡向學界借將，但學者本有後路，動輒辭職回到學校，不會堅持留在政府，幫忙國民黨保衛政權。」他說的不無道理。然而，外子並非安排好了後路才辭職（天蠍座就是這麼任性）。他辭職時立即處於失業狀態，經自費出國訪問一段時間後，才又申請到香港城市大學的教職工作。

3 「去父母之邦」意謂遠離祖國，語出《論語．微子》：「柳下惠為士師，三黜。人曰：『子未可以去乎？』曰：『直道而事人，焉往而不三黜？枉道而事人，何必去父母之邦？』」原信以英文撰寫。

4 二〇一五年外子與我一同赴美，前半年在麻州劍橋賃居，他是哈佛大學訪問學人，我則是耶魯大學訪問學人。

5 「哥哥、妹妹」是筆者對一雙兒女的稱呼。

6 「大、二」是筆者的大姊、二姊。

7 外子與筆者兩人二〇一五年赴美，本來一同申請到耶魯大學訪問半年，不料某野百合學運人士從中作梗，向學校散發黑函，阻止外子回到母校，外子的指導教授為此義憤填膺。後經中央研究院王汎森院士及哈佛大學王德威教授緊急協助，外子才得以臨時改到哈佛大學訪問，謹此致謝！

8 「新清史」是近年美國的研究潮流，強調大清帝國不是中國傳統王朝的延續，其統治範圍包括滿、蒙、回、藏、漢及中亞各族；滿族雖然借用儒家的東西，但是仍保持原有的文化特色和認同。這個說法在漢學界引起很大爭議。

此信原為英文，收信人是「新清史」學派的大將——哈佛大學歐立德教授。

9 原信為英文。

10 馬滌凡女士曾任波士頓地區的僑務委員，年輕時就勇闖天涯，白手起家，曾創辦食材進出口公司，成立廣播電台，發行免費報紙……，一生傳奇。

11 余英時教授是我們自大學起就極為敬重的思想史大師。二〇一四年余先生獲頒第一屆唐獎漢學獎時，我們有幸與他見面深談，多所請益。外子卸任行政院長後，余先生曾特別託人帶來親筆勉勵的書函，令我們感念不已，故有二〇一五年到紐澤西拜訪余府之行。可惜此次經驗，未記錄於書信中。

12 因受新冠疫情打擊，《歌劇魅影》音樂劇在二〇二三年四月十六日於百老匯做最後一場演出，從此謝幕。

13 鼎公與筆者所討論的台灣「現代畫論戰」，發生於一九六一至一九六二年。其時史學家／政論家徐復觀發表〈現代藝術的歸趨〉，批評現代藝術破壞自然形象，呈現強烈的「反合理主義」，有「為共黨世界開路」之嫌。此語一出，立即在現代畫壇引起軒然大波。筆者於拙著《安身立命》（二〇一三）中對此有所評論，鼎公則以〈安身立命幾幅畫〉（二〇一五）一文回憶當年親身經歷。

14 余紀忠先生於一九五〇年在台北創辦《徵信新聞報》，即後來的《中國時報》。

15 我們在美國東岸的劍橋住了半年後，二〇一五年八月搬到西岸的加州。出國前，因林載爵先生的介紹及郭岱君教授的協助，我們二人均受邀於史丹佛大學胡佛研究所擔任訪問學人半年。另外，又因朱雲漢教授及貝淡寧（Daniel Bell）教授的推薦，外子於二〇一五年八月至二〇一六年六月擔任史丹佛大學行為科學高等研究中心的研究員，由「博古睿研究所」（Berggruen Institute）提供正式研究人員薪資。

16 原信為英文。

第五章——坐看雲起：重返原點

二〇一六—二〇二四

二〇一六年初中華民國總統大選，筆者結束一年旅美時光，回到台灣投票。那一次大選民進黨蔡英文獲勝，該黨在國會也取得壓倒性優勢，取代國民黨取得執政權，開始連續八年完全執政。

台灣幾次大選的風貌都很相似：候選人炮火四射、彼此攻訐；造勢現場熱鬧滾滾、人氣沸騰；選民投票時胸有成竹、井然有序；開票後幾家歡呼、幾家垂淚，但街市不驚不擾，百業運作如常。這幕景象，看得許多來台觀選的香港、大陸朋友百感交集，熱淚盈眶。一位企業家高呼：這是台灣民主的成功！

——要論民主政治的好處，以和平選舉方式產生領導人，讓社會不因政權轉移而劇烈動盪，絕對是很重要的一項。

民主政治的另一個好處是：它保障言論、出版、集會、遊行等基本自由與人權，讓人民有較大的「自為的空間」。用新儒家徐復觀的話來說，「近代委託性的民主政治」讓每個人都可以過問政治，也可以不過問政治，依各人人生需求來決定，可以提起，也可以放下。[1] 對於憂國憂民卻想和政治保持距離的人而言，是再好不過了。外子卸任之後，我們就充分享受了這方面的「民主紅利」。

但是，長於選舉的政治人物，可能拙於治國。標榜為民服務的政黨，當選後也可能為己營私。民眾是否真有足夠的智慧判斷公共事務，選出適當的領導團隊？——馬政府八年、蔡政府八年，無論就領導風格、兩岸關係、外交關係、能源政策等各方面，二者南轅北轍。但就國內公共治理效能而言，民主化後台灣的成績是明顯落後的。對於這樣的結果，選民身為「總統的頭家」，也要負相當大的責任。

其實，根據世界文明史大師威爾．杜蘭（Will Durant）的說法，「民主政治是所有政體中最困難的制度，因為它需要最廣泛而普及的智識，而我們一般人擁有權利時，往往忘了我們也該擁有智慧。」[2] 在台灣，即使十五歲以上人口受高等教育的比例已經接近五成，此說似乎依然成立。

當然，近八年來，台灣整體國力是升是降，藍綠陣營各有不同解讀。有人以台灣半導體產業獨步全球而自豪，有人則憂心台灣產業得了「荷蘭病」；有人欣喜於台灣國際能見度提高，有人卻憂心台海兵凶戰危。

一個香港朋友為此很納悶：「藍綠兩方都罵對方貪腐，把對手說得一無是處。你們難道找不出對方任何優點嗎？」有個朋友回答：「因為藍綠陣營的國家認同不一樣，所以對所有事物都難有共識！」——的確，由於國家認同分歧，民主化之後的台灣變得更為分裂、對立，而非更為團結、寬容。

英國社會史名家霍布斯邦（Eric Hobsbawm）對民主政治的態度有很大保留。他認為：民主政治是許多資本主義社會最喜好的制度，但是除了西方少數幾個經濟繁榮且有漫長立憲歷史的國家，它無法成為世界的模範。[3]因為，代議民主要能成功運作，必須具備四個條件，包括：一、政權具有公意承認的合法地位；二、不同成分的人民之間在一定程度上可以相容；三、市民社會成熟，政府無須太多治理；四、經濟富裕繁榮，人人可分一杯羹，包括弱勢團體。因為條件太高，民主政治在承平時期還可勉強運作，但遇到內憂外患、經濟蕭條之時，就會左支右絀、捉襟見肘。[4]

回頭看看二十一世紀的台灣，除了第一項，其他各項條件都未必完全到位。這麼說來，解嚴近四十年以來，台灣民主實踐顯得「零零落落」，也是其來有自。

但是，台灣民主成敗，並非只攸關中華民國國家命運、民眾福祉、乃至島內各政黨之存亡，更對其他華人地區（如香港、新加坡、中國大陸）政治發展有重要示範（或負面示範）意含。民主為許多先人赴湯蹈火、前仆後繼爭取而來，如今時代的棒子交到我們的手上，怎能不更鄭重以對，讓第一個華人民主體制充實而有光輝？

一、有所不為

這八年中，我的書信量急遽減少，原因很多。

首先，外子已無公職身分，我不必代為回應朋友關切。其次，回到國內生活常軌，教學研究工作繁重，不再有訪問學者時期的閒情逸致，異國自然與文化的新鮮感也不復存在。加上手機通訊軟體Line逐漸取代了個人電腦電子郵件的連絡功能，在輕薄短小的載體上，不論是抒情或議論，均已不合時宜。

更重要的是，在心境上，「有所不為」取代了「有所為」，「獨善其身」取代了「兼善天下」。依照減法原則生活，在小小一隅盡心盡力，做好自己分內的事，是人生重要的功課。

書簡一——無法支持外子再度從政（二〇一六年一月十九日）

G兄：

收到您的信，還沒看就感到心虛：答應您的文稿，至今沒有下文，如何向您交代？——還好，您不是催稿。

可是，您信上的要求，對我——以及宜樺——而言，比催稿更難回應。一方面，我們慚愧感激，非常感謝您的推舉抬愛；另一方面，我們又自知力有未逮，恐怕會辜負您的期待。

哀莫大於心死。相對於宜樺初入政壇時的使命感（「安居樂業並非理所當然，公共事務不能冷漠以對」），如今的我們很難再有「舍我其誰」的勇氣。宜樺從政的後半期（行政院副院長、院長時期）的經歷，讓我銘心刻骨。對於所謂人性、人民、知識份子……，我都有強烈的幻滅感，不能維持撰寫《安身立命》時愚騃的樂觀天真。這使我無法支持宜樺再度從政，也是讓我遲遲無法回應貞德學姊書評的原因。

出國這十個月，眼界大開，優游自在。投票日回到台灣，目睹政權輪替，內心雖然平靜，但對台灣的前景有深沉的憂慮與悲哀。在眾聲喧譁、是非顛倒的時代，私心所願，是從公眾生活中消失，在歷史縱深中另尋內在自由舒展的空間。

您認為未來的國民黨可以宣揚自由、商業、交換、安全等價值，為城市居民世界觀發聲，以溝通兩岸，的確很有道理。只是，目前台灣的氛圍是反全球化當道，兩岸網路鄉民均以部落主義式的激情做政治動員，溫和理性的政治人物對媒體／年輕人／社運人士／學界清流沒有吸引力，甚至被視為平庸愚昧且邪惡，只能在政治市場淘汰。

有時我很一廂情願地想：「反者道之動」，歷史大勢可能非要發展到一個極端不可，鐘擺才會再度擺盪回來。可是，也許在還沒有擺回來之前，就已經火車對撞，玉石俱焚。「公無渡河，公竟渡河。墮河而死，其奈公何！」置身於一群「暴虎馮河，死而無悔」之徒操縱的社會，恐怕只有共業共受。

但話又說回來，我們這一年來在海外，領受了許多僑界人士溫暖的照拂和支持（包括余英時先生、王鼎鈞先生、孫康宜教授、王德威教授），讓我們銘感於心。我們仍有社會責任未了，但是，那可能不是再度成為檯面人物，在驚濤駭浪中為國家掌舵，在掀天謾罵中忍辱負重；而是改以沉潛深遠的方式，徐圖兩岸和平與民主理性的發展。

再一次感謝您的厚愛。也祝願您闔家健康、平安！

淑珍拜上

書簡二——回台（二〇一六年二月七日）

北極凍狼斯冰菊：[5]

謝謝來信。我在美國十個月期間，拍攝照片逾兩萬張，每一張都是那一剎那的感動與驚奇。隨函附上所寫家書三封與照片數張，與你分享部分心得。

回來台灣三週，正逐漸調適心情。我會用光明的態度去做建設性的工作，避免躲在陰暗的角落惡毒地詛咒，或聲嘶力竭地詈罵，如綠營當年所為。台灣已走偏了路，我們不能再把力氣浪費在負面的事情上。

好高興你上學期科科及格，希望下學期再接再厲，順利畢業。小犬大學畢業後求職過程遭遇頗多波折，現在透過台北市勞動力重建處安排，到某公立大學擔任工讀生。我們碰面時可以和你分享這段經歷。開學第一週我會很忙，我們可以約在第二週見面（我週三下午三點半後有空）。

《動物方城市》（*Zootopia*）預告片很有趣！希望有空可以一睹全貌。

下週見！

李淑珍

書簡三——台灣與美國的總統大選（二〇一六年二月十一日）

Dear Shelley,

我搬回台灣已一陣子，一切都要重新適應。台灣剛剛舉行了總統大選；Jasmine 動了正顎手術；Clement 換了一份新工作；我要負責家裡的大掃除，找人修理許多家用品；接下來要過農曆新年，又是一陣忙亂。新學期馬上就要開始，重新回到教師身分，需要很大的勇氣和精力。雖然我已不太習慣台北的人情往來和政治氛圍，但我會在宜樺不在台灣的時候，自己努力面對。畢竟，我已經在二〇一五年享受了一年自由輕鬆的生活，現在是重新承擔家庭和社會責任的時候了。

大作即將出版，真是個好消息！你勤奮工作、長期投入，終於得到回報。希望你今年五月的中國之行，可以得到藝術家的認可，讓你出版他們的作品。你接下來的旅行計畫也很有趣，一定會給你很多靈感。你打算去的地方，我都沒有去過，十分欣羨。

今年台灣總統大選的結果，早在意料之中。不過，就像美國大選一樣，我認為這一次的各黨候選人，都沒有資格擔任中華民國總統。我不想酸言酸語，所以就不對蔡英文、民進黨、台灣選民和媒體一一評論了。唯一想說的是：台灣人民被蒙蔽了，未來他們將為這個選擇付出昂貴的代價。

我也很關注美國大選消息。這個泱泱大國人才濟濟，可供選民選擇的合格候選人卻如此之少，令人納悶。另一方面，我也知道，世界上沒有比擔任美國總統更艱難的工作了；即使是像歐巴馬總統這樣聰明睿智的人，都難免遭到嚴厲批評，更何況現在共和黨和民主黨的候選人看起來都有某種缺陷。就感性而言，我個人偏愛桑德斯（Bernard Sanders），而不太喜歡希拉蕊（Hilary Clinton）；但就理性而言，以我對政治和歷史的理解，我不會投票給桑德斯。因為，雖然他的理想崇高，但落實這些理想時，可能會帶來許多災難。在一個全球化的世界中，誰當美國總統，都會改變全球的命運；這個重要的職位，實在應該由全體人類參與投票，而不只是由美國人決定！

祝你新年愉快、闔家平安！

淑珍

書簡四——有所不為vs.無所不為（二〇一六年二月十三日）

SP老師：

謝謝您的來信。我最近回到台灣，生活兵荒馬亂：安頓行李、陪小女動正顎手術、住家大掃除、過年……。現在終於安定下來，收拾心情，準備開學。

恭喜您在樹蛙研究上有所突破，這是累積多年努力的成果。一年半前去爬陽明山時，我首次看到樹蛙，非常驚喜。希望以後有機會跟您們師生到野外去觀察自然。

您和同事們在一百二十週年校慶時舉辦日據時期自然史文物展，也發掘出本校日籍博物學家堀川安市的事蹟，真是太好了！二〇〇七年我擔任校史室主任時，曾邀請台大于宏燦、羅竹芳教授來看那批標本，希望能將之發揚光大。可惜當時囿於人力物力，沒有進一步整理，十分遺憾。如今終於能夠推出特展，讓它們重見天日，意義非常重大。

兩年前太陽花學運時，我去台大走了一遭，已經意識到接下來將是一個「天地閉，賢人隱」的時代。外子從政這些年，讓我了解了政治的風險和局限。台灣解嚴之後的民主，仍在「青春發育期」，民眾猶如青少年，只要求種種權利、不願承擔相對義務；一方面批評國家機器濫權，另一方面則對公共資源不斷需索。許多政客視從政為取得特權的金鑰，而他的選民則希望藉由選票獲得關說的服務。馬政府希望當全民政府，不願為特定團體謀利，既得罪藍營，又無法討好綠營。八年下來，「有所不為」者既然節節敗退，接下來就要由「無所不為」者登場了。

今年選舉果然變天，我心中憂喜參半。憂的是國家落到一個躁進、民粹的政黨手中，喜的是他們將從在野變為當家，天塌下來必須去頂，要學會做事負責。

柯文哲當台北市長一年，毀譽參半，對他、對他的粉絲，不都是很好的學習嗎？

出國十個月，視野大開，對美國及西方文化有進一步的了解。雖知沒有一個地方是桃花源，但是這個文化值得借鏡之處依然不少。回來之後，我的生活將繼續依「減法原則」進行，多留一些時間做分內之事，努力讀書、教書、寫作。

春暖花開，祝福您新年健康平安！

李淑珍敬上

書簡五——哈佛回憶（二〇一六年二月十七日）[6]

Dear Vesna,

傅高義（Ezra F. Vogel）教授在哈佛大學依然很活躍。我在費正清中心的會議中多次見到他，他總是提出有趣的問題，發表有見地的評論。我在哈佛期間，認識了歐立德教授，他很友善，非常聰明。最近他對清史的研究引起了中國歷史學家和共黨媒體的強烈反彈，讓他興奮又不安。

美國人非常關注中國的軍事和經濟威脅，哈佛大學的許多討論都集中在應對這些挑戰的戰略上。有一次，奈伊（Joseph Nye）教授發表演講，試圖回答「美國世紀結束了嗎？」這個問題；當然，他的回答是響亮的一聲：「No!」

我經常去哈佛東亞系的燕京圖書館，它的整個建築和裝飾都古色古香。到那裡去，總能發現一些有趣的東西。哈佛校園裡的圖書館很多，看也看不完，連劍橋市的公共圖書館也是一件美麗的藝術品。

在我逗留新英格蘭期間，Shelley 是一個很棒的在地導遊。她不僅帶我參觀了嘉納藝術博物館、波士頓美術館、哈佛美術館，還為我和家人導覽古鎮康科特（Concord）市中心和華爾騰湖（Walden Pond）。我們覺得很榮幸，深深感謝她的慷慨和友誼。

我們在去年初春抵達哈佛，仲夏時節離開。十月下旬，還曾從西岸飛回去看秋天的紅葉。避開了可怕的冬季，擺脫沉重的課業負擔，我在哈佛的半年時光充滿了愉快的回憶，相信新英格蘭對你來說也難以忘懷。

祝你一切順利，闔家平安！

淑珍

二、長風破浪

有一回，我問學生：「民主台灣有什麼優點？」一個泰雅族女孩說：「很自由。」「那缺點呢？」我問。「太自由了！」她回答，眾人大笑。

但老實說，我並沒有這麼明顯的「自由感」。

也許因為，「自由」在今日的台灣已經像陽光、空氣、水一樣，理所當然、司空見慣，所以不易覺察。加上網軍橫行，網紅當道，社會上充滿強烈的反智氣氛，乃至道德虛無主義……，都讓人感到窒息，而不是自由。

還好，許許多多人也在不同角落默默奉獻，讓這個島嶼還可以見到明天的日出。

向上提升的努力可以永無止境，向下沉淪的黑洞也可以深不見底。——這就是民主台灣所許諾的自由。

書簡六——基金會構想（二〇一六年四月十九日）[7]

Dear Daddy,

今天討論基金會的構想，又打擊了你的士氣，真對不起。你也明白，我一直扮演著「諍友」的角色，目的不是要阻止你，而是希望能幫助你做得更好。

我想，我們不必在〇與一〇〇之間擺盪。以步步為營、穩紮穩打的方式經營基金會，即使只能達到中等規模，也很可喜，能對社會有所貢獻。這總比熱鬧登場，最後草草收場要來得好。

劉揆卸任之後到文化總會，任務單純，但也結結實實做了不少事（包括系列畫展、中華語文知識庫，以及各種小型活動），累積了成果。你若一開始就大張旗鼓，不但在人力物力上吃緊，難以為繼，而且也樹大招風，容易引人猜忌，招來不必要的麻煩。

基金會規模可以不大，但是切入點和做法要有新意，才能讓人眼睛一亮。而這一點是最困難的。可以根據你的議題找卸任政務官來共襄盛舉，但不必因為想讓他們有發言舞台而因人設事，那會影響到你對基金會方向的設定，而且也和國民黨智庫重疊性太高。你不妨邀一些在史丹佛讀書的台灣學生來，請他們吃一頓飯，聽聽年輕人的想法（特別是他們如何利用網路激發想像力）。

我還是支持你創辦基金會。一來不辜負你回饋社會的初衷，二來也可以繼續發揮你的智慧和潛能，使心智維持活躍的狀態。這一年多來安逸的日子，雖然讓我們得以休養生息，但是缺乏挑戰，不進則退，我們必須提醒自己。

我真正擔心的是你心底揮之不去的無力感，乃至虛無感。我以讀書寫作來提振生命奮進的力量，不去多想人生的究竟。而你雖然淡定微笑，這一年來手上也總是有些事情在做，可是那三本書遲遲無法動筆，讓我覺得感傷。

眾人仍對你有很高期待；而我對你的期待，可能又超過眾人。妹說獅子座總是給人很大壓力，良有以也。

不管如何，再過一個月你就要回家了。待在台北的日子，又會是兵荒馬亂，然後你又要去香港了。什麼時候，我們才能再度無憂無慮，攜手漫步河堤國小操場，一同仰望中天月色？

梔子花開了，洛思阿圖斯也有這樣純白潔淨的香花嗎？

淑珍

書簡七——小日子（二〇一六年四月二十九日）

北極凍狼斯冰菊：

你可能很難想像：當年第一次擲瓶時，輪船公司交給我的是一把小斧頭，不是剪刀；換言之，我的任務是要斬斷繩索，而非剪斷！

從創立以來，中華民國一直命懸一線。也許因為從小所受歷史教育不同，加上後來研究中國現代史，我對民國人物有許多眷戀。我認為，排除「中華民國」遺產的台灣，將非常庸俗貧瘠，缺乏足以立國的文化精神。但是我又心知肚明，「中華民國」已經瀕臨絕種；在內外交迫的壓力下，我的有生之年，或許就會看見它的消失——如果我活得夠久的話。

從大局勢看，我對台灣的公共領域感到悲觀。但低下頭來當鴕鳥時，又覺得台灣社會仍有很多友善的微笑、美麗的花朵、叮噹作響的風鈴，讓人可以安居其間。所以，先過小日子，把自己的生活顧好吧。

此刻遠處傳來媽祖遶境的鑼鼓聲，這是每年我最愛駐足觀看的台灣民俗慶典。不論是在大雨中或在烈日下，遊行隊伍中認真的面孔，常令我感動得泫然欲泣。

維繫國家運作的值日生換人了，行政團隊可能做得好，也可能做得不好；但只要社會中人人盡自己的職分，這個國家也不會差到哪裡去。

所以，我沒有悲憤。我正帶著微笑，在鎂光燈照不到的角落、享受當讀書人、母親、妻子、老師的快樂。

祝你一切平安！

李淑珍

書簡八——感謝（二〇一六年五月十五日）

Dear Elaine,

我帶女兒在四月上旬回灣區待了十天，看到你家前院繁花似錦，和冬日景色大不相同。我們出出入入，往南跑到赫斯特城堡（Hearst Castle）（到蒙特瑞時還巧遇每天在我們街口當交通導護志工的一位老兵），又把洛思阿圖斯和帕羅奧圖（Palo Alto）的景點再走了一圈，可惜一直沒有碰到你。

外子即將於五月下旬離美返台。下一次我們再到灣區，不知道會是什麼時候？不管如何，我會記得你做的有機食品的好滋味，還有你給我們的諄諄勸告：要早睡，鍛鍊體魄，才能和西方人競爭……。

感謝你送的麵包。如有機會回台灣，歡迎你和我連絡。

祝福你闔家平安！

淑珍

書簡九——求心之所安（二〇一六年五月十七日）

Dear Elaine,

謝謝你的關心與叮嚀，我已將你的信件轉寄給外子。結束史丹佛訪問之後，他將回台與家人團聚一陣子，再開始新的教職。

人生可進可退，但求心之所安。至於國家的未來，前途茫茫，只能付之一嘆。我們已不能力挽狂瀾，惟求在小小角落盡一己心力。

再次感謝你的祝福，也祝願你一切平安！

淑珍

書簡十——長風（二〇一六年十月四日）

宜樺：

你相信嗎？我也想過這個名字，因為你曾用過「趙長風」的化名。這個名字不是很響亮，但是如你所引用的詩，它有很好的寓意，也很符合你給人的感覺。只是用典出自〈行路難〉（「長風破浪會有時，直掛雲帆濟滄海」），好像前途多艱，但也可看成有「知其不可而為之」的意思。李白〈宣州謝朓樓餞別校書叔雲〉詩中也用到了「長風」二字：「長風萬里送秋雁，對此可以酣高樓。」此處的長風意象是代表自然的浩闊。

另外南朝宋宗慤有「乘長風破萬里浪」之語，他的典故頗好（以獅像破象陣，功成不居一如故我）。

總而言之，你可以提出「長風」和「突破」（breakthrough）二個名字，供大家參考。

淑珍

書簡十一——知其不可而為之（二〇一七年七月七日）

北極凍狼斯冰菊：

地形學過了，意味著你功德圓滿，可以畢業了嗎？恭喜恭喜！新的人生階段開始，除了創作之外，有沒有其他規畫？

你整理的美國正副總統畫像／照片，非常有趣。感覺上畫像比照片更能抓住一個人的神韻。這是我第一次知道，很多時候美國副總統處於從缺狀態，但不知原因何在？副總統是備位元首，不可不有；但是此職如同雞肋，只能唯唯諾諾，行禮如儀，是以有人忍了八年受不了，非要找機會當總統不可。

毓老曾經說：「錯的事堅持到底，就是對的。」我很好奇是否真是如此。在蔡英文身上，我們可以得到檢驗。

我對世界、大陸、台灣的大局都很悲觀，擔心中華民國會在這一代滅亡。但是在小宇宙中不容許悲觀的情緒感染家人和學生，也不允許它妨礙自己的心情和生活。我這半年上十門課，七門當老師，三門當學生，日子非常緊湊。想到還有很多書沒讀過，很多文章待寫，就得提起精神，精進勇猛地讀書寫作。或許這是另一種「知其不可而為之」。

祝福你健康平安，生活充實愉快！

李淑珍

書簡十二——與子偕老（二〇一七年十一月三日）

宜樺：

因為視力愈來愈不好，我昨天去買了一個三倍大的放大鏡，可以用來看小字的《經濟學人》（*The Economist*）和《民主在美國》。它輕便又清晰，我很滿意，希望能讓眼睛延長使用個幾年。

你還精力旺盛，我的頭髮已漸灰白；大家都可察覺，我老化的速度比你來得快。但是我擔心的是你：人口學上的一般傾向，是男人比女人的壽命來得短。不管如何，我們都已經快要邁向六十大關，健康活動的時間日益有限，能夠相守的時間也愈來愈少，何況我們又聚少離多。

七、八年前和廣告人孫大偉吃飯時，他因心血管問題，下箸前躊躇再三。他感嘆說：「人一生能吃的美食，是有限量的。年輕時百無禁忌、大吃大喝，把quota（配額）用光了，老來就不能盡情享受。」——沒想到，那頓飯過後沒有多久，就傳來他病逝的消息。

有時我不禁想：二〇一五年我們有近一年的時間朝夕相處，是不是把配額用得太多了，所以才有二〇一六—二〇一七的兩地相思？

從年輕開始，你就是我的安全感的來源。每一次擁抱著你，我都好像溺水的人緊抱著救生圈，害怕你溫暖的懷抱稍縱即逝。每當你離家出外幾天，我就惴惴不安，開始數饅頭等你回來。而你，總是盡你所能地保護我，既要照顧我的纖細感受，又要應付我的頑強意志，乃至包容我鋒利如刀的批評。這個「甜蜜的負擔」，常常讓你受傷害，而你總是默默忍受。

不知為什麼，在學校當老師，和學生相處，我已經駕輕就熟，日漸圓融；在家裡當媽媽，我也已找到和兩個特殊小孩的相處之道，漸入佳境。唯有對你，我還是用青春年紀青澀衝動的心靈在感知。特別是在這分離的兩年當中，極易「認生」的那個部分不斷擴大，往往逾越了成熟理性的堤岸，時不時就氾濫成災。為此，我要向你鄭重道歉。

香港城大在你最困難的時候接納你，有情有義，我想你還是待滿第二年再離開，比較說得過去。此外，長風的業務正在擴大，需要你的投入，我不會阻止你做你喜歡的事情。至於未來這半年，在你回台灣的週末兩天內，若能夠有兩頓飯和家人共餐，晚餐後和我出去散散步，我和小孩都會很滿足。

謝謝你對我無盡的愛。

淑珍

書簡十三——國本農場音樂會後（二〇一七年十二月十五日）

阿德[8]：

音樂會已經結束一週，國本的回憶還繚繞在我心中。

到台東那短短兩天，我曾三度進出國本。第一次是十二月九日音樂會前：碧綠的草地上聚集著驚豔讚嘆的人們，空氣中飄浮著嘉年華般的幸福感，人人興奮期待，而你和美花卻處於備戰狀態，表情緊繃。第二次是十二月十日午後：大量人潮已經消失，在明亮的陽光下，三三兩兩的賓客在大芒果樹下聊天逗狗，慵懶愜意，而你和美花急著收拾東西，招呼大家前往崁頂。第三次是十二月十日傍晚時分：天色已經全暗，國本的院落兀自矗立在濃黑的夜色之中，出奇安靜，令我感到陌生，而美花習以為常，匆匆下車進去。

第一次和第三次的落差如此之大，使我一驚，但我知道後者才是你們的日常。你們以極為有限的人力物力，創造出如此巨大的奇蹟，帶給那麼多人難忘的美好回憶。而當繁華散去，無限煩瑣的善後工作，又繼續落在你們兩人頭上。從頭到尾，你們超限付出，完全談不上金錢回報。

我不禁思忖：這一切究竟所為何來？

為了對這塊土地的眷戀。為了對認真生活的人們的不捨。為了證明台東的好。為了累積後山文化的厚度。為了美感生活的實踐。為了燃燒生命來自我實現。……

你們唯獨不為自己。你們如此不居功，把自己的名字放在最不明顯的角落，好像怕人家知道你們是主辦活動的人。然後，在人潮消失以後，疲憊地收拾打雜，再繼續默默除草、種田、寫結案報告……

等工作告一段落後，給自己和美花放個假吧。在寂靜的時刻，就放空、休息、唸佛。讀《黃帝內經》，在海濱跑步。

直到有一天，你吸飽了海水的能量，突然有了新的發想。如同大樹經過一冬的休息，在闃寂的庭院中，悄悄綻開一樹美麗的花。然後，人們重新聚來，屏息等待，共創美好的共同回憶。

祝你一切平安！

李淑珍

書簡十四——新年快樂（二〇一八年一月一日）[9]

Dear Karen,

新年快樂！收到您的來信總是很高興。二〇一七年你過得很艱難，希望二〇一八年你和家人生活順遂，健康情況有所改善。

我們一家都好。我二姊已經退休，從恆春搬到台北，忙著照顧孫子，也在一所高中兼課。她很高興所有家人現在都住得很近，可以經常見面、一同旅行。我大姊也喜歡隨行，一起享受美好時光。有時大姊會抱怨工作，也想早點退休；但我認為，除非一個人非常清楚下一步該做什麼，否則提前退休可能會加速老化。

宜樺去年十月騎自行車環島一圈，很有成就感。目前他在香港任教，幾乎每個週末都會飛台北，主持長風基金會的運作。我們長時間天各一方，難免會有一些誤會。他計劃在今年夏天回台灣另外找一份新工作，我們都期待著一家人可以團聚的日子。

Clement 現在任職於某大學的圖書館。比起原來在人事室的繁忙工作，圖書館的慢節奏和友好氣氛更適合他。下班後，他會自己安排城市小旅行，自得其樂。去年他到香港探親，感受耶誕節氣氛，十分開心。

Jasmine 正在讀藝術史研究所。她已不太繪畫，多半時間是沉浸書海，想辦法在學術院中生存。家裡的兩隻貓是她最好的玩伴，而為母的我則負責傾聽她的讀書甘苦，幫忙排解課業帶來的沉重壓力。

除了教書、閱讀和寫論文，我去年出國四次，分別去了香港、東京、北京和雅加達。這些旅行讓我更了解鄰國，也有助於我衡量台灣的分量。我還參加了奉元書院的易經課和書法課，和一群慈眉善目的老學生一同學習中國古典文化，怡然自得。

加州的野火令人怵目驚心。北部的大火才剛撲滅，南部又突然燒起熊熊烈火。過去我只知道科學家會為颱風命名，沒有想到野火也有名字，其凶險也不違多讓。最令我驚訝的是野火受害者面對災難的態度：在媒體的鏡頭前，他們沒有淚流滿面、傷心落魄，而是冷靜自持、堅毅不拔，真不知道他們怎麼熬過這些苦難。美國政府和民間社會應對這個天災的方式，也值得學習。我想，這樣的火災將影響整個建築行業，也會影響身為建築師的你。

你即將返台休假，而我和宜樺今年春天要出國一週，我還是會找時間與你碰個面聚一聚。

請代為向令堂問好，也祝你一切平安！

淑珍

書簡十五——過去與現在（二〇一八年五月二十六日）

Dear Karen,

謝謝你寄來的老照片，讓我可以回味我們共度的美好時光。一九九八年我從博士班畢業時，已經三十七歲（外子可是三十三歲就拿到博士學位），覺得自己不復青春。而今回想起來，其實當年你我都還很年輕（也很幼稚），對生活也有初生之犢般的熱情和衝勁。

你喜歡整理過往的回憶，而我，儘管是一個學歷史的人，以記錄現在、理解過去為天職，但是像大多數人一樣，我鮮少回顧個人生命過往。

為什麼我寧可專注於此時此刻？因為，小時候曾讀過一位美國作家的座右銘：「希望在自己死亡之前，能幫助世界變得更美好。」雖然我不認為未來的生活會比現在更光明，但我有責任協助年輕一代做好準備，以因應未來的挑戰，所以花了大部分時間在教學之上。另外，我也急著想在闔眼之前多讀中外經典，汲取古人智慧，不讓此生虛度。這麼一來，就沒有時間去整理多年的日記和照片了。

什麼時候才有時間整理那些堆積如山的回憶呢？「明年夏天，或者明年寒假。」我總是這樣告訴自己。

台灣現在又乾又熱，我很擔心今年夏天會鬧旱災，也會缺電。

祝你求職順利，一切平安！

淑珍

三、兩岸三地

外子在香港城市大學任教兩年後，於二〇一八年下半年回到台灣。經過三年半的分離，一家人終於可以團圓，相依相守。

家庭的小宇宙平安圓滿，外界的大宇宙則地動山搖。二〇一九年初香港爆發反送中運動，那年年底武漢新冠肺炎開始蔓延，兩個事件都震撼全球，並讓兩岸三地的關係更為複雜。

誠如威爾．杜蘭和霍布斯邦所言，落實民主政治非常困難。但是民主卻完全符合心理學家馬斯洛（Abraham Harold Maslow）的「需求層次理論」：人在滿足了「生理」、「安全」、「歸屬感和愛」等需求之後，會進一步追求「尊重」、「認知」、「自我實現」等價值。較諸專制統治，民主政治更能符合這些需要，在疫情的處置之中，可以看得出來。

然而民主並非一蹴可幾，如何既保障民眾的基本生存，又成全大家更高的人生嚮往，是從政者艱巨的挑戰。[10]

書簡十六——教學近況（二〇一八年五月二十四日）

禮龍、俐芳：

感謝兩位的祝福。母親節期間我去了香港一趟，行程緊湊。回信遲了，還請見諒！

兩位友善栽培的工作穩定拓展，孩子們也日漸成熟長大，一如田中青蔬由種子發芽而日日茁壯，令人歡喜讚嘆。

外子即將離港返台，任教位於嘉義的中正大學。離家三年半，終於可以回家團圓。我這回到香港去，他陪我做最後巡禮，從英軍上岸的地方走起，看了古老的文武廟、天主教主教座堂、清真禮拜堂，和首富李嘉誠所蓋精雕細琢的慈光寺，對這個地狹人稠、文化複雜的地方多了幾分了解。

我這學期在奉元書院講授台灣當代文化史，希望用宏觀的加法、而非具排他性的減法，來反思台灣的過去。聽眾不多，且多半比我年長，求學時期沒有上過台灣史，因此聽課時很專注。而在座少數高中生、研究生則很驚訝地發現，他們在校所學台灣史其實經過刻意刪削，有大量空白待補。

除此之外，我也在台北市立大學教人類文明發展史、猶太大屠殺的歷史以及中國近現代史，希望擴大學生的視野。我很擔心這些年來的歷史教育和政治氛圍，讓下一代變得坐井觀天、夜郎自大，安於小確幸而對外面的世界陌生膽怯。

外子回台之後，我們應有較多機會一同出外走走。待天氣稍涼，再去新竹探望你們。謹此，敬祝

闔家平安

李淑珍敬上

書簡十七——兩岸三地（二〇一九年八月二十九日）

憶琪：

知道你身體狀況慢慢改善，非常開心。對大多數在學學生，我總在告誡他們要「嚴以律己」。可是對你，我有很多心疼。你不斷嚴苛鞭策自己，長期處於緊

繃狀態，直到身體受不了，是該緩一緩生活的步調了。記得以前向你提過：「張而不弛，文武弗能也；弛而不張，文武弗為也。一張一弛，文武之道也。」等調養好身體再出發，相信你又會生龍活虎、元氣十足了！

香港的情勢令人揪心，台灣的大選則讓人搖頭。十九世紀開始，群眾因民族主義、民主政治而躍上政治舞台，政治不再是少數政經菁英所能把持，但眾人的激情也讓政治少了理性。大家身不由己地被推上一輛失速列車，在漆黑的曠野中奔向不可知的命運。

二〇二〇年大選的結果，大概蔡英文會連任吧。中共對此會有何反應？兩個絕頂聰明的人有不同的判斷。蘇起認為：中共會加速武統，因為習近平要有「政績」，以加強他取消任期制度的合法性。陳文茜認為，蔡英文個性步步為營，她不會像陳水扁那樣去挑釁中共；而中美貿易戰和香港反送中已讓習近平傷透腦筋，只要台灣不要太過分，他不會勞師動眾武力攻台。

很多事情人算不如天算，歷史不因個人意志而轉移。害怕也沒有用，煩惱也沒有用。既然如此，就盡人事而聽天命吧。我能盡的人事，就是在課堂上勸學生要同情地理解近代中國歷史，對大陸朋友保持理性與善意，讓兩岸之間多累積一些善緣，而不是堆滿一倉庫的火藥。

期待秋天和你、俞佑兩家的「獅子會」。

李淑珍

書簡十八——新冠肺炎下的庚子新年（二〇二〇年二月五日）

Q教授：

大作寫得真好。如果有憤怒、有悲哀，那憤怒與悲哀也是在咬緊牙關之下，通過高度的節制與技巧婉轉流瀉。

因為天雨溼冷加上新冠肺炎陰影，我們這個新年過得十分安靜。在台北南區的巷弄中人聲寂寥，除了除夕子夜、初六開市和初九「天公生」（玉皇大帝生日）傳來零星的鞭炮聲，似乎沒有除舊布新、大地回春的新氣象。

除夕之前，全家合力完成大掃除，買了水仙（不知為何，今年水仙不香），寫了春聯（「一庭花發來知己，萬卷書開見古人」），吃了加熱年菜，小孩領了紅包。加上和娘家、婆家親戚分別聚會，又趁某日晴暖到近郊森林遊樂區走春。我們家的庚子新年，平靜度過；只是世道不太平，讓人憂心忡忡。

才不過半個月，台灣總統大選的政治狂熱突然轉了風向，口罩成了吵得最凶的議題，各方人馬不斷叫陣。我默默想：撇開政治立場不談，就應付疫情而言，也許蔡英文連任要比韓國瑜當選來得好。大難當前，原班人馬必須扛起責任；否則在政權交替的空窗期，官場人事異動，人心浮動，權責不明，疫情恐怕會更混亂。網路上常見兩岸好戰份子互相叫囂、惟恐天下不亂；如果連缺一個口罩都像天要塌下來，戰爭真的發生時，那慘況大家消受得了？

您是讀過醫學的人，而我，除了曾經經歷SARS、看過《瘟疫與人》，沒有什麼專業知識能對這場疫情做判斷。只是，根據維基百科，全球每年流行性感冒重症有三至五百萬人，因之致死者約三七．五萬人；去年台灣流感重症死亡率更高達一五％，比起新冠肺炎之平均二％高太多了。可是大家對流感習以為常，並沒有因此而如臨大敵。何以故？

在大陸，民眾食用野生動物、海鮮市場管理不善、官員隱匿疫情、醫療設施難以應付大量病患⋯⋯，都是事實。在海外，全球人心惶惶、草木皆兵，反映的則是休戚與共的全球化世界，乃至在媒體過度炒作、社群媒體激發集體恐慌之下，人性及公共治理遭遇空前挑戰。

我去大陸的次數不算多，但武漢倒是去過兩次（一九九五、二〇〇三）。第一次去，印象最深刻的，是武漢機場附近所見紅土，讓我聯想到徐先生、殷海光、胡秋原等幾位性格剛烈、脾氣火爆的湖北人，他們在一九四九年後的台灣文化界曾領一時風騷。那時的武漢很破落，沒有民國發源地、「九省通衢」該有的氣勢。在武漢大學校園裡，首次邂逅高大美麗的法國梧桐，但當地人對這種春天會生毛絮、造成過敏的植物很感冒。那一次，認識了幾位熱情洋溢的年輕人，他們對生活現狀有恨鐵不成鋼的痛切。

第二次去是冬天，一位武漢大學的研究生陪我逛了半天校園。在茫茫的東湖邊，她說：父親為了逼她念書，她放假回鄉下時，便有做不完的農活，讓她只得拚命讀書、逃離農村。她告訴我：武漢介於中國南北交界，冬天宿舍不開暖氣；學生為了取暖，排隊躲進圖書館。晚上外賓在教室中演講，有學生坐在後排只看自己的書，為的也是要取暖。她還說：春天的時候，武漢大學櫻花盛開，是不可錯過的勝景。

因為姊妹校的緣故，這幾年我教過幾位華中師範大學的交換生。來到異地，她們不是很有自信，但上課、做報告都很認真，讓人不能不疼惜。其中有一位回去後，寄來一本柴靜的《看見》。

這些武漢的朋友、學生，今日可好？但願在暴虐的疫情下，他們能夠平安度過，得到善待。「山川異域，風月同天」，希望經歷這一場大疫的苦難之後，神州文明有更好的發展，而不只是留下這一則佳話。

祝福您身心平安，健康無恙。

李淑珍敬上

書簡十九——春山（二〇二〇年三月七日）

俞佑：

千萬不要想回送我什麼東西。因為，我喜歡的東西非常昂貴，近乎無價。譬如說，春天的山，滿園的花，清澈的河流和大海。沒有人買得起。可是那些又都是上天無償的恩賜，我們去親近它們，需要的只是適當的時間、地點，和心情。

昨天自己一人去陽明山，只見巨大的楓香長滿柔綠嫩葉，映襯磚紅色的金毛杜鵑、粉紅色的吉野櫻、純白的華八仙，彷彿踏入仙境，感到無比幸福。

趁春光正好，有空的時候，一家大小到郊外走走吧。

祝你們闔家健康平安！

李淑珍

書簡二十——風雨蒼茫，文學不死（二〇二一年五月二十六日）

鼎公鈞鑒：

收到大作，驚喜萬分。大疫肆虐年餘，美國災情慘重，不知您闔府是否安康？甚念！近聞美國疫情逐漸趨緩，希望您和家人也能平安度過。

〈來客談民主〉字字珠璣，充滿犀利洞見，又讓人忍俊不禁。您說：中產階級花錢養政客，「看他胖嘟嘟、軟綿綿，舉動幼稚，表情諂媚，十足的寵物」，我忍不住笑了出來。可是您的健筆冷不防又向選民砍了一刀：這一群幸災樂禍、喜歡被迎合討好的看戲觀眾，最終難免被無良政客宰殺。

拜讀之後，我意識到：二〇一五年您勉勵外子的話——「群眾的心理喜新厭舊、忘恩負義，從政就是要為這樣的人服務」，「在民主時代從政是自我犧牲，要悲天憫人、大慈大悲」——反映的正是這樣的沉痛體悟。而您不只是幽默嘲弄；身為虔誠的基督徒，您期許政治人物以宗教情懷包容大眾。

慚愧的是，外子畢竟還是凡人，沒有勇氣繼續在喧囂仇恨的環境中自我犧牲。卸任閣揆後，他回到學界。先後在美國、香港待了三年半，而後回到台灣，如今在嘉義中正大學任教。除此之外，他與朋友共同創辦了長風文教基金會，主辦論壇、演講，也辦理青年培訓營隊，鼓勵年輕人關懷公共事務，並連結國際、打開視野。

政治追殺的陰影，並未在他離開政壇後完全散去。二〇一四年太陽花學運之後，外子即被控以「殺人未遂」之罪，纏訟六年半。他去台大演講，兩度被學生杯葛包圍。眼看台灣民主逐漸沉淪，兩岸關係日益緊張，他只有嘆息。

在時代亂局中袖手旁觀，有時會令我自責：我們是否太愛惜羽毛，沒有悲天憫人、自我犧牲的精神，沒有勇氣去承擔？但是，眼見馬英九前總統卸任至今、仍為數百個官司所困，就不得不感嘆，一介書生從政，卻要付出這樣的代價，值得嗎？

日益淡出公眾視野之後，外子的日子過得平靜自在。他說：「時移勢易，能做事的時刻已經過去；政壇總不乏不畏虎狼的初生之犢躍躍欲試，就讓他們去嘗試吧。」如果因緣具足，也許以後他會寫下回憶錄，和一本不同於蛋頭學者想像的「政治學」。

我一如既往，繼續在台北市立大學史地系教書（這所學校的前身是台北女師專），生活極為單純。除了學術研究，也以日記、書信形式記錄所思所感。但寫的多，發表的少。外子太陽花官司結束之後，我比較沒有顧慮了，或許可以考慮慢慢公開。隨函附上最近發表在《中國時報》的一篇習作，供您一哂。

在中國近現代史課堂上，我向學生推薦您的回憶錄；他們進入社會之前，則會收到《黑暗聖經》或人生三書。時代在巨變，您相信文學不死，我也是。儘管前途風雨蒼茫，但總有人會持著火把前進。謹此，敬祝

一切平安

淑珍敬上

書簡二十一——端午安康（二〇二一年六月十八日）

Q教授：

端午前夕奉讀來函，倍感溫馨，十分感謝！也盼望您與家人一切平安。

台灣此刻進入溽暑，今日高溫攝氏三十七度，綠葉在豔陽焚風中翻飛，街道上人車減少，出乎尋常地安靜。因疫情升高，全國三級警戒逾月，市況一片蕭條，許多人家無隔宿之糧，生計發生困難。過去一年蔡政府防疫成功的神話被戳破，如今環繞著隔離、篩檢、疫苗、醫療的種種決策，都受到民眾質疑，爭吵對立日日不休。我想，台灣社會有嚴重的自體免疫系統失調，人們互相攻擊、自我毀滅，渾然忘卻了真正的敵人是病毒，而非自己的同胞。

我的學校有位溫州的女孩，聰明好學。她在疫情中來台就讀，歷經萬難、分外辛苦。台灣三級警戒前幾日，她被父母召喚回家，以視訊隔海上完這學期最後一個月的課程，不確定下學期是否能夠如期返校。離開台灣之前，她十分不捨，說她很喜歡台北，肯定自己來台讀書的決定是對的。我很慚愧，覺得我們提供的環境遠遠不如理想；感謝她依然能樂在其中，發現我們自己不曾意識到的美好。

世事難料，此刻常感大局一日比一日凶險，但也隨著日出月落一天又一天度過。除了感知、感懷、感憤，文人對現世能發揮的影響力只限於小小一隅。近日開始讀易，日讀一卦。在晨光中虔誠玩索古奧的文字，使人專心一致，接下來做事都感到內心踏實；因為知道：雖然只限小小一隅，我們依然在這範圍內盡心盡力。

兩天前在中國近現代史線上課堂上，向學生介紹我的北京印象。故宮、天壇、頤和園、圓明園、北大、清華……，令人讚嘆；街頭的政治／教化標語，無所不在的錄影監視……，令人驚訝；而北京年輕人或叛逆或天真的形象、地鐵上沉浸於手機網路世界的乘客樣貌，則令他們彷彿看見自己。我想，兩岸的差異總會慢慢縮小，只是要把時間再拉遠、拉長。

炎炎夏日，祝願您身體健康、內心清涼，我們北京（或台北）再相會。

淑珍敬上

書簡二十二——六十有感（二〇二一年七月二十二日）

Dear Shelley,

謝謝你的來信。回覆晚了，十分抱歉！

與全球新冠疫情相比，台灣相對安全。到今年五月為止，我們基本上過著相當正常的生活：感染率低，商店和學校正常營運，音樂會、比賽和大規模的媽祖遶境也繼續進行。在全球水深火熱、人們大量死亡的時候，台灣這種「正常」是如此地「不正常」，讓我下筆躊躇，不知該怎麼問候你。

然而，從兩個月前開始，台灣的偽安全感消失了。由於放寬對飛機機師的檢疫要求，感染人數突然飆升到每天五百多人，於是學校關閉，社交聚會取消，小商店和餐館停業。我們突然意識到，這一年來保護大家不受 Covid-19 肆虐的是這個島嶼的地理隔離，而未必是我們的醫療系統或政府領導有方。事實上，面對疫情大流行，蔡政府並沒有做好準備，迄今全島的疫苗接種率僅有二三%。因為疫苗供不應求，政府官員優先接種，我和孩子都還沒有機會打疫苗。蔡政府偏愛不成熟的國產品，而不是世衛組織批准的疫苗；它甚至試圖阻止民間企業和慈善機構捐贈輝瑞—BNT疫苗，只因為該疫苗是由中國廠商代理，其偏執可見一斑。

民進黨的五年執政是一場災難，疫苗政策只是一個例子。蔡政府無視於民主制衡原則，沒收反對黨財產，控制國會，削弱所有獨立機關，利用政府預算收買媒體，關閉立場不同的電視台。任何敢持異議的人，都會被政府資助的網軍「出征」。這樣一個軟性獨裁政權，卻得到美國的全力支持，只因為蔡英文堅定反中。

不過，平心而論，自去年以來，台灣因新冠疫情而死亡的人數為七八六人，與動輒數十萬人死亡的其他許多國家相比，算是很幸運的。隨著本週感染率的下降，封鎖將逐漸放寬，今年九月也許可以返校上課，雖然很多人可能依然尚未接種。[11]

我剛剛看了你製作的紀錄片《蓮花與紅星》。片中的你優雅而美麗，我無法想像你在幕後如何嘔心瀝血。這一系列訪談，記錄了中國頂尖藝術家在文化大革命期間遭受的磨難。這些藝術家或其家屬真誠地向你侃侃而談，有些話他們未必願意向自己的同胞吐露；而你以學識、同理心、溫婉的態度，贏得了他們的信任，他們才會願意說出當年內心的絕望和掙扎，留下非常感人的證言。你也很幸運，能在政治氣氛比較緩和的時刻進行這些訪談；隨著習近平的統治愈來愈高壓，中美關係愈來愈緊張，如此坦率披露中共對藝術家的迫害的訪談，恐怕將成絕響。

……

今年夏天我開始讀《易經》，參考兩個現代版本的注釋，日讀一卦，今早讀的是第五十三卦漸卦。《易經》原文簡潔晦澀，反映中國早期文明非常原始的狀態。還好有據傳為孔子所作的《十翼》，把原文哲學化和道德化，使它們更容易為現代讀者所理解。有些朋友用《易經》來占卜，我對這方面沒有特別的興趣。身為一個歷史學者，我好奇的主要是古代中國人如何看待文明的起伏，如何在世變中安身立命。

下個月我將滿六十，讀《易經》是我為自己慶生的方式。近年來有些同齡朋友或病或死，瘟疫蔓延時個人更隨時可能撒手人寰，我有一種「時不我與」的急迫感。如果健康情況允許，我會再教五年書，並出版兩本專書，一本談中國現代史學，另一本談台灣的新儒家傳統。至於我觀察這個時代的個人紀錄，可能死後才會出版。總而言之，在最後闔眼之前，還有很多功課要做！

不過，話又說回來，即使這些作品沒有完成，也無所謂。一對兒女已經長大成人，各有各的職業生涯；宜樺離開公職以後，夫妻倆共享很多美好時光，我已心滿意足。如果此生突然劃下休止符，我也可以含笑九泉，了無遺憾。

疫情未消，盼你多多保重，闔家平安！

淑珍

書簡二十三——比政治更重要的事（二〇二一年十二月十八日）

北極凍狼斯冰菊：

今早起來，氣溫十六度，寒風颼颼，趕在八點整去投票。晨運回來，看到投票所前十分冷清，我猜想，四大公投很可能會因投票率低而通通過不了關。

其實，即使公投結果全部都同意，又能拿民進黨奈何？二〇一八年的公投結果，都被他們當空氣，置之不理。每逢大選，他們只要祭出亡國感，就能贏得盆滿缽滿，繼續醜陋分贓。

為了克服這樣的無力感，從二〇一五年開始，我就不斷地告訴自己：這世間有比政治更重要的事物（例如教育），比愛國更重要的價值（例如愛人），比與敵人鬥爭更值得投入心力的活動（例如閱讀、爬山），比選舉勝負更恆久的事業（例如創作）。因此，我可以逐漸抽離火熱的政治議題，看淡權力競逐，發現廣大新天地。

你記憶力驚人，又感時憂國，在藍營聲勢急速下滑的近十年來，你的失望恐怕與日俱增。但是，政治乃眾人之事（在民主時代尤其如此），少數個人很難力挽狂瀾；面對不可為之勢，我們也只好靜觀其變，並維持自己內在世界的平衡。你的聰明才智非常可觀，相信你可以找到適合發揮的場域，揮灑你的才情，對社會有所貢獻。

你談到親人、同學死亡的經驗，我也感同身受。先父在我高一時過世，對家人打擊極大；妹妹後來因為難產過世，又是一次重大摧折。隨著年事漸長，不可避免地，會失去愈來愈多的親人、朋友；我們必須學習道家、佛家的精神，安時處順，接受生命的無常，並珍惜現在擁有的一切。今年十月，張政亮老師在萬里海濱游泳失事，不幸過世，系上師生都非常難過，但我們也只能學著調適，讓生活繼續進行。隨函附上我為張老師寫的紀念文字，供你參考。

在你三十一歲的初始，願你的身體健康平安，精神日日常新！

李淑珍

書簡二十四——龍蛇之蟄以存身（二〇二二年一月七日）

志成兄：

大作「冬日雜詠八首」，痛切悲憤之情，溢於言表，讀之揪心不已。香港局勢日非，正直敢言之士非入獄即出走，此一世道不知伊于胡底，誠可悲也！

港人今日困境，令我聯想到先師毓老（愛新覺羅毓鋆）的生平。毓老為滿清貴族，前半生經歷三度亡國，妻離子散；來台之後，他的志業由政治轉向教學，在私人書院教出一萬多名學生，教書時間長達一甲子，桃李滿天下。毓老個性剛烈不屈，但又能清醒冷靜地面對現實。面對國府威權打壓，他以「龍蛇之蟄以存身，尺蠖之屈以求伸，蟲微物耳，尚知蟠屈，況於人乎？」自勉；今日委曲求全，就為來日伸我之志：「物勢之反，乃君子所謂道也。」果然，他教出的學生，很多人後來成為民進黨的創黨元老，在台灣民主化過程中扮演了重要角色。

我想，香港局勢已糜爛至此，香港的朋友或許要考慮改變硬碰硬對抗的策略，徐圖將來。李小龍之「Be Water」哲學，源出老子，[12]或許可以給今人另一種啟發。

北台灣山區梅花盛開，謹以梅香遙祝您新年如意，闔家平安！

淑珍敬上

四、江山有待

三十多年前，一位大陸朋友初到台灣，深深為這個地方著迷。我不解：「你喜歡台灣什麼？」他說：「台灣有倫理感。」「倫理感」？我猜想，大概就是四維八德等德目、五倫五常等規範吧。我們覺得司空見慣、甚至令人昏昏欲睡的老生常談，卻使得在大陸經歷過文革的世代看到「台灣最美的風景是人」。

台灣解嚴四年後，李安拍出電影《推手》（一九九一），借片中老爸之口說了一句：「民主就是沒大沒小！」它預示了台灣社會未來發展的方向：要自由、要平等、反權威、反菁英。而若干激進的人士，連同既有的是非善惡價值也要重估，甚至打倒。

可是，民主政治不能解決人安身立命的問題。新世代力爭自由人權、公平正義，善於就階級、性別、族群議題大鳴大放，卻往往拙於處理人性、自我、人際、家庭、職場，乃至成敗得失、生老病死、人生意義等永恆的課題。

在這樣一個天蒼蒼、野茫茫的新天地，人如何自處？筆者以為，只要去蕪存菁，傳統智慧仍能給予我們很大的精神力量。祝福未來的世代繼往開來，苟日新、日日新、又日新，創造一個更美好的世界。

書簡二十五——人生殊途同歸（二〇二二年六月二十七日）

各位同學：

大家好！謝謝你們寄來的電子卡片。大家那麼用心，讓我深深感動！由於家人染疫，今年無法參加大家的實體畢業典禮，也無法一一給予大家祝福，十分過意不去，在此向各位致歉！

因為遠方的戰爭與周遭的疫情，在這個不確定的時代走出校門，你可能比前幾屆同學更感徬徨。可是，這也是很好的機會，可以測試大家多年來累積的學問與膽識，是否足夠支撐自己、迎向真實世界的機遇和挑戰。不管是要繼續深造，準備考教職、公職，或是到私部門從基層做起，都是好的，都是以不同方式在人生中歷練，繼續學習。

我曾和幾位專題指導學生說過，此刻大家站在相似的起跑點上，接下來二十年，大家會各自走上不同道路，經歷各種悲歡離合，其中的酸甜苦辣，如人飲水，冷暖自知。二十歲之前，在學校，大家競爭分數，以成績論成敗；二十年後，財富、職位、人脈、家庭、健康……，成為新的衡量成就的尺度。

但其實，人生總是有起有落，有得有失。二十歲的第一名，不見得會是四十歲的第一名；而到了六十歲，你會發現名次根本就不重要，大家各自繞了一大圈，其實異曲同工、殊途同歸。只要在每一刻認真去過、用心體會，就會有真實的收穫，那收穫自己瞭然於心，不需以別人的眼光來衡量。但是，一路上有人陪伴、分享甘苦，將是幸福的泉源；郭主任勉勵大家要珍惜人與人之間的情誼，我也很有同感（雖然自己生來孤僻，不見得做得到）。

我常把自己看成是一個修行的人，到了六十歲，仍遺憾自己心量狹隘、智慧不足，對這個世界的了解和貢獻都十分有限。最近回顧寫了半個世紀的日記，驚詫於十六歲時看待世間的嚴苛，也懷疑六十歲的我能否經得起少年時代的檢驗，只能勉勵自己氣不能散，還要及時努力。夸父永遠追不到太陽，但倒下的時刻，手杖化為桃林，令人無限嚮往。

另一方面，經歷過幾番風雨的我也知道，人生要認真，但不能太認真；該放手的時候，就要瀟灑離開。能夠進得去，也要能出得來；能夠提得起，也要能放得下。「盡人事而聽天命」，是老生常談，也是至理名言。

除了和少數同學在大四時還會上課見面，大部分的同學在大二、大三之後，我就很少看到，有些遺憾。大二時大家一同奮鬥寫出系史，為系上留下可貴的資產，我非常感謝。史方、西近、中現……，讓大家有讀不完的書，考不完的小考，逼得同學懷疑人生；可我也總是頭上懸著一把劍，覺得隨時要大難臨頭，不能不把握有限的時間，在大家還有留白的青春心靈上留下一些刻痕，讓大家有更好的準備去面對人間的甘苦。

從「看山是山，看水是水」的起點，大家正要出發，走上「看山不是山，看水不是水」的旅程了。最後會不會得到「看山還是山，看水還是水」的結論呢？我不知道。有空的時候，等你回來告訴我。祝福大家！

李淑珍

書簡二十六——夏日書（二〇二二年八月二十三日）

Q教授：

您好！展信平安。接到您的賀年信函已逾半年，遲至今日才回信給您，慚愧萬分！實在無法以任何藉口來解釋這樣的失禮，只能向您深致歉意。

我在小學校教書，每學期要教五門課以上（外加指導論文、擔任導師），一學期選課學生將近一百四十位。因為擔心學生沒有足夠學力面對未來的世界，我認真備課，也嚴格要求學生（有的課因此而開不成）。不知不覺地，「教學」占了時間安排的優先序位。收到您的信時，學生的報告、考卷正千軍萬馬奔來；還沒有找到慎重回信的時間，新學期又忽焉而至，竟然因此而稽延半年，萬分抱歉！

這半年多，世局詭譎巨變，兩岸驚濤駭浪，時勢動盪還看不到盡頭。每每想要提筆，不知從何說起。一九八〇年代，台灣曾經流行一首大合唱——〈明天會更好〉，大家唱起來理所當然，充滿自信。如今這首歌早已退流行，而我站在講台上，愈來愈不知道如何描繪一個光明遠大的前景，鼓舞學生積極邁進。

下學期起要帶新的一班導生，四年後他們畢業時我也將退休。我還未和他們見面，只是初步看了基本資料，就知道未來的挑戰將很艱巨。大部分的學生來自台灣中南部，他們所讀的高中少見名校；將近一半同學似乎出自單親家庭，照片中的眉眼懵懂茫然。大致看來，這些孩子成長的歷程比較艱辛。未來經過大學的洗禮，他們的志氣、心靈是否會發生變化？他們的智、情、意是否能拓展躍升，拓展不同的境界？在這個過程中，我能夠給他們什麼幫助？……在一個民主的國度，自我強烈的大學生所需要的，可能不是傳統的經師、人師或導師，而是聆聽者與陪伴者吧。

最近與幾位中學同學見面，大家都是學校裡現職或退休的老師。在我們成年乃至老去的這段期間，有的生過大病，有的痛失愛侶，有的經歷政壇險惡，各自都有滄桑。但是，整體而言，我們這一代人的成長和台灣戰後的黃金時代同步，比起下一代人的前途茫茫要來得幸運得多。然而我很驚訝地發現，即使我們年輕時還是兩蔣「復興中華文化」的時代，後來同學們克服人生挑戰的憑藉，有的是信仰基督宗教，有的則依靠西方心理輔導、團體治療（「家族排列」），很少人從傳統中國文化中去汲取安身立命的精神資源。

您談到一位至交逝世，令您傷痛不已。去年我也接到許多朋友的噩耗，包括：二十年同事的好朋友、共同編纂教科書的夥伴、君子之交的異國友人、文筆清麗的作家……，有的不敵病魔摧殘，有的因車禍意外離世，而一位熟悉水性的地理學家竟葬身大海。彷彿一陣風來，落葉紛紛飄下；我們的年紀，似乎已到隨時可能離去的時候。在離去之前，我們能為這個世界做一些什麼呢？

一個我很敬仰的生態學者說，台灣文化的基盤來自三個來源：其一是明鄭忠孝仁義的教化，其二是禪門的「無功用行」，其三是原住民的土地倫理；但是，歷來政權都不斷在摧毀它們，而未加以發揚光大。

我想，台灣的新儒家師友的努力，是知其不可而為之。世界太大，影響它的變數太多；我們只能一步一腳印，盡人事而聽天命。「人能弘道，非道弘人」，做我們該做的事。不過度樂觀，但也不輕易放棄。（其實，三教合一的宮廟在台灣發揮的傳播中華文化的功能，遠大於學界；只是在網路時代，連宮廟也抓不住年輕人的心。）

戰雲密布之際，[13] 也是我的教學研究生涯接近尾聲的時候。希望還能來得及整理一些舊稿，出幾本書，給一些學生心靈成長的幫助。我還沒有想到退休之後做何安排。有力氣的話，接觸一些新的領域；沒力氣的話，怡情養性，旅行種花，繼續讀書。

年鑑學派史家嘗試從「長時段」看歷史、超越一時的蠻觸之爭。《易經》從「變易」中看「不易」，人世的高下浮沉不過是循環往復（此所以「思復」也）。身為史學與儒學研究者，即將發生的世變，將驗證所學是否為真。

以上瑣瑣碎碎，與您分享近來的感懷。祝願您萬事清吉，一切平安！

淑珍敬上

書簡二十七——多少蓬萊舊事（二〇二二年十一月十一日）

儒賓兄：

您好！

收到您的大作《多少蓬萊舊事》，已經兩個月。因為想要向您報告讀後感，沒有立刻提筆回覆、致謝，非常失禮，還請您海涵。

細細閱讀大作，幾乎每一篇都有觸動。多年前曾向友人說，我的統獨立場是「獨中有統，統中有獨；見獨即統，見統即獨」。因此，在面對統派（及大陸學者）時，我會請他們正視台灣文化的特殊性；而在獨派人士面前，我則會強調中華文化傳統為台灣漢人社會的基礎。我猜想，在某個意義上，您或許也是如此？

以下是一些讀後感。

您談〈崇禎皇帝在台灣〉，呼應了連橫先生在《台灣通史》中所反映的清代台灣人對明代的懷念。只是，明代政治黑暗，我對它的評價有所保留，沒有像您那般強烈的「南明情結」。即使如您所說，「明文化帶有華夏文明走向新政治形式、新主體範式、新心物關係的內涵」，但此一王學理念究竟是否隨著鄭成功帶到台灣，並延續到清代，仍有待史料支持。

根據您〈章太炎眼中的台灣人〉一文，被章太炎痛罵的賴雨若（一八七八—一九四一），在一八九八年時才二十歲，似乎尚未受日本法學教育。何以才被日本統治三年，賴氏就以日本為「鄙國」？甚堪玩味。我懷疑，台灣被清廷割讓後，許多台灣人（包括賴雨若）有被祖國拋棄的怨懟與憤怒，以致負氣對章太炎說話時以「貴國」相稱？

讀到您談徐復觀先生與台中文人的往來，分外感到親切。我從前撰寫博士論文時，也注意到徐先生對台中友人的特別情感。被國民黨視為異端的徐復觀，和二二八劫後餘生的文協世代，都有一種「天涯淪落人」的悽惻。另外，徐復觀先生在東海大學力抗西方教會勢力，台中文人圈是他難得的同溫層，他們相濡以沫，值得在戰後台灣思想史上留下一筆。不過，當時擁有強大話語權的徐復觀，和台中朋友共處時，是否真的能平等相待，還有待考察。

您對李鎮源先生的詮釋，出人意料之外。我過去只從媒體上片面讀到關於他的報導，知道他主張台獨，從沒有想過他會是一個「中華民族主義者」。可惜本書不是學術論文，沒有附注出處，不知可以從哪些文章中，判讀他的政治或文化立場？

讀〈海洋儒學與蔣年豐〉時，我想到：民進黨創黨初期，的確有一段時間是對兩岸關係抱著比較開放的態度；蔣年豐希望藉由民進黨翻轉台灣，再進而翻轉中國，現在看來不可思議，但放在當年的脈絡下則可以理解。可嘆的是，當年促成台灣民主化的民進黨，在完全執政之後，沒收了權力制衡，使台灣政治淪為醜陋的一黨專政、派系分贓、黑金合流。拿這樣的成績，要怎麼去說服中國大陸，自由民主是值得追求的目標呢？

新儒家一直關心儒學與自由民主的結合。二十世紀五〇、六〇年代的時代考驗，和二十一世紀的時代問題，已大為不同，因為兩岸的政治和社會在這二十年都發生劇烈的變化，整個世界也因為網路、高科技，乃至疫情、氣候變遷、中美對抗……而面目全非。我想，新儒家必須對這些變化提出回應，才不致成為不食人間煙火的學院清談。

最近上「當代台灣文化史」，在談到國府遷台的意義時，我引用了您的《1949禮讚》。前幾天在報端上，也看到了您對柯建銘等人的直率批評。在公共知識份子闕如的今天，您是友輩中少數仍具有強烈道德勇氣的一位。謝謝您為台灣公共領域的付出！並祝您闔家安康，一切平安！

淑珍敬上

書簡二十八——心平氣和，反求諸己（二〇二二年十二月九日）

學敏：

昨天暢談五小時，破了以往和學生談話的紀錄！談話中提到幾篇文章，隨函附上，請參考。

這兩次看到你，覺得你眉宇間有些憂鬱。你聰明又努力，各方面的能力很強，力爭上游，非常可貴。但是否能有順遂的機運，有時非我們所能掌握。盡人事而聽天命，隨遇而安，一樣可以有快樂的人生。

最近和學生介紹孔子。嚴格而言，孔子在世的時候，除了五十歲左右有幾年政壇得意，他一輩子懷才不遇，只有一群死忠的學生緊跟著他。因此，如何面對職涯挫折，是他很大的人生功課。根據《論語》，他是這麼告訴學生的：

——「不患無位，患所以立；不患莫己知，求為可知也。」

——「不患人之不己知，患不知人也。」

——「富而可求也，雖執鞭之士，吾亦為之。如不可求，從吾所好。」

——「飯疏食飲水，曲肱而枕之，樂亦在其中矣。不義而富且貴，於我如浮雲。」

人生不如意事，本就十常八九。孔子面對挫折的方式，不是怨天尤人，而是反求諸己。不必太在乎是否得到重要職位，而要努力自我充實，讓自己有承擔大任的能力。除此之外，他也另闢一個世俗名利之外的心靈世界（如求知、音樂、教學），讓自己悠遊其中，樂而忘憂。因此，雖然一輩子職涯不順遂，他依然從容不迫，多數時候心平氣和，少有憤世嫉俗之語。

多年前我求職多次被拒，心中充滿憤慨。繼而轉念：「人生意義應該由自己掌握，為什麼要由那些否定我的人來界定我的人生成敗？」於是我來到小學校，認真教學，努力研究，和學生當朋友。雖然沒有得過什麼獎，但二十二年後，自覺不虛此生。我想，你也會有自己的際遇和體悟。

祝你身體健康，一切平安！

李淑珍

書簡二十九——立此存照（二〇二三年七月七日）

乃琪姊：

您好！十天前在劉院長的壽宴上遇到您，您清麗優雅如昔；好像心中有一股青春湧泉，讓您在滾滾紅塵中不憂不老。

昨天收到您寄來的十二顆芒果，碩大豐美，絢麗有如晚霞，太感謝了！在昏熱的暑天，喝一杯自製的芒果優酪乳，冰涼酸甜，霎時間有到遠方度假的感覺。真謝謝您！

我那「雷聲大，雨點小」的第三本書，這個暑假應該可以整理出來了。書名是《致一個青春民主的時代》，收集了宜樺從政前後我寫給友人的信（不包含朋友的回信）。它不只記錄了我們個人心情的起伏，也留下了那個轉捩的時代的激情與嘆息。

由於涉及許多敏感議題，過去很多朋友勸我不要發表，以免造成困擾。宜樺也不贊成這本書的出版，因為：對於社會上（尤其年輕人）對他的許多誤解，他寧可保持沉默，也不願訴苦喊冤。所以，這個近十年前即有的出書構想，一直壓了下來。

如今，太陽花學運即將屆滿十年，蔡政府八年任期也接近尾聲，我想，此時重新回顧馬政府以及江內閣時代的政治與社會，也許可以提供大家一些對照和反省。現在出書的時機可能碰到大選期間，也許會激起一些波瀾（尤其是綠營網軍的攻擊），但我已經有心理準備，決定硬著頭皮照計畫去做。屆時挺一挺、忍一忍，想辦法撐過去就是了。

像當年一樣，這本書恐怕無法說服反對者；但我還是要「立此存照」，為還沒有睜開眼睛的下一代，留下一種不同於目前主流的聲音。最近宜樺勉強同意讓我出書了，他也會幫我看一遍，減少可能的衝擊。我目前還沒有接洽出版社，可能會找天下文化，或是聯經。

這本書中也會收錄一、兩封當年寫給您的信，希望您同意我發表。而若是您允許公開，您會希望提到您的名字時，使用本名，或是化名？若是後者，您比較喜歡什麼化名呢？

炎炎夏日，相信您心中那道湧泉，會讓您常保清涼！祝您闔家一切平安！

淑珍敬上

書簡三十——世事難料（二〇二三年九月三十日）

Y教授：

收到你的來信，十分驚喜。我們這幾年的生活很平安，夫妻兩人都持續教書，外子另外還主持一個長風基金會，經常舉辦演講、海外參訪，對兩岸問題及中美關係多所關注。

世事難料，二〇一八年、二〇一九年我們在北京、台北兩度見面時，怎麼也想像不到香港會發生反送中、大陸會爆發疫情，而中美會全面對立。三年疫情結束、國境解封以後，今年夏天我去了香港、山東，外子也回到香港城市大學訪友、並帶團訪問大灣區。所見有可喜之處，也有可悲之處。整體而言，我比較可以體會：治理一個廣土眾民、複雜萬分的國家，是多麼艱巨的挑戰；而身為一個渴望創造思考、自由行動的個人，在一個極權體制中又會遭到多大的箝制。

二〇一五年外子和我曾在波士頓住過半年，從皚皚白雪、春花麗日看到綠蔭匝地，更不用說哈佛所提供的源源不絕的知識與藝術饗宴。那是學人的天堂，相信你們一家都會捨不得離開。但是，美國政治、社會整體情況在惡化中，中美對峙的大環境也可能波及到你們的生活。不管如何，希望你們能夠平平安安，好好過這一年，並思考下一步怎麼走。

最近我們還沒有赴美的計畫，如果有機會去東岸，一定會去拜訪你們。

祝闔家安康！

李淑珍

書簡三十一——放下（二〇二四年一月十日）

Sugar,

非常感謝你玉成此書出版，也感謝你的誇獎，我愧不敢當。多年來，往事繚繞不去，出這本書可以看成某種療癒過程。儘管出版之後可能再度引起爭議，但在我心中，書完成了，當年的是是非非就可以放下，該去做別的事了。

我們一家四口還是住在舊居老宅，年逾三十的兒女各有工作，但都沒有成婚打算，繼續在家「承歡膝下」。兒子每天畫寶可夢，女兒幫忙解決電腦疑難雜症，父母幫忙照顧她的貓咪，寒暑假一起出去旅遊，生活簡單而有味。

大選在即，世事難料，承平歲月不知會不會突然中止？不管如何，此刻每個日子都值得好好珍惜。

祝你們新年快樂，闔家平安！

淑珍敬上

注釋

1 徐復觀，〈政治與人生〉，《學術與政治之間》（台北：台灣學生書局，一九八〇），頁九八—九九。所謂「委託性的民主政治」，指的是「代議民主」，而非「直接民主」。

2 威爾·杜蘭、艾芮兒·杜蘭，《讀歷史，我可以學會什麼？》（*The Lessons of History*），吳墨譯（台北：大是文化，二〇一七），頁一五八。

3 艾瑞克·霍布斯邦，《帝國的年代：1875-1914》，賈士蘅譯（台北：麥田出版，一九九七），頁一五九。

4 艾瑞克·霍布斯邦，《極端的年代：1914-1991》（上），鄭明萱譯（台北：麥田出版，一九九六），頁二〇四—二〇八。

5 北極凍狼斯冰菊是我的學生，熱愛政治、文學與獸圈文化。

6 原信為英文。

7 二〇一六年上半年，筆者回到台灣，外子繼續留在加州，開始有創辦基金會的構想。

8 台東縣永續發展協會總幹事黃正德先生。

9 原信為英文。

10 二〇二二年十一月，中國大陸爆發「白紙運動」，民眾大規模抗議清零政策嚴重侵害人權，迫使官方於十二月突然取消為期三年的封控措施。但根據美國一項研究，突然解封使病毒在十四億人口中傳播，可能造成接下來兩個月內有近兩百萬人超額死亡。參見：中央社，〈研究：中國突放棄清零2個月內超額死亡近200萬人〉，二〇二三年八月二十五日。https://www.cna.com.tw/news/aopl/202308250224.aspx（二〇二四年一月三十日檢索）

11 不過，後來台灣疫情變得較為嚴重。根據維基百科〈嚴重特殊傳染性肺炎台灣疫情〉，自二〇二〇年一月二十一日至二〇二三年三月二十日止，台灣死亡病例達一八八〇三例。

12 老子《道德經》第八章：「上善若水。水善利萬物而不爭，處眾人之所惡，故幾於道。」

13 二〇二二年八月二日，聯邦眾議院議長裴洛西（Nancy Patricia Pelosi）訪問台灣，她是一九七九年美國與中華民國斷交以來第二位於任內訪問台灣的聯邦眾議院議長，引起中國大陸對台灣舉行一系列軍事演習，自此「海峽中線」默契不復存在。

社會人文 BGB575

致一個青春民主的時代

李淑珍書簡

作者 — 李淑珍

總編輯 — 吳佩穎
社文館副總編輯 — 郭昕詠
責任編輯 — 張彤華
校對 — 凌午（特約）
封面設計 — 張議文
內頁設計及排版 — 蔡美芳（特約）

出版者 — 遠見天下文化出版股份有限公司
創辦人 — 高希均、王力行
遠見・天下文化 事業群榮譽董事長 — 高希均
遠見・天下文化 事業群董事長 — 王力行
天下文化社長 — 王力行
天下文化總經理— 鄧瑋羚
國際事務開發部兼版權中心總監 — 潘欣
法律顧問 — 理律法律事務所陳長文律師
著作權顧問 — 魏啟翔律師
社址 — 臺北市 104 松江路 93 巷 1 號
讀者服務專線 — 02-2662-0012 ｜傳真— 02-2662-0007；02-2662-0009
電子郵件信箱 — cwpc@cwgv.com.tw
直接郵撥帳號 — 1326703-6 號　遠見天下文化出版股份有限公司

製版廠 — 中原造像股份有限公司
印刷廠 — 中原造像股份有限公司
裝訂廠 — 中原造像股份有限公司
登記證 — 局版台業字第 2517 號
總經銷 — 大和書報圖書股份有限公司｜電話 — 02-8990-2588
出版日期 — 2024 年 3 月 25 日第一版第 1 次印行
2024 年 7 月 17 日第一版第 2 次印行

定 價 — 600 元
ISBN — 978-626-355-680-5
EISBN — 9786263556799（EPUB）；9786263556812（PDF）
書 號 — BGB575
天下文化官網 — bookzone.cwgv.com.tw

本書如有缺頁、破損、裝訂錯誤，請寄回本公司調換。
本書僅代表作者言論，不代表本社立場。

致一個青春民主的時代：李淑珍書簡 / 李淑珍作 . -- 第一版 . -- 臺北市 : 遠見天下文化 , 2024.03
476 面 ; 14.8×21 公分 . -- (社會人文 ; BGB575)

ISBN 978-626-355-680-5 (平裝)

863.56　　113002290

天下文化
BELIEVE IN READING